# 夢をかなえるゾウ3

## ブラックガネーシャの教え

水野敬也

文響社

# 夢をかなえるゾウ　3

～ブラックガネーシャの教え～

挿画　矢野信一郎
装丁　池田進吾・千葉優花子（next door design）

（この占い師は本物だ……）

日本橋の古びたビルの一室で、私は興奮のあまり身震いしていた。

まず、部屋が簡素だった。

大きな水晶玉も仰々しい美術品もなく、ただ一つ机が置かれているだけで、一般人が見たら（この人、ちゃんと占ってくれるのかしら……）なんて不安になるところだろうけど、私レベルの「占い師を見てきた師」に言わせたらその考えは誤りだと言わざるを得ない。

豪勢な飾りや衣装は、占い師が自分の判断に自信がないことの裏返しなのだ。

その証拠に、この占い師――赤城さんは、私にほとんど質問をしてこなかった。

ダメな占い師だと、家族構成はおろか、仕事の内容や彼氏の有無まで聞いてきて、（占い師だったらそこも占ってよ）っていつも思う。でも、赤城さんは、私の生年月日を聞いただけで、突然私に向かってこう言ったのだ。

「あなた、すごい欲張りね」

突然、後頭部をハンマーでガーン！　と殴られた感じだった。赤城さんは続けた。

「彼氏がいるだけじゃ満足できない。お金も欲しい。海外旅行も行きたい。海外旅行も、ちょっと遊びに行くんじゃなくて世界一周くらいしたいと思ってる。人生は一度きりなんだから、何でも欲しい。全部手に入れたい。そういうタイプでしょ？」

「そ、そういうタイプですっ！」

思わず大きな声を出してしまった私は、恥ずかしくなってうつむいた。

「しかも、今、彼氏はいない」

「どうしてそれを!?」

うつむけていた顔をすぐさま上げることになった。

「前の人と別れて、もう、五年になるわよね」

この人、すごすぎる――。

私は驚きのあまり白目を剥(む)きそうになった。いや、実際、少し剥いていたかもしれない。

この前、ちょうど『独り身五周年アニバーサリーパーティ』という謎の女子会を開いたばかりだったのだ。

「貯金も、ほとんど残ってないわね」

鳥肌の立つ音が聞こえた気がした。

そうなの赤城さん！　そのとおりなの！　私、貯金が全然ないの！　あなたに払う鑑定料も死ぬほど惜しいくらい！　なんなら独り身割引とかできませんか⁉

でも――。

私は思った。

高いお金を払ってでも、今日ここに来たのは本当に正解だった。

この人だったら――赤城さんだったら、私の人生を変えてくれるはずだ。

「どうしたらいいですか？　私、どうしたら幸せになれるんですか？」

身を乗り出す自分を止められなかった。

彼女は何も言わず、机の上に置いてあった棒の束（専門用語で筮竹（ぜいちく）と呼びます）を持ち上げてシャン、シャン、シャンと三回振った。それから一本を抜き取り、残りの棒を扇（おうぎ）状に開いた。慣れた手つきで一連の動作を終えたあと、私を見て言った。

「無理かもね」

「ええ⁉」

「このままだと、あなたは何も手に入れられない」

「うええっ⁉」

ショックを受け過ぎて叫び声がおかしくなった。

「そ、そんな……。なんとかしてください！　何も手に入れられない人生なんて……そんなの、絶対嫌です！」

思わず赤城さんの手をつかんでいた。赤城さんは、そっと私の手をどけて言った。

「ズバリ言うことになるけど、いい？」

私は何度も首を縦に振った。最近、周りに肉がついて短くなった気がする首を全力でゆすった。

「ズバリお願いします。もう、ズバっと、ズバっちゃってください！」

興奮のあまり、自分でも何を言っているのかよく分からなかった。

赤城さんは、観音様のような、細い厳かな目をまっすぐこちらに向けて言った。

「運気を変えないとだめ。しかも、根本的に」

「やっぱり――」

私は上半身を反らせながら大きく息を呑んだ。赤城さんは続けた。

「パワースポットに出かけたり、パワーストーンを身につける人は多いんだけど、なんていうのかな……あれは風邪をひいたときに風邪薬を飲むようなものなの。でも、今のあなたに必要なのは、風邪をひかない健康な身体を作ることなのね。私の言ってる意味、分かる？」

「分かります。すごく、分かります」

私は大きく二回うなずいて赤城さんを見つめた。

赤城さんは十分に長い間を取ったあと、机の脇に置いてある箱の中から何かを取り出して机の上に置いた。

それは、奇妙な姿をした銅像だった。

（ゾウ……？）

動物のゾウの頭を持っていて、体からは手が四本も出ている。口元から突き出た牙は、なぜか片方が欠けており、お腹は――完全なメタボだった。私はその銅像をまじまじと見つめながら思った。

（気持ち悪っ）

そのとき銅像が少し傾いた気がしたけど、赤城さんは、まるで最愛の息子であるかのような愛おしい目を銅像に向けた。

「これはね、ガネーシャっていうの」

「ガネーシャ……」

「インドでは有名で、一番愛されている神様なのよ」

占いや風水好きの中には神様に詳しい人もいるみたいだけど、私はそういう偶像崇拝に興味は持てなかった。だって神様なんて国によってバラバラで、何百も何千もいたりする。そんなのを信じろという方が無理な話だ。

でも、赤城さんは違うみたいだった。

彼女はガネーシャという神様を深く信じているみたいで、私の知らないことを色々教えてくれた。

「ガネーシャ様の力は本当に素晴らしいのよ。『金運』『恋愛運』『仕事運』『健康運』……こんなに多くの運を司る神様は、世界でもガネーシャ様だけだと思うわ」

（すごい神様なんだ……）

赤城さんの話を聞いていると、なんだか本当に色々な力を持っている神様のように見えてくるから不思議だ。

赤城さんはガネーシャ像を両手で優しく持ち上げると、私の近くに置いて言った。

「これは差し上げます」

「あ、ありがとうございます」

私は何度も頭を下げながら、確認するように言った。

「これで、私の運気が上がるんですね」

しかし、赤城さんは何も答えてはくれなかった。

（え？　どういうことなの？　これで大丈夫なんじゃないの？）

私の心が、再び不安で覆われていく。

しばらくすると、赤城さんは箱の中からもう一体の銅像を取り出して机の上に置いた。

ゴトリ、と重みのある音がする。

机の上に置かれたのは——やはり、ガネーシャ像だった。

でも、今度のガネーシャはかなり雰囲気が違っていた。

全身が真っ黒で、口元からは二本の立派な牙が伸びている。

そして、その表情は薄ら笑っているようにも見え、不気味な感じがした。

「こ、これは……」

思わず声を漏らすと、赤城さんはささやくように言った。

「これはね、ガネーシャ像の中でも特別なものなの。ほとんど手に入らないし、日本にあるのはこの一体だけかもしれないわ」

そして赤城さんは言った。

「正直なことを言うと、あなたの運気を変えるにはこれくらいのものが必要なのよ」

私はゴクリと唾を飲み込んで、黒のガネーシャ像をじっくりと見つめた。

（た、確かに……）

どっしりと構えた身体には威厳が漂っており、最初のガネーシャ像と比べると、遥かに大きなご利益がありそうな感じがした。

「こちらを、譲ってもらうことはできないんですか」

すると赤城さんは残念そうにため息をついた。

「申し訳ないけど、これは売り物じゃないのよ」

「そうなんですか……」

私はがっくりと肩を落として、自分の手元にあるガネーシャ像に目を向けた。

こちらのガネーシャ像は、われ関せずといった表情でたたずんでいる。

（あんたじゃ私は救えないのよ！）

そんな思いでガネーシャ像をにらみつけていると、私の気持ちを察してくれたのだろうか、赤城さんがふとこんなことを口にした。

「一応、この像の持ち主に聞いてみてあげようか？　この黒いガネーシャ像の持ち主は女性なんだけど――この像を手に入れてからすぐに、すごいお金持ちの人と結婚したの。だから、今は他の人にもっと幸せになってもらいたいというお気持ちで、この部屋に置かせてもらっているのよ。ここは、人生に悩んでいる人たちが来る場所だから」

「ぜ、ぜひ。ぜひお願いします」

私が深く頭を下げると、赤城さんは携帯電話を取り出した。私は、赤城さんが電話をかける様子を固唾（かたず）を呑んで見守った。

しばらくの間、会話が続いた。そして、赤城さんの口からこんな言葉が飛び出したのを私は聞き逃さなかった。

「――じゃあ、お譲(ゆず)りしても大丈夫なんですね」

（きた！　きた！）思わずガッツポーズをして、椅子の肘掛(ひじか)けに肘を思い切りぶつけてしまった。でも、興奮していたから痛みはまったく感じなかった。

電話を切った赤城さんは、私に顔を向けて微笑(ほほえ)んだ。

「あなた、運が回ってきたようね」

もう、泣き出しそうだった。赤城さんの穏やかな声は続いた。

「この像の持ち主はね、自分がインドで買ったときと同じ値段で譲ってあげてって言ってくれたわ。彼女は裕福だから本当は無料で譲ってもいいんだけど、そうしないのはきっとあなたのためだと思う。この像は大きな力を持っているけれど、像は持ち主の気持ちを映し出す鏡のような存在だから。強く信じる気持ちを持つために、必要な痛みってあるのね。私の言ってる意味、分かる？」

「はい、分かります。すごく、分かります」

私は何度もうなずきながら、「それで……」とおそるおそるたずねた。

「この像の持ち主の方は、おいくらで買われたんですか？」

するとと赤城さんは答えた。

「24万円ですって」

に、にじゅうよんまん⁉

に、にじゅう、よんまんえん⁉

剥いた白目がそのままスポポーン！　と飛び出しそうになった。

「どうする？　無理にとは言わないわ」

赤城さんは、相変わらず穏やかな口調だった。

「わ、私、そんなお金持ってないです」

「分かってる。私、あなたがお金持ってないの知ってるから」

そうだった。さっきお金がないことを言い当てられたばかりだ。

「でもね。そんなあなただから、教えたの。あなたがどうしたらお金持ちになれるのか、どうしたら素晴らしい人生を送れるのか、その真実をね」

そして赤城さんは、また机の脇の箱から何かを取り出した。

（今度は何⁉）

見ると、それはクレジットカードの読み取り機だった。

赤城さんは言った。

「分割払いでも大丈夫よ」

（どうするの!?　どうするのよ私！）

再び黒いガネーシャ像に目を向ける。その像は私の悪い運を全部吸い取り、新しい人生を約束してくれるように見えた。それに、この像の持ち主は、これを手に入れてからすぐにお金持ちの人と結婚したと言っていた。だったら、24万円の元を取るのにはそれほど時間はかからないかもしれない。

ただ、同時に、私の頭にはある考えがよぎっていた。

（でも、それって本当の話なのかしら……）

胸のあたりに、じわっと嫌な感じが漂ってきた。この簡素な部屋の中で、クレジットカードの読み取り機だけが明らかな違和感を放っている。

もし、この像を手に入れてすぐお金持ちの人と結婚したっていう話も、何もかもウソだったらどうするんだろう？

（でも――）

その不安より、もっと、もっと強い感情が私の中で湧き上がってきた。

（もし、今、この像を買わなかったら、私の人生はどうなるの……）

もし、このまま何もしないで部屋を後にしたら、私を待っているのはこれまでとまったく変わらない生活、いや、少しずつ確実に悪くなっている生活だ。

もし、あと五歳若かったら——最近は、そんなことばかり考える。

もし、私があと五歳若かったら、小さな努力を積み重ねながら人生を変えていくことができたかもしれない。思い切って何か新しいことを始めて、人生の舵(かじ)を大きく切ることもできたかもしれない。

でも、今の私には無理だ。

だって、私は今、下りのエスカレーターに乗ってるようなものだから。体力も、魅力も、とりわけ肌のツヤとハリはどんどんダメな方に向かって流されている。ここから一歩一歩階段を登ろうとしても、階段そのものがどんどん下の方に流れてるから、どれだけ頑張ったところで現状維持がやっと。

あきらめることも考えた。

欲しいものなんて手に入らなくていい。今持っているものだけで十分私は幸せ。そう何度も自分に言い聞かせた。

でも、ダメだった。

だって嫌だから。心の奥底の本音では「そんな人生嫌だ！」って思ってる私がいるから。

だったら、他人からみっともないって思われても、何でそんなに必死になってるのって笑われても、一発逆転、狙ってくしかないじゃない！

だって、私は――私をあきらめることなんてできないのだから。

「これ、ください！」

私は、黒いガネーシャ像を指差して言った。

その黒光りする銅像は、私を見て不気味な笑みを浮かべているように見えた。

# 夢をかなえるゾウ　3

～ブラックガネーシャの教え～

私はハワイのワイキキビーチでハンモックにゆられながら、ピニャコラーダを片手に青く澄んだ空を眺めていた。

夢のような生活だった。もう会社に行かなくてもいい。働かなくてもいい。一生分のお金は預金通帳に入っている。

そして私の隣には、最高にカッコいい婚約者がいた。

園山健司さん。インターネットの通販会社を経営する彼とは、友人の結婚パーティで出会った。気さくな人で、私がビュッフェのお皿を床に落としてあたふたしていたときに助けてくれたのだ。でもそのあとはほとんど会話ができず、帰り際に名刺交換をしてみんなで一緒に写真を撮るくらいが精いっぱいだったから（もう会えないかも……）と思っていた。それがまさか、数か月後にプロポーズされることになるなんて――。

私たちはハワイで一週間過ごした後、世界一周の旅に出る予定だ。

「寝ちゃったの？　健司さん」甘えた声を出しながら隣のハンモックに顔を向けた。

その瞬間、私は「うぎゃ！」と叫び声をあげることになった。

私の隣に寝ていたのは健司さんではなく――ゾウだった。

しかもそのゾウは、口を開いてしゃべりだしたのだ。

「ワシ、健司やないで。ガネーシャやで」

キャァァァァァ！

——そこで私は目を覚ました。

（夢か……）

目を開けると、私の前に広がっているのはもちろんハワイの青空ではなくて、いつもの見慣れた天井だった。広がる、という表現を許さない狭い部屋の白い壁。

（やっぱりそうよね……）

結婚パーティで会った園山さんからプロポーズされるなんていうのは当然、夢の話で、現実は、もらった名刺のアドレスへどういう内容のメールを送ればいいのか悩んでいるうちに、何日も過ぎてしまったという状況だった。

ああ、早く今の自分から抜け出したい。そして、素敵な彼氏を作って、お金持ちになって、世界一周旅行できちゃったりする優雅な人生を送りたい。

それが、私の夢だった。そして、夢物語だった……昨日まではね！

でも、今の私は違うのよ！　なんてったって、私にはコレがあるんだから！

「ねー、ガネちゃん。ねー」

猫なで声を出しながら、枕元に置いてあるガネーシャ像の頭をなでようとして手を伸ばした、その瞬間だった。

「ギャアアアアアア！」

夢の中よりも遥かに大きな声で叫びながら、私はベッドから転げ落ちた。

（な、何かいる！　ベッドに何かいる！）

私は急いで電気をつけた。そして、部屋が明かりで照らされた瞬間、改めて絶叫することになった。

私のベッドの上で、ゾウが肘枕をして寝そべっていたのだ。

（え？　これは夢なの？　私はまだ夢を見てるの？）

驚きながら周囲を見回す。でも、目に映るのはいつもと寸分違わない私の部屋だ。唯一おかしいのは、ベッドの上にゾウが寝ているということだけだった。

私は尻もちをついたまま後ずさりした。全身から冷汗がにじみ出てくるのが分かる。

しかしそんな私とは対照的に、ゾウはまるで「こっちの方が先に住んでましたけど？」と言わんばかりのリラックスぶりで、四本あるうちの一つの手の人差し指で鼻をほじりながら言った。

「最初に言うとくけど、ワシ、自分のこと助けへんからな」

（助ける？　な、何言ってんの？　ていうか、このゾウ普通にしゃべってるし！）

混乱したままその場で震えていると、ゾウは鼻から出した汚いものをベッドのシーツにぐりぐりとこすりつけながら言った。

「まあ、ガネーシャ言うたらご利益の代名詞やからな。ワシがこうして現れたちゅうことは願いごとかなえてくれるんちゃうかとか、有難い教えもらえるんちゃうかて期待してる思うけど、ワシ、自分に対してはそういうのビタ一文やる気あれへんから」

そして「どっこいしょ」と体を起こすと、ゾウはどこからかタバコを取り出して火をつけた。

その様子を見ていると、私の心の中には驚きや恐怖とは違う、不思議な感情が湧き上がってきた。

(こいつ、どこかで見たことある――)

なんとか心を落ち着けながら、枕元に置いてあるガネーシャ像を確認した。

(やっぱり――)

私は震える指でゾウを指して言った。

「も、も、も、もしかして……」

するとゾウは、ぷはぁと煙を吐き出しながら言った。

「せや。ワシがガネーシャや」

(どういうこと? これ、どういうことなの⁉ ガネーシャって、本物の神様が私の部屋に来ちゃったってこと⁉ でも、そんなことあり得ないし!)

しかし錯乱状態に陥(おちい)っていた私は、気づいたときにはガネーシャの足元にすがりついて頭を下げていた。

「ガ、ガネーシャ様! お待ちしておりました! 私の夢をかなえてください! お願いします! お願いします!」

私がペコペコと頭を下げていると、ガネーシャはフンと鼻を鳴らして言った。

「今さら頭下げても無駄やで」

「え……？」

顔を上げると、ガネーシャの据わった目が私を見下ろしていた。

「自分、ワシに何て言うたか覚えてるか？」

私はガネーシャの言葉に戸惑った。何て言ったかって……まだほとんど何もしゃべってないと思いますけど――。

すると、ガネーシャのタバコを持つ指が震え出した。そしてふうふうと荒い鼻息を吐きながら、左手でベッドをバン！　と叩くと大声で叫んだ。

「自分はなぁ、自分は……ワシを見て『気持ち悪っ』て言うたんじゃぁ！」

ガネーシャは、怒りで全身を震わせながら言った。

「自分はなぁ、神様界において最も美しく、かつキュートやと呼び声の高いこのガネーシャ様に向かって『気持ち悪っ』て言うたんやで！　しかも『気持ち悪い』やないで。『気持ち悪っ』やで。『気持ち悪い』の『い』をより強調する形での『っ』を使て『気持ち悪っ』て言うたんや！」

ガネーシャは続けた。

「ワシはなぁ、外見のこと言われるの一番腹立つねん！　ワシの外見にケチつけてくるちゆうことは、それは同時に『あの神様は外見がアレだから教えの方頑張ったんだね』て思われてるちゅうことやんか！　ワシはそれが嫌やねん！　ワシは『外見が良いのに、教えも良い』完璧な神様なんや！　そんな自分の完璧さに酔いたいねん！　泥酔していきたいねん！　せやのになんや、『気持ち悪っ』て！　ワシがあれ言われたときの敗北感分かるか⁉　たとえるなら、めっちゃうまい、めっちゃうまい言いながら食べた弁当の空きパック見たらめっちゃ消費期限切れてた感じや！　『え？　めっちゃうまかったのに、これ吐いた方がええのん？』や！」

「いや、あの……」

「自分が『気持ち悪っ』て言うた瞬間、神様界がどうなったか知ってるか？」

「いえ……」

「爆笑やったわ！　『ガネーシャが気持ち悪って言われてる！』て神様連中、どっかんどっかんウケてたわ！　そのあと祭り開きよったわ！　『ガネーシャ気持ち悪っ祭り』開きよったわ！　ワシ、泣いててんで！　『やめろや！　この祭りやめろやぁ！』って神輿(みこし)の上でずっと泣いててんで！」

　よくよく見てみると、ガネーシャの瞼(まぶた)が腫(は)れ上がっているのが分かった。

「ワシ、神様辞めよかなて思たもん。みんなの前でこないごっつう恥かかされて、神様続けていかれへん思て。せやけど、仲のええ神様連中から『ガネーシャ辞めるな』て引きとめられて。『神様は顔じゃない。ハートだ』て励まされて。寄せ書き的なもんまでもろて。そこまで言うんやったらもうちょっと続けてみよかな思て、今、かろうじて神様に踏みとどまってる状況やねんで」

それからガネーシャは、延々と私に向かって文句を言い続けた。「自分ほんま視力検査受けた方がええんちゃうか?」「自分、ワシがどんだけ女の子に人気あるか知らへんやろ? ワシの握手券入れてCD売ったら一億枚売れるで」「しかもワシ、歌わへんからね。そのCD、ワシの寝息録音しただけのやつやからね」「……あ! もしかして自分、ワシの外見に『あえて』ケチつけて気い引く作戦やったんか? そうやとしたら、今、ワシ、自分の作戦に見事にハマってるやん! 自分、めちゃめちゃ策士やん!」

最終的に、わけの分からない理屈で勝手に気分を良くすると、

「ほな」

と言ってなにやら奇妙な言葉を唱えた。

すると不思議なことに、ガネーシャの身体が少しずつ薄くなり始めたのだ。

「あ、あの……!」

私があわてて駆け寄ると、ガネーシャは「なんや?」と眉をひそめた。私はガネーシャにたずねた。

「これは……何をしてるんですか?」

「何してるって、帰るんやがな。ワシ、今から釈迦と麻雀する約束あんねん」

「麻雀って……あなたここに何しに来たんですか？」

「文句言いに来たんや」

「じゃ、じゃあ、私の夢は？　私の夢はどうなるんですか？」

「せやから何べん言わすねん。自分の夢なんか、かなえる気あれへんで」

「どうして⁉」

「当たり前やろ。ちゅうか逆に聞くけど、ワシのこと『気持ち悪い』て言うやつの夢かなえてもうたら、ワシ、何なん？　ワシは人から罵倒されたら興奮して夢かなえてまう変態の神様なん？　って誰が変態やねーん！」

ガネーシャは、手を振り上げてツッコミを入れる姿勢で静止した。そしてチラリと私の方を見た。その突然の行動が何を意味するのか分からず呆然としていると、ガネーシャは、

「やっぱり美のセンスがないやつは笑いのセンスもないねんな」

と不機嫌そうにつぶやいた。

私は意味が分からなかったが、とにかくガネーシャの機嫌を直そうと適当なことを口にした。

「いや、あの、私、実は……ガネーシャ様のファンなんです！」

「ウソつけ」

「ほ、本当です！」

そして私は、枕元にある黒いガネーシャ像を指差して言った。

「ほら、あの銅像見てください。あのガネーシャ像、24万円もしたんですよ！　わざわざローン組んで買ったんです！　それぐらい、あなたのことが好きなんです！」

するとガネーシャは銅像を見て笑い出した。

「自分、これバッタもんやで」

「ええ⁉」

動揺する私の前で、ガネーシャは、けらけら笑いながら銅像を指差した。

「見てみいな。この黒い像、牙が折れてへんやん。せやけど、ワシは片方の牙が折れてるやろ？　これがチャームポイントやねん。『あの欠けた牙が母性本能くすぐるよね』てまことしやかにささやかれてんねん」

そ、そんな……。

私はその場にへなへなと座り込んだ。

この像が偽物だなんて……じゃあ、私の夢はどうなるの。お金持ちになるっていう夢は？　理想の彼氏は？　世界一周旅行は⁉

がっくりと肩を落としてうなだれていると、ガネーシャの声が聞こえた。

「まあ、頑張ってローン返していきや。ワシ、その様子を麻雀やりながら見守ったるから。

自分がローン返していく様子を『ロン！』言いながら見守ったるから」

そしてガネーシャは「うまい！」と言って自分の膝をパシッと叩き、チラリとこちらを見た。そして「自分、どんだけお笑い不感症やねん」とつぶやいて、再び奇妙な言葉を唱え始めた。

「あ、あ……」

ガネーシャの身体はみるみる薄くなっていき、向こう側が透けて見え始めた。

「待って……」

振り絞るように声を出したが、ガネーシャの身体は透き通って靄のようになっていく。もう、私の夢はかなわない。私は何も手に入れることができない――。

消えていくガネーシャの身体と一緒に、夢も希望も消え失せていくような感覚に襲われた。

――気づいたとき、私は無我夢中で叫んでいた。

「あんたって最低の神様ね！　私、ガネーシャは最低の神様だってことみんなに言いふらしてやるから！」

するとガネーシャは目を丸くして言った。

「な、なんでやねん！　なんでワシがそんなことされなあかんねん！」

「だってそうでしょ!?　目の前でこんなに苦しんでいる人がいるのに放っぽり出して行く

なんて、最低の神様じゃん！」

「いや、せかやらそれは自分がワシのことを……」

私はガネーシャの言葉をさえぎって叫んだ。

「だいたいさっきから黙って聞いてれば何なの？　気持ち悪いやつに気持ち悪いって言って何が悪いの!?　そんなだらしないお腹しちゃってさ！　あんたなんて、神様じゃないわよ。ただの『メタボリック神ドローム』よ！」

――その瞬間だった。

「ぐわあああああ！」

突然、ガネーシャが絶叫したのだ。

な、何!?　何なの、一体!?

私が仰天しているとガネーシャの体から強烈な光が放たれ、私はまぶしさのあまり目を閉じた。しばらくしておそるおそる目を開けると、部屋中に煙が充満していた。

ゴホッゴホッ……。

私はむせながら煙を手で払うと、少しずつガネーシャの姿が現れた。

しかし、さっきまでのガネーシャとは全然雰囲気が変わっていた。――なぜか全身が真っ黒になり、筋肉がムキムキになっていたのだ。

(な、何これ⁉　一体何がどうしちゃったの⁉)
私が、ただただ呆然としていると、ガネーシャは真っ黒になった顔をゆっくりとこちら

に向けた。それから、さっきとは打って変わった、ドスの効いた声で言った。

「自分、言うたらあかんこと、言うてもうたようやな」

ガネーシャは黒くなった鼻からコフー、コフーと息を吐きながら言った。

「ワシ、あれほど言うたやんか。『外見のこと言われるの一番腹立つ』て」

そう言いながら、ガネーシャは怪しく光る眼をこちらに向けた。

(もう、分からない。こいつ、何もかも分からないわ)

あまりの変化に怖くなった私は、とにかくこの場を離れるべく部屋から出ようとした。

その瞬間だった。

ひいっ！

突然、黒い影が飛んできて私の前に立ちはだかった。

ガネーシャだった。黒色のガネーシャが瞬間移動でもしたかのように、私の目の前で仁王立ちしていたのだ。

なんて――。

なんてスピードなの――。

「ワシが『ブラック』になるんは、いつぶりのことかいなぁ」

そう言いながら遠い目をしたガネーシャは、取り出したタバコを見て言った。

「ニコチン、弱すぎやで」

そしてタバコのフィルター部分を噛みちぎると、人差し指と親指で挟んで吸い始めた。タバコの吸い方まで異常にワイルドになっている。

ガネーシャは鋭い眼光を私に向けて言った。

「自分、カーネル・サンダースくん知ってるか？」

（どうしてこのタイミングでケンタッキー⁉）

困惑しながらも、おそるおそる首を縦に振る。

するとガネーシャは、ゆっくりうなずいて語り出した。

「カーネル・サンダースくんはなぁ、ワシと会うたときは髪の毛黒かったんやで。でもワシがこの姿で特訓し始めたら、三日で髪の毛真っ白になってもうた」

そしてガネーシャは、ガハハハ！　と豪快に笑いながら言った。

「あと、エジソンくんな。エジソンくんの工場では時間気にせんと働くために時計の針が外してあったんは有名な話やけど、『あの針取れや』言うたのワシやからな。今思たら、あれが『ブラック企業』の走りやったなぁ」

そしてガネーシャはニヤリと笑って言った。

「ムンクくん叫ばせたんも、ワシやで」

私が恐怖のあまり言葉を失っていると、ガネーシャは吸いかけのタバコをテーブルに押しつけて消しながら言った。

「で、自分、覚悟でけてるか?」

「か、覚悟?」

「自分、夢かなえたいんやろ? せやったら、それ相応の『痛み』ちゅうんが必要になる

った。

「まあ、そんなんどうでもええけどな。ワシがこうしてブラックモードに突入した以上、もう後戻りはできへんから」

ガネーシャはそう言うと、黒光りする鼻を天井に向けてまっすぐ伸ばした。

そしてバオーン！　と吠えると、どこからともなく一枚の紙がひらひらと舞い降りてきた。

ガネーシャは四本ある手の一つでそれをつかむと、別の手で私の右手をつかんだ。

その瞬間、

（痛っ！）

親指の先に鋭い痛みが走った。見ると、血が滴っている。

「ちょ、ちょっと、何するのよ⁉」

私はとっさに叫んだけど、ガネーシャはかまわず私の指を紙に押しつけた。紙には私の血の拇印が押された。

「これで契約成立や」

わいな」

（ど、どういうこと？）

ガネーシャの言葉の意味が分からず戸惑っていると、ガネーシャはフッと鼻で笑って言

「契約⁉　契約って何よ⁉」

ガネーシャは、ガハハハ！　と笑いながら契約書をこちらに向けた。

そこには、見たこともない種類の文字がずらずらと書き連ねてあった。

私は唇を震わせながら言った。

「な、何……？　ここには何て書いてあるの？」

するとガネーシャは片方の眉を上げ、契約書を指でつかんでひらひらとさせた。

「ここにはな、ワシの言うことを一度でも聞かんかったら、自分の将来の希望を根こそぎいただくて書いてあるんや」

（え――）

言葉を失う私に向かって、ガネーシャは楽しそうに言った。

「まあええやんか。自分みたいに銅像買うたら夢が全部かなうちゅう甘い考えの人間に、最初っから希望なんかなかったわけやし」

そして、ガネーシャはニヤリと笑って言った。

「まあ覚悟しとけや」

ガネーシャの目の奥が不気味な光を放った。

「ワシの教えは、普通のやつとは比べもんになれへんくらい『ブラック』やで」

## 本書の使い方

これからあなたには、ブラックガネーシャから出される課題を実行してもらうことになります。

ブラックガネーシャの出す課題は、過去に偉人たちが実行してきたものであり、あなたの夢をかなえる大きな手助けとなるでしょう。

しかし、それゆえに、厳しい内容であったり、実行するのが困難なものもあります。

そこで、改めて考えてもらいたいのですが、

あなたは、本当に契約を交わしてしまってもいいのでしょうか？

この物語の主人公は強引に契約を交わされてしまいましたが、あなたはまだ、ブラ

ックガネーシャと契約を交わしていません。

そして、契約を交わさない方が、あなたにとって幸せかもしれないのです。

ブラックガネーシャは言いました。


「夢をかなえたいのなら、それ相応の『痛み』が必要である」


ガネーシャの言う痛みが一体どんなものなのか明らかになってはいませんが、それは、あなたを不幸にしてしまうものかもしれません。

「夢をかなえることと、幸せになることは違う」

これはよく言われる言葉ですが、ガネーシャは、「夢をかなえる」とは言っていますが「幸せにする」とは一言も言っていないのです。

ガネーシャとの契約を交わす前に、そのことをもう一度よく考えてみてください。


——それでもなお、あなたが夢をかなえたいというのであれば、もう止めることはできません。

一度大きく深呼吸して、ブラックガネーシャの課題に取り組みましょう。

# 1

（私の人生、これからどうなっちゃうんだろう――）

不安な目をガネーシャに向けていると、ガネーシャは盛り上がった大胸筋をピクピクッと上下させながら言った。

「ほんなら始めるで」

私は恐怖で震えながら、ガネーシャの黒光りする身体を見つめていた。

ガネーシャは言った。

「ほんなら始めるで」

そしてガネーシャは、さらに胸の筋肉を素早く動かしながら言った。

「ほんなら始めるで！」

あまりのスピードで、胸が残像で二重に見えるくらいに筋肉を動かした。

その動き続ける筋肉を、私は、ただただ見つめていた。

するとガネーシャは、

「ほんなら始める言うてるやろがぁ！」

と突然叫び出した。

「な、なんなの？　こっちだって始まるの待ってるんだけど！」

するとガネーシャは四本の手を上下に動かしながら言った。

「待ってるのはこっちや！　ワシ、誰や思てんねん。ガネーシャやで！　神様なんやで！　その神様が今から教える言うてんねんから、用意するもんあるやろが！」

意味が分からず首をかしげていると、ガネーシャは言った。

「お供えもんや！」

「あ、ああ……」

「『あ、ああ……』やあれへんわ！　神様が教える言うてんのにお供えもん用意してへんちゅうのは、あれや、今からエベレスト登ろうとしてんのに、Tシャツに短パン姿、リュックの中身は300円分のおやつしか入ってへんようなもんやで！　自分、生きるか死ぬかの状況で何きっちりおやつの300円規則守ってきてんねん！　自分の人生のプライオリティどないなってんねん！」

「ごめん、言ってる意味が全然分かんないんだけど、私は具体的に何をすればいいの？」

「せやからそれは言われへんやろ！　そないなことしたらワシが要求してる感じになって

まうやん！　お供えもんちゅうのは『神様ってこういうの喜ぶのかな』て自分らが自発的に差し出してきたもんを『まあ、そこまで言うならもろとこか』て神様が受け取る、そういう関係性の上に成り立ってる儀式やん！」

そしてガネーシャは言った。

「これ以上神様に恥かかせんといて！」

（あー、もうマジで面倒くさいんだけど）

私はため息をつきながら、お供え物になりそうなものを探しにキッチンに向かった。すると、リビングの方からガネーシャのつぶやき声が聞こえてきた。

「しかしお供えもんも用意してへんて、ほんま空気の読めへん女やで。こんなんやから五年も彼氏できへんねん」

（な、なんですってー!?）

私が怒りで眉間をぴくぴくさせていると、ガネーシャはさらに続けた。

「だいたい、その五年前の彼氏もほんまにおったんかっちゅう話や。ちゅうか、それ彼氏やのうて『カラシ』やったんちゃうか？　『私の彼氏、刺激的なの』言うて、デートもただカラシ携帯してただけやったりしてな。それ傑作やで！　ぎゃはは！」

ガネーシャの言葉に、自分の感情がすっと抜け落ちる感じがした。私は怒りの頂点に達するとそういう状態になる。

私はシンク下の扉を開けると、そこに置いてあるレトルトのおでんを取り出した。

そしておでんの具材を鍋にあけ、卵を皿に移すと黄身を取り出した。

そして、黄身の代わりにカラシを入れた。

次に、チクワを皿の上に置き、チクワの穴の中をすべてカラシで埋めた。

餅きんちゃくの中から餅を抜き出してカラシに代え、『カラシ袋』にした。

それらの具材を入れた鍋を火にかけて温めたあと、

「どうぞ。お供え物です」とガネーシャの前に差し出した。

ガネーシャは、鍋の中で湯気を立てているおでんを見てつまらなそうな顔で言った。

「なんやおでんかいな。ワシ、おでんあんま好きやないねんなー。ぼんやりした味してるやん」

「あ、でもこれは普通のおでんじゃないから。きっと喜んでもらえると思う」

「ほんまかぁ？」

ガネーシャは眉をひそめながら、おでんの卵を口の中に放り込んだ。

そして、口を動かしながら、

「別に変わったとこあれへん、何の変哲もないただのおで……」

その瞬間だった。

ふんがぁぁぁぁぁぁぁぁぁぁぁぁぁ！

ガネーシャが口を大きく開けて叫んだ。

（あはは！　やった！　何が『カレシやのうてカラシやったんちゃうか？』だ！　バカにするんじゃないわよ！）

私はガネーシャの反応に笑いをこらえていたが、そのあとのガネーシャの言葉はまったく予想していないものだった。ガネーシャは言った。

「めっちゃええ！　これめっちゃええやん！」

そしてガネーシャは「キクゥ！　キクゥ！」と叫びながら、今度はチクワを口の中に放り込んだ。そしてガネーシャは叫んだ。

「こっちもやぁ！　こっちも負けず劣らず刺激的やぁ！」

それからガネーシャは悶えながらカラシ入りきんちゃくを口に入れ、アヒョヒョ！　ウヒャヒャァ！　と謎の奇声を発していた。

(なんなのこいつ――)

あっけにとられてガネーシャの様子を見ていたが、ガネーシャはヒーヒーと息を吐きながら、目に溜(た)まった涙をふいて感心するように首を振った。

「ワシ、自分のこと完全に勘違いしとったわ」

「え?」

「空気の読めへん女や思てたけど、違(ちご)てた。むしろ逆やった。自分、今世紀最高のエア・リーダーやったわ。いや、ここみんな間違うねん。通常時のガネーシャが甘いもん好きやから、つい甘いもん供えてまうんやな。でも、ブラックの好みは逆やねん。激辛好きやねん」

そして、おでんを食べ終わったガネーシャはタバコに火をつけながら言った。

「そういやサンダースくんなんか、鳥の代わりに唐辛子丸ごと揚げて供えてくれてな。ワシ、『これがほんまの辛(カラ)揚げやね』的なこと言うて感動したからね。エジソンくんなんか『タバコ買うてこい』言うたら『タバスコ』買うてきたからね。ほんま、空気の読める子らやったで」

(その人たち、頭大丈夫なの――)

私があきれている横で、ガネーシャは満足そうに言った。

「しかし、ここまで完璧に供えられたからには、ワシもその気持ちに応えなあかんわな」

そしてガネーシャは言った。

「とびっきり激辛の課題、出したるからな」

そのときガネーシャの目の焦点は定まっておらず、私の胸には、ますます不安が込み上げてきた。

＊

（な、何をしようっていうの……）

――私の視界は真っ暗だった。

私はガネーシャに目隠しをされた上に、手の自由を奪われて椅子に座らされていた。もちろん抵抗したけど、ガネーシャの強い力で押さえつけられてしまった。

「ま、まさか……」私は震えた声で言った。

「Hなことしようってんじゃないでしょうね⁉」

ガネーシャの反応がないので、私は続けた。

「やっぱりそうなんでしょ！　私の自由を奪って変なことしようって魂胆（こんたん）なんでしょ⁉」

すると、突然ガネーシャの叫び声が聞こえた。

「自分オモロいやん！　自分、めっちゃオモロいやん！　今の自分の台詞（せりふ）、言うなれば異臭を放つ生ゴミに『食べないでください』って貼り紙してあるようなもんやん！　なんや自分、お供えもんだけやのうて笑いのセンスも隠し持ってたんかいな！」

そしてガネーシャは「ぎゃははは！」と爆笑しながら床をゴロゴロとのたうちまわった。

（こいつ、ホント腹立つわ……）

私がイラついていると、ガネーシャはハァハァと息を整えながら言った。

「三分や」

「え？　何？」

「今から三分やるわ。それまでにこの部屋で『必要な物（もん）』言えや。言わんかった物は破壊するで」

「は？　破壊？　何言ってんの⁉　ちょっと待ってよ、全然話が見えない……」

ピッ……

部屋の中に、時計の電子音が響いた。

「ほんとに意味分かんないんだけど！」

私は声を荒げたが、ガネーシャの機械的な声が返ってきただけだった。

「もうカウントダウンは始まってんで」

（何なのこれ！　何のつもりなのよ！）

私は混乱しながらも、ガネーシャに強引に契約させられたときのことを思い出した。この狂った神様はいざとなると何をしでかすか分からない。

急激に不安になった私は、とにかく思いつくまま部屋にあるものを口に出した。

「ソファ！　ベッド！　あと、バッグ！」

するとガネーシャは、意地悪い口調で言った。

「バッグいうても色々持ってるやろ？　ちゃんと特徴言わへんとどれか分かれへんで」

（何なのよ、そのルール！）

しかし、両手の自由を奪われていた私はガネーシャに逆らうことができず、とにかく思い出せる限りのバッグのブランドを口にしていった。

すると、またガネーシャの声が聞こえた。

「自分、そんなんよりもっと大事なもんあるんちゃう？　預金通帳とか、携帯電話とか、そういうもん破壊されてもええんか？」

「ええ!?　そんなものまで入るの？」

「当たり前や。この部屋にあるもん全部や」

（ああ、もう！）

私はガネーシャの言葉に焦(あせ)りながら、頭をフル回転させた。

（この部屋にあるもの、この部屋にあるもの……）

私はとにかく、捨てられたら困るものを思いつく限り口にしていった。

「よっしゃ、時間や」

ガネーシャはそう言うと、私の目隠しを解いた。

急にまぶしくなって一瞬目を細めたが、あわてて部屋の中を見回した。何か言い忘れたものはないだろうか？

……大丈夫、大丈夫。ベッドもテーブルもソファも、お気に入りのバッグも、ちゃんと全部言えてる。

「ほな、始めるかぁ」

そう言って腕をぐるぐると回しながら立ち上がったガネーシャは、さっきよりもさらに体が一回り大きくなっているように見えた。両手を縛られている私はなんとか体をひねって立ち上がり、ガネーシャのあとについて行った。

ガネーシャはキッチンの前に立つと、灯台から放たれるサーチライトのようにゆっくりと視線を横に動かした。

（大丈夫よ。ここにあるものもちゃんと言って……）

「んん？」

ガネーシャはあるものに目を止めた。それは、電子レンジの隣にあるオーブンだった。

その瞬間、私の背筋を寒気が駆け抜けた。

（しまった。オーブンは――）

ガネーシャは、オーブンの前に立つとニヤリと笑って言った。

「自分、これ、最後に使(つこ)たのいつや？」

（そ、それは……）

最後にオーブンを使ったのはいつなのか思い出せなかった。雑誌の記事でオーブンを使ってスイーツを作っているのを見て衝動買いしたものの、それ以来ほとんど使ってなかったのだ。

「で、でもそのオーブンすごい人気だったのよ。これだってお店に残ってた最後の一台だったんだから！」

するとガネーシャはオーブンの上に手を置いて、優しい口調で語りかけた。

「そうか。このオーブンは最後の貴重な一台やったんや……ハイイイッ！」

掛け声と同時に、ガネーシャは手刀をオーブンの上に振り下ろした。オーブンの天井が鈍い音を立てて折れ曲がった。

「ちょっと、何すんのよ！！！」

しかし、私の言葉はガネーシャの掛け声にかき消された。

「ハイッ！　ハイッ！　ハイッ！　ハイイイッ！」

ガネーシャは、目にも止まらぬ速さで四つの拳を繰り出していった。

そして見る影もないほどにオーブンを破壊したあと、身体の前で両手をサッと交差して、

「押忍(おす)」

と頭を下げた。

そしてガネーシャはリビングに向かって歩き出した。

(こいつ、完全に頭壊れてる――)

これ以上部屋の物をめちゃくちゃにされてはたまらないので、私はガネーシャの前に立ちはだかった。

しかしガネーシャは私の身体を軽々とどけて、クローゼットの前に立った。

そして、クローゼットの扉を開くと一つ一つ服を確かめていき、あるワンピースを手に取ってニヤリと笑った。

「自分、これ言うてへんかったな」

そして、そのワンピースに無理やり自分の身体を通すと、

「ハイイイッ!」

と叫んで大胸筋をふくらませた。

ワンピースはビリビリに破れ、ただの布クズと化した。

しかし、ガネーシャの破壊行為は一向に収まらなかった。

ガネーシャは破れたワンピースを脱ぎ捨てながら、勝ち誇るように言った。

「ええか、よう見とけ。これが『ガネー断(だん)シャ離(り)』やで！」

そして、次から次へと部屋の物を破壊していったのだった。

健康器具を膝で折るガネーシャ

アロマキャンドルを水平打ちするガネーシャ

自動掃除機に頭突きするガネーシャ

（何で……何で私がこんな仕打ちを受けなきゃいけないの……）

私はショックでその場にへなへなと座り込んだ。

しかし、ガネーシャの狂気はまだ終わってはいなかった。

「んんん？」

ガネーシャは、ふと、窓際の棚の上に目を止めた。

（あ、あ……）

私はあわてて立ち上がり、棚の前に立った。

「ダメ……これはダメ！」

しかし、ガネーシャの太い腕はあっさりと私の身体を押しのけた。

棚の上にあったのは——私がここ数年間で集めた、パワーストーンのコレクションだった。

焦っていたから言い忘れてしまったが、この中にはすごく高価なものもある。

ガネーシャは、無言のまま四つの手それぞれに石を握り込んでいった。

「やめて！　これは本当にやめて！」

私は泣きそうになりながらガネーシャに懇願した。

しかし、ガネーシャから返ってきた言葉はこれだった。

「フンッ！」

そしてガネーシャがゆっくりと拳を開くと、見るも無残な姿になったパワーストーンの欠片（かけら）がこぼれ落ちた。

ガネーシャは言った。

「さすがのパワーストーンも、ワシのパワーにはかなわんかったみたいやな」

私はパワーストーンの破片と同じように、その場に崩れ落ちた。

＊

「ほいで、今回、ワシが何でこんなことをしたか……自分、ワシの話聞いてるか？」

「……」

「なあ、聞いてるかて」

「……」

私は呆然自失のまま、ガネーシャに破壊された電気機器や服、グラス、ダイエット器具を見つめていた。

「こりゃワシの教えを聞けるようになるまで、相当時間かかりそうやな」

しかしガネーシャは、

「せやかて、ワシ神様やし。神様が人間に予定を合わせるなんか聞いたことあれへんし」

と言って、私の携帯電話を手に取ると録音機能のボタンを押した。

「後で聞いといて」

そしてガネーシャは、携帯電話のマイクに向かって語り始めた。

「住んどる部屋を見たら、その人の心の状態が分かるちゅうのはよう言われることやけど、自分、こないな部屋に住んどったら、本当に欲しいもんは絶対手に入れられへんで。それ何でか分かるか？」

ガネーシャは続けた。

「それはな、この部屋には、自分が『ちょっと欲しい物』ばっか置いとるからや。使わへんオーブンかて、着いへん服かてそうやろ？　ちょっと欲しいと思たから飛びついて買うてもうた。そんで一回手に入れてまうと、今度はもったいなくて捨てられへんようになる。そうやって、自分の周りには『ちょっと欲しい物』があふれることになるんや」

そしてガネーシャは言った。

「ココ・シャネルちゃんはな、ファッションデザインのことだけを考えるために、部屋にあった無駄な家具や装飾品を全部捨ててしもたんやで。シャネルちゃんが亡くなったとき、収納の中に入ってたんはシャネルスーツ二着だけやったんや。そんくらいシンプルな生活の中で、最高のデザインちゅう一番手に入れたいものだけに集中したからこそ、シャネルちゃんは伝説のデザイナーになれたんやで」

ガネーシャは続けた。

「自分がなんとなく見てるテレビ番組、なんとなくやってるゲーム、ほんまに欲しいもんなんか？　自分の収納やパソコンの中には、ほんまに欲しいもんだけが入ってんのか？もし、そうやないんやとしたら、自分が本当に欲しいと思てるもんは一生手に入れられへんで。部屋の大きさが限られてるみたいに――自分が持てるもんも、生きてる時間も、全部限られてるんやからな」

そしてガネーシャは、

「よっしゃ、一回も噛まずに言えたで。さすガネーシャや」

そう言って携帯の録音停止ボタンを押した。

（だから何なのよ……）

ガネーシャの言葉を黙って聞いていた私は、怒りをおさえきれなくなって叫んだ。

「私はね、夢をかなえてほしいだけなの！　何でこんな風に部屋をめちゃくちゃにされなきゃいけないのよ！！！」

するとガネーシャは、フッと鼻で笑って言った。

「自分、ほんまに何も分かってへんなぁ」

「何が⁉」

ガネーシャはタバコに火をつけた。ボロボロでぐちゃぐちゃになった部屋に、ガネーシャの鼻から放たれる煙がゆっくりと漂っていった。ガネーシャは言った。

「成功するっちゅうのはな、めっちゃ大変なことなんやで。そらそうやろ。成功ちゅうのは他の人よりぎょうさんの価値を世の中に与えて、その報酬をもらうちゅうことやからな。当然、人がやらんような大変なこともせなあかん。部屋めちゃめちゃにされたくらいで音ねえあげてたら、自分、2億パーセント成功できへんで」

私はガネーシャの言葉に対して、思わず声を漏らした。

「だったら……いい」

私は、うつむいたまま続けた。

「だったら成功しなくていいよ」

私は荒れ果てた部屋を見つめながら、何年か前に挑戦した断捨離のことを思い出していた。あのときも「これで私の人生を変える！」と意気込んで雑誌に書いてあるとおりに始めたけど、一か月もしたら元どおりの汚い部屋に戻ってしまっていた。

頑張れない。長続きしない。

そういう経験がどんどん積み重なって、いつからか、私は目の前の努力じゃなくて、目に見えないものの中にしか希望が見出せなくなっていた。

――それが正しいことじゃないのは、心のどこかでは分かっている。

でも、そうする以外に方法がない。だって、私には現実の壁は高すぎるから。その高すぎる壁を直視したら、とたんに絶望が襲いかかってくる。

私は立ち上がって、窓際の棚に向かった。

そこで腰を下ろすと、ガネーシャに粉々にされたパワーストーンの欠片を一つずつ拾い集めた。

粉々にされた希望の欠片を――それでも拾い集めずにはいられない。

しばらくすると、背後に気配を感じた。私が振り向くと、そこにいたのはガネーシャだった。

(え……)

このときガネーシャはブラックガネーシャではなくて、最初に現れたゾウの姿になっていた。

ガネーシャは静かに言った。

「自分、人間は誰もが『二つの人生』を持ってるちゅう話知ってるか？」

私は小さく首を横に振った。

するとガネーシャは、上の腕を頭の後ろで組み、下の腕を前後に振りながら――なぜかスクワットを始めた。

しかし、何度か動作を繰り返したあと「あかん、しんどいわ」と言って座り込んでしまった。

そしてガネーシャは私を見て言った。

「これが一つ目の人生や。すぐやめてまう方の人生やな」

それからガネーシャは、一つ息をついて立ち上がると、もう一度スクワットを始めた。

ガネーシャは次第につらそうな表情になっていったが、

「ここがふんばりどころやで」

とスクワットを続けた。

すると不思議なことに、ガネーシャの足の筋肉が少しずつふくらんできた。体の色も黒味を増していく。ガネーシャは言った。

「人間は、一度でも自分の限界を超えて頑張れば、成長する」

ガネーシャはスクワットのスピードを上げた。

「成長すると、頑張るのが楽しくなる。楽しくなるともっと頑張れる。すると、ますます成長する」

そしてガネーシャの動きはどんどん速くなり、身体の筋肉はふくれ上がり、そしてついにはブラックガネーシャの姿になった。

ガネーシャは、全身からもうもうと湯気を立ち昇らせながら言った。

「これがもう一つの人生や。同じ人間やのに、ほんの少し違う道選んだだけで人生がまったく変わってしもた」

そしてガネーシャは大きく息を吐くと、顔をこちらに向けた。

「もちろん、最初はしんどいかも分からんで。でも、しんどいのを通り越したら、その向こうにはめっちゃ楽しいことが待ってんねん。でも、その『楽しさ』を知ってる人間は世の中にはほとんどおれへん。なんでか分かるか？」

「……頑張った経験がないから？」

「そのとおりや。せやから、ほとんどの人間は――自分の中にもう一つの人生が眠ってることを知らんねんな。いや、ワシは何も『頑張らなあかん』言うてるわけやないで。頑張って成功するだけが人生やない。人生は自由に楽しんだらええもんや。ただな、自分の中にはとんでもない可能性があんのに、しかも、それは自分のすぐそばに眠ってんのに、ほとんどの人間が、その存在すら知らんまま一生終えるちゅうのは寂しいことや思うねんな」

そしてガネーシャは、遠くを見るようにして言った。

「ワシは、みんなが『頑張る人生』と『頑張らへん人生』の両方を経験した上で、好きな方選んだらええ思うねん」

――ガネーシャの言っていることは理解できた。確かに、ほとんどの人が本気で頑張ったことがないから、その先にどんな人生が待っているのか想像できないのだと思う。私を含めて。

（でも……）

それでも、私は心の中に渦巻いている不安を消し去ることはできなかった。私は、その不安を口に出した。

「私、もうこんな年齢だから。今さら頑張っても無理だと思う……」

するとガネーシャは、「なんやそれ」とあきれるように笑って言った。

「自分、カーネル・サンダースくんが頑張り始めたんいくつんときか知らへんのか？65歳やで。クリスチャン・ディオールくんがブランド立ち上げたんは41歳んとき、スキャットマン・ジョンくんがミュージシャンとしてメジャーデビューしたんは52歳んとき、ドストエフスキーくんが最高傑作『カラマーゾフの兄弟』書いたんは58歳んとき、アンナ・モーゼスちゃんが初めて筆を握ったのは75歳んときや。あの子は80歳で個展を開いて、画家として一躍有名になったんやで。あの子らからしたら、今の自分なんて子どももええとこや」

そしてガネーシャは「それにな」と付け加えた。

「もし自分が今、80歳やったとして、いや、90歳や100歳やったとしても、頑張ることをあきらめる必要なんてあれへんで。もし、仮にその年齢から成功した人間がこの世に一人もおらんかったとしたら、それ自分にとってめっちゃチャンスやん。自分がその年齢で成功した初めての人になれるちゅうことやからな。それは、自分が後に続く人にとっての『希望』になれるちゅうことやねんで」

そしてガネーシャは言った。

「闇が深ければ深いほど、光は強く輝くもんや。それと同じでな、ブラックガネーシャの教えも、実行するのがしんどいからこそ、その先にはとんでもなく強い希望が輝いてんねんで」

そして、ガネーシャは優しい口調で言った。

「これからつらい修行が始まるけど、頑張ってワシについてこいや。そしたら自分の夢、全部かなえたるからな」

ガネーシャの言葉を聞いていると……不思議と心の不安が消えていった。

頑張れない、続けられない私だけど、それでももう一度頑張ってみたい、いつのまにかそんな気持ちにさせられていた。

ガネーシャは部屋を眺めながら言った。

「この部屋片づけるのは大変やろうけど、それが自分の夢をかなえる第一歩になるんやで。気張って片づけてみいや」

私がうなずいたのを見て、ガネーシャは満足そうに微笑んだ。

そして、「ほな、ワシは先に休ませてもらうわ」と言ってベッドに上ろうとした、そのときだった。

「んん?」

ガネーシャは、ふと視線を止めた。

その視線の先にあったのは――枕元に置かれた黒いガネーシャ像だった。

ガネーシャは言った。


「自分、これ言うたっけ?」

私はガネーシャの元に駆け寄りながら叫んだ。

「ダメ!　それだけは絶対ダメ!　だってそれにじゅうよんまん――」

「ハイイイッ!」

――ガネーシャの叫び声が部屋に響いた瞬間、黒いガネーシャ像の首が宙を舞った。

［ガネーシャの課題］

自分の持ち物で本当に必要なものだけを残し、それ以外は捨てる

## 2

マンションのゴミ置き場は、私の部屋から出た物であふれかえることになった。捨てられない粗大ゴミや電化製品は回収してもらう手続きを取った。

ガネーシャに部屋を荒らされているときは頭がおかしくなりそうだったけど、物がなくてすっきりした部屋にいると、気分は爽快だった。

そして何より新しい発見だったのは、掃除を終えたときの私が、すごくワクワクしていたということだ。普段はしないような思い切った行動を取ったことで、

(もしかしたら、新しい人生が始まるかもしれない……)

そんな気持ちが芽生えていた。

＊

しかし、あくる日、会社に向かうころには早くも現実に引き戻されている私がいた。

一番の問題は、やはりガネーシャ像のローンだった。

首が飛んでしまっているガネーシャ像は返品できるはずもないので、これからもお金を払い続けていかなければならない。これではお金持ちになるどころか、着実に貧乏への道を進んでいる。

——しかも、私はガネーシャからあるものを大量に買ってくるように言われていた。仕事を終えた私は、ガネーシャから頼まれた重い荷物をひきずるようにしながら帰路についた。

部屋の扉を開けると、中から「シュッ！　シュッ！」という声が聞こえてきた。おそるおそるのぞいてみると、汗だくになったガネーシャが猛烈な勢いでスクワットをしていた。その姿を見て、私は唖然とした。

「何で私のスウェット着てんのよ！」

ガネーシャが着ていたのは、私のお気に入りのピンク色のスウェットパーカーとパンツだった。「ガネー断シャ離」を免れたスウェットだったが、筋肉隆々のガネーシャに着られてピチピチタイツみたいになっている。

私の存在に気づいたガネーシャは動きをピタリと止め、顔だけこちらに向けて言った。

「ヒンズースクワットのヒンズーは、ヒンズー語のヒンズーなんやで！」

そして何事もなかったかのようにヒンズースクワットを再開した。

（何の豆知識⁉）

もはやツッコむ労力も惜しい気がした私は、ため息をつきながら持っていた紙袋を無造作に置いた。

「お、買うてきたか」

紙袋を見たガネーシャは、筋トレをやめて近づいてきた。そして袋の中身をのぞいて満足そうにうなずいた。

――ガネーシャに頼まれていたのは、大量の『プロテイン』と『黒コショウ』だった。ガネーシャは袋を持ち上げるとそのままキッチンに向かい、プラスチックの容器にプロテインと水、そして黒コショウの中身を丸ごと入れてシェイクした。そして、ごくごくと勢いよく喉に流し込んで言った。

「めっちゃええ、これめっちゃええええわ！　ほぼ、黒コショウの味しかせえへん！」

そう言って喜ぶガネーシャを見ながら（こんなものよく飲めるな……）と顔をしかめていると、ガネーシャが飲みかけの容器をこちらに差し出して言った。

「自分も『クロテイン』、一杯いくか？」

差し出された容器の匂いをかいだだけでむせそうになった。私が手を横に振って断ると、ガネーシャは言った。

「なんでやねん。遠慮すんなて。これ、めっちゃキクで。『キクゥ！』ってなるで」

「いや本当に大丈夫だから。私、辛いもの苦手だし」

するとガネーシャはフンと鼻を鳴らして言った。

「自分、そないなこと言うてるから夢をかなえられへんねんで」

「何言ってんの？　辛いものが苦手なのと夢は関係ないでしょ」

「アホか。大いに関係あるわ。むしろ自分が夢をかなえられへん理由は、辛いもんが苦手ちゅう事実に集約される言うても過言やないで」

「そんなわけないじゃん。適当なこと言わないでよ」

するとガネーシャはフッと鼻で笑い、プロテインをぐいっと飲み干して言った。

「ついてこいや」

＊

ガネーシャに連れて来られたのは、都心から少し離れた場所にあるカレー屋だった。この店のメニューには『デスカレー』という超激辛カレーがあり、20分以内に食べきれば無料になるらしい。店に入るなり、ガネーシャは店員に向かって言った。

「デスカレー二つや。あと表に置いてるガネーシャ像、汚れとったから掃除しといて」

自分の店でもないのにオーナーみたいなことを言っていたが、今の私にはそんなことはどうでもよくて、ただただガネーシャの横顔に見とれていた。

――私の隣に座っているガネーシャが、とんでもないイケメンになっていたのだ。

部屋を出るときガネーシャが変身したのにも驚いたけど、変身後の姿は、端正な目鼻立ちと黒く焼けた肌で、夏の海が似合うサーファーみたいになっていた。深くかぶったパーカーのフードから顔がのぞくたびにドキッとする。着ている服が私のスウェットじゃなくてちゃんとした服だったら、相当カッコイイことになっているだろう。

目の前に運ばれてきたカレーを指差して、ガネーシャが言った。

「おい、早よ食べんと冷めてまうで」

――今まで胡散くさいだけだった関西弁が、急に男らしく聞こえる。

(わ、私ったら何考えてんのよ。外見が変わってもこいつはあくまでガネーシャなんだから……でも何なの、このおさえきれない胸の高まりは――)

ガネーシャの外見に意識を奪われていた私は、何の気なしにスプーンでカレーをすくって口に運んでいた。

「ぐぼぉ!」

叫び声とともにカレーを噴き出した。口の中に爆竹でも放り込まれたのかと思った。私は急いで水を飲んだ。水を飲んだことでむしろ辛さが口の中に広がった。ガネーシャは二ヤリと笑って言った。

「ちなみに、このカレー完食するのが今日の課題やからな」

（はぁ!?　何なのよ、そのめちゃくちゃな課題！）

改めて目の前の『デスカレー』を見ると、ほとんど手つかずの黒いルーが皿の上に広がっている。

勇気を出して、もう一度カレーを口に近づけてみた。匂いをかいだだけで涙があふれ出てくる。

「無理。絶対無理」

「なんでやねん。頑張れや」

「いや、これは頑張るとかそういう次元の問題じゃないから」

私が完全に戦意喪失していると、ガネーシャは「しゃあないなあ」と言い、私の携帯電話を手に取ってインターネットを立ち上げた。そして、画面をこちらに向けた。

「これ何？」

私が首をかしげると、

「ええから読んでみい」

ガネーシャに言われて読んでみたところ、こう書かれてあった。

**【辛い食べ物の効能】**

子どものころ「辛いものを食べると頭が悪くなる」などと言われた人もいるかもしれませんが、それは科学的根拠のない迷信です。もちろん取りすぎは良くありませんが、辛い食べ物は血行を良くするので『冷え性』を防ぐ効果があり、代謝を高めるので『肥満予防』にもなります。

（へぇ……辛い食べ物はダイエット効果があるんだ……）

私が感心していると、ガネーシャが言った。

「ええか？　本気で夢かなえよう思たら、乗り越えられへんように思えるしんどいことも出てくんねん。でも、そういう困難を自分にとってプラスととらえられるか、それが勝負の分かれ目やねんで」

そしてガネーシャは言った。

「52歳でメジャーデビューしたミュージシャン、スキャットマン・ジョンくんな。あの子は幼いころから吃音（きつおん）症で、どもっててん。歌手にとってどもるちゅうのは致命的や思うやろ？　せやけどあの子は『すべてのことには意味がある』言うてな、吃音症を音楽に活（い）かそうとしたんや。そんで、吃音が『スキャット』ちゅうジャズの歌唱法に向いてるのを見つけてな、ジョンくんのデビューアルバム『スキャットマンズワールド』は全世界で６０

0万枚売り上げたんやで」

そしてガネーシャは、カレーの皿をこちらに押しながら言った。

「せやから自分もな、嫌なもんや苦手なもんを遠ざけるんやのうて、そういうもんの中に自分にとってプラスになる面を見つけるんや。そしたら自分の中に眠ってる可能性が引き出されるんやで」

（よし……）

私はスプーンにすくったカレーを見つめた。

（このカレーはダイエットになる。冷え性にも効く……）

そう頭の中で何度も念じながら、カレーを口に入れた。


「ぐぼお！」


——結果は同じだった。というか、辛いものについてちょっと調べたくらいでデスカレーが完食できたら、この店とっくに潰(つぶ)れてる。

（これ以上食べたら、本当に死にかねないわ……）

時計を見ると、完食までの残り時間はすでに半分を切っていた。

私は、ほとんど手つかずになっているデスカレーを眺めながら思った。

（やっぱり私には無理なんだよね……）

また、私の心にあきらめの気持ちが広がり始めた。

ガネーシャは無理難題ばかり出してくるけど、世の中にはこういう課題をクリアできる人もいるのかもしれない。いや、むしろ課題をクリアできる人だからこそ、夢をかなえていけるのだろう。

でも、今まで色んなことに挑戦しては失敗してきた私が、少し考え方を変えたくらいで人生が変えられるとは思えなかった。

そう思って大きくため息をついた、そのときだった。

（え――）

私は緊張のあまり飛び上がりそうになった。

「け、健司さん……」

私の目の前に、園山健司さんがいた。

ガネーシャの顔が、いつのまにか健司さんの顔に変わっていたのだ。

（なんで――）

私は呆然とするしかなかったが、健司さんは優しい口調で言った。

「このカレーを食べ切れたら、僕と結婚しよう」

（え――）

そして、健司さんは微笑んで言った。

「約束だよ」

「は、はいぃっ！」

私は無意識のうちにそう叫ぶと、カレーを食べ始めていた。

口の中で爆竹が鳴った。その爆竹を無理やり喉の奥へ流し込んだ。喉に猛烈な痛みが走ったが、すぐにその痛みは消えた。

（い、いける！）

私はコツをつかんだ。舌が辛さを感じる前に、どんどん胃の中に流し込めばいいのだ。

私は噛むのをやめた。そして、一口、また一口と喉の奥へと流し込んだ。流し込んだ。流し婚だ。そう、これは私と健司さんの『流し婚』よ！　言っている自分でもわけが分からなかった。極限の辛さが私の思考を徐々に崩壊させていた。

辛いものを食べすぎると頭が悪くなるというのは、あながち迷信じゃないのかもしれない——。

「お時間です」

店員が終了の合図を知らせに来た。

ガネーシャのフードの下の顔は、いつのまにか健司さんではなく元のイケメンに戻っていた。

そして、私の目の前には——完食されたデスカレーの皿があった。

「自分、やったやん」ガネーシャは言った。

「頑張るのがしんどなったらな、欲しいもん手に入れた状態をリアルに想像してみい。そしたら、どんなしんどいことでも乗り越えられる力が湧いてくるからな」

私はゆっくりとうなずいた。そして、自分が完食したデスカレーの皿の写真を撮った。

このお皿のことは忘れないでおこう。本当に自分が手に入れたいもののためなら、どんなにつらいことでも乗り越えられる証として——。

このときの私には、「自分は変われる」という確かな自信がみなぎっていた。

と同時に、デスカレーがお腹の中で暴れ回り、とてつもない便意がみなぎりつつあった。

［ガネーシャの課題］

苦手な分野のプラス面を見つけて克服する

## 3

「苦手な分野のプラス面を見つける」

この考え方は色々なことに応用できる気がした。

たとえば「部屋掃除」。私はこれまでずっと掃除が苦手だったけれど、綺麗な部屋で過ごすことで気が引き締まり、だらだらする時間が減る。そう考えれば「部屋掃除」と「欲しいものを手に入れること」がつながって、部屋掃除を楽しめるようになるはずだ。

(これからは、会社から帰ってきたらまず部屋掃除をしてみよう)

そんなことをトイレの中で考えていると、またガネーシャがトイレの扉を叩いてきた。

「おい、ええ加減にせえよ!」

ガネーシャは、トイレの扉を乱暴に叩きながら言った。

「なんで神様であるワシをさしおいて、下々の存在である自分がワシより先に下の世話してんねん! ちゅうか、もしワシがここで漏らしてもうたらどうなんねん! 『ガネーシャっていつも上から教えてくるけど、下にお漏らしした神様なんだよね?』ってなるやん! 説得力激減やん! 世界中におるワシの信者20億人が20人弱になるやん! 20人弱て、それ自宅で勝手にライブ配信してるやつの視聴者数やん！　『神』の意味も根本的に変わってくるやん！」

「ああ、もう！　うるさいわね！」

　私はトイレの中から答えた。昨日食べたデスカレーが、依然として私のお腹の中で暴れ回っている。私は痛むお腹を押さえながら言った。

「あんたがあんなカレーを無理やり食べさせるから悪いんでしょ。あと、女の子がトイレに入ってるんだから扉の前に立たないでよ！」

「女の子……？」

　そしてガネーシャは、ハタと気づいたように言った。

「ああ、おったな。行き遅れ続け早や五年。生物学的にかろうじて『女』に分類されるホモサピエンスがこの部屋に生息しとったわ」

「もう絶対トイレから出ない。会社休んででもここから出ない」

「ふざけんなや！　朝トイレはワシの一番の楽しみなんや！　朝のトイレをゆっくりできるちゅう労働条件に惹(ひ)かれて神様になったみたいなとこあんねんで！」

　ガネーシャは相変わらずわけの分からないことを言っていたけど、私は無視し続けた。

　すると、

「自分……ほんまバチ当たっても知らんからな」

ガネーシャはその言葉を口にすると、急に静かになった。

＊

私がトイレから出た瞬間、ガネーシャは私の身体を押しのけるようにしてトイレに入った。

（バチが当たるって……また何かしでかしたんじゃないでしょうね……）

そう思いながらおそるおそる部屋を見回したけど、何かを破壊された形跡はなく、特に変化は見られなかった。

私はほっと胸をなでおろしたが、

「ん？」

足元に、私の携帯電話が落ちているのを見つけた。なぜかその隣には名刺が置いてある。

その名刺の名前を見て、私は全身が凍りついた。そこに書かれてあったのは、

園山健司

だった。

(まさか……)

私はすぐさま振り向いてトイレの扉を叩いた。

「ちょっと、あんた何したの⁉　何してくれたのよ⁉」

しかしトイレの中から聞こえてくるのは、

「ガネーシャ・モーニングー♪」

——謎の鼻歌だけだった。

私は急いで携帯電話を調べた。結果、卒倒しそうになった。なんとガネーシャは、私の携帯から園山さんにメールを送っていたのだ！

しかもその内容は——まったく理解できない代物だった。なぜか、すべての文章が英語で書かれてあったのだ。

「なんで英語なの⁉」

トイレの扉を叩きながら叫んだけど、

「ガネーシャ・ワンダフルー♪」

——返答は謎の鼻歌だった。

ガネーシャを問いただすのは一旦(いったん)あきらめて最後まで読んでみると、英文の後に日本語の訳がついていた。

Hello. Last day, We met at the after-marriage party.

That day, many sows in heat gathered around you. I believe you found out an extraordinary charming, yummy-looking sow in that herd. That's me. Oink-oink. I remember you saying "My dream is to work abroad, so I am thinking about studying English". By coincidence, I am studying English as well! In fact, I am the senior in the English learning business, so I guess, I should allow myself to speak more frankly. Dude, don't you think you could mess around with English! English is much more deadly than you think it is. If you show half-hearted attitude towards English, you're dead meat. I think what you need is a lesson. A lesson that shatters your naive thoughts. So, next time we meet, I will bring my English brothers to give you a good workout, so you better be ready for that.

（日本語訳）

先日、結婚式の二次会でお会いした者です。

あの日は園山さんの周りに盛りのついたメス豚たちが大勢集まっていましたが、その中にいたとびきりチャーミングでおいしそうな豚、それが私です。ブヒブヒ。あのとき園山さんは「海外で仕事をするのが夢だから英語を勉強したい」とおっしゃっていて、ちょうど私も今、英語を勉強しているので、というか英語を先に勉強しているという点では私の方が先輩なのでこれ以降はタメ口で話すけど、園山、お前、マジで英語なめんじゃねーぞ。英語ってある意味凶器だから。半端な気持ちで考えてると、確実に命落とすからな。今度外国人のブラザーと一緒に、お前の英語に対する甘い考えを叩き直してやるから覚悟しとけよ。

「あんた……これ、どういうこと？」

私は手を震わせながら、トイレから出てきたガネーシャに携帯の画面を向けた。

すると、ガネーシャは余裕の表情で答えた。

「ああ、それな。最初は腹立ってたからめちゃめちゃなメール送ったろ思たんやけど、やっぱりワシは腐っても神やねえ。恋に悩む憐れな子羊をよう見捨てられんくて、園山と会う約束取りつける『神メール』送ってもうたわ」

「何が神メールよ！　こんなめちゃくちゃな内容のメールなんて気味悪がられるだけじゃない！」

「アホか。『何だ、この今まで見たこともない刺激的なメールは！』てなるわ」

「なるわけないでしょよ！　ていうか、万が一返信来たとしてもどうするの!?　私、英語全然しゃべれないのよ!?」

するとガネーシャは、鼻をフンと鳴らして言った。

「自分、エミー・ジョンソンちゃん知ってるか？　まあ無学な自分は知る由もないやろけどな。彼女は元々普通のＯＬやってん。せやけど失恋したのがきっかけで、好きなことしよう思て、昔から憧れてたパイロットになろう思たんや。そんで飛行場で操縦の練習始めたんやけど、そんときたまたま新聞記者に取材受けてな。『オーストラリアまで飛びたい』て夢を語ったんや。そしたら、それがそのまま記事になってもうて。みんなから『いつオーストラリアに飛ぶの？』聞かれるようになって。エミーちゃんも『こうなったら行くしかない』て色んな人から資金調達して、必死に勉強してパイロットテストにも合格して、ほんまにオーストラリアまで飛んでしもたんや。彼女は『イギリスの女性版リンドバーグ』言われて大人気になったんやで」

そして、ガネーシャは続けた。

「せやからな、できるできないを判断するんやなしに、やりたいことを口に出してまうんがポイントやねん。そしたら後に引けんようになって頑張るから、今まで眠ってた力が発揮されんねんで。ま、今回ワシはその手助けをしたったちゅうことやね。まさに、神メール――ゴッド・メールやで」

しかし、ガネーシャがどれだけ熱弁しようが、私はまったく励まされなかった。

（終わった……。こんなメール送ったら変人だと思われるだけだ……）

改めてメールの内容を確認してみたが、読めば読むほどめちゃくちゃなメールだった。

――ただ、そのとき、ふとあることに気づいた。

私が友達の結婚パーティで園山さんと会ったとき、確かに彼は「英語を勉強したい」と言っていたのだ。

（どうしてガネーシャはそのことを知っているんだろう……）

不思議に思って顔を上げると、

「おっ」

ガネーシャが私の携帯を指差して言った。

「ユー・ゴッド・メールやで」

再び視線を画面に向けると、本当に園山さんからメールの返信が来ていた。

[ガネーシャの課題]

目標を誰かに宣言する

## *4*

緊張で指を震わせながらメールの受信ボックスを開き、園山さんからのメッセージを読んだ。


メールありがとうございました。朝から笑わせてもらいました。

英語は本当に勉強したいと思っているのでよろしくお願いします。


奇跡だ。

返信が来たこともあり得ないけど、好印象を持ってもらえている雰囲気すら漂っている。

うれしくて踊り出したい衝動に駆られたけど、すぐに不安が押し寄せてきた。

——そうだった。ガネーシャはメールの中で、私は英語が話せるというウソをついてしまっているのだ。

（これからどうしたらいいんだろう……）

私は焦りと不安の目をガネーシャに向けた。しかし、ガネーシャの顔を見て驚くことになった。

なぜかガネーシャは、目に涙を浮かべていたのだ。

「ウ、ウケてるやん……」

それからガネーシャは鼻水をすすりながら、

「これプリントアウトしてええ？」

と言い、携帯のメールをパソコンに転送して拡大プリントした。そして「笑わせてもらいました」の部分に赤の油性ペンで何重にもアンダーラインを引き、それを部屋の壁に貼り、潤んだ瞳で見つめながら言った。

「やっぱりワシ、オモロかったんや……。ワシは笑いの神様やったんや……」

（どれだけ感動してんのよ――）

ガネーシャのリアクションにあきれながらも、私はガネーシャがいつもつまらない駄洒落ばかり連発しているのを思い出した。

（普段から、相当スベってるんだろうな……）

ガネーシャに対して憐みの気持ちが生まれた瞬間だった。

でも、感傷に浸っている暇はない。私はガネーシャに向かって言った。

「これからどうすればいいの？　園山さんは私が英語を話せるって勘違いしてるわよ」

しかしガネーシャは私の質問には答えず、

「園山くんはホンマええ子や」「自分みたいな粗大ゴミ女を園山くんとひっつけるんは心が痛むで」「ワシ、自分やのうて園山くん育てたいわ。今すぐにでもこの部屋を飛び出して園山くんの胸にダイブしたいわ」

と園山さんを散々ホメ上げたあと、

「せやけど、自分みたいなでき損ないを救えるんはワシしかおらんしな」

と鼻をほじりながら言った。

「まあワシの言うとおりやれば、園山くんと会うときまでに英語をマスターさせたるから安心せえ」

（そんな簡単に英語をマスターできるとは思えないけど……）

ガネーシャの言葉は大いに疑わしかったけど、とりあえず話を聞いてみることにした。

ガネーシャは言った。

「英語を勉強する前にまず自分が知らなあかんのは、物事をマスターするための『手順』や」

「手順？」

「そうや。そんでその手順さえちゃんと踏まえたら、英語だけやのうて、仕事やろうが、ダイエットやろうが、どんな分野もマスターできるんやで」

にわかには信じがたい話だったが、とりあえず話の続きをうながした。

「で、私はどうすればいいの？」

するとガネーシャは鼻で笑って言った。

「いやいや『どうすればいいの？』てサクッと聞かれても、これはワシの教えの中でも秘伝中の秘伝やからそんな簡単に教えられるわけあれへん……ハバネロ先生ぇ！」

私はあらかじめ買っておいたハバネロ唐辛子の瓶をガネーシャの前に差し出した。ガネーシャはハバネロの瓶に飛びついて「先生！　会いたかったです、先生！」と叫びながら封を開けた。そしてハバネロをジュースのように飲み、「センセッ！　センセッ！」と叫びながら痙攣したあと、姿勢を正して語り始めた。

「……やっぱりワシの教え子を見る目に狂いはなかったな。よっしゃ教えたろ。全身全霊込めて教えたろ。ええか？　物事をマスターするために一番大事なんは――『本音の欲求』や」

「本音の欲求？」

「そうや。人間ちゅうのはな、自分の心の奥底にある本音の欲求に従うたら、潜在能力をフルに発揮できるもんなんや。逆に、外から押しつけられたもんは本音では望んでへんから、頑張ろう思てもやる気が出えへん。レオナルド・ダ・ヴィンチくんもこう言うてるで。『欲望を伴わない勉強は記憶を損なうだけだ』てな」

「なるほど……」

「まぁ、でも自分はこの条件は満たしとると言えるな。自分が英語をマスターしたいんは、園山くんと仲良うなりたい、あわよくばゴールインしたいちゅう、本音の、エゴにまみれた、不純でうす汚れたメス豚的欲求なわけやから。そういうほんまの欲求こそが、人を成長させる原動力になんねんな」

話の後半は私への罵詈雑言（ばりぞうごん）がすごいことになってたけど、あながち間違ったことは言ってないのかもしれない。

私は今まで色んなことに挑戦してきたけど、本音で何を望んでいるのかはっきりしないまま始めたことがほとんどだった。

ガネーシャは続けた。

「大事なことやからもう一回言うとくで。物事をマスターするのに一番大事なんは『本音の欲求』や。何のためにそれをするのか、そのことがはっきりしとらんと、どんな分野もマスターできへん。せやから自分の欲求が見つかってへんときは、まずそれを見つけなあかん。今までやったことないことやってみたり、会うたことない人に会うてみたりして、

『ああ、自分はこういう風になりたい』『これを手に入れたい』て思えるもんと出会うんや。そりゃ、今までとは違う経験をするわけやから、ストレス感じたり傷つくこともあるやろ。でもな、一度自分の欲求見つけて、それに向かって進み始めたらとんでもないスピードで成長できるんやで」

そして、ガネーシャは鋭い目つきで言った。

「そんで『本音の欲求』が見つかったら、あとは今からワシが教える『ブラックガネーシャ三大法則』を実践に移すだけや」

くわっと目を見開いたガネーシャは、なぜか上着とズボンを脱ぐと全身に力を込め、ボディビルのポーズを取って言った。

「『ブラックガネーシャ三大法則その1』は、これや！」

## 【1】うまくいっている人のやり方を調べる

「自分らは何かを始めるとき、いきなり自己流でやろうとするやろ。せやからうまいこといかへんねん。まず最初にせなあかんのんは、本でもインターネットでも何でも使て『うまくいっている人のやり方を調べる』ことや。

自分が思てるほど、自分と他人に違いはあれへん。みんな同じようなもん手に入れようとして、同じようなとこでつまずいて、同じような方法で乗り越えてるんや。

せやから、何よりもまずうまくいってる人がどうやったのかを学ばなあかん。ウォルマートの創業者、サム・ウォルトンくんはな、小売店業を始めたときまず他の店がなんでうまくいってるのか徹底的に研究したんや。あの子はこう言うてるで。

『私が自慢できることはただ一つ。アメリカ中のどの小売業の経営者より、私の方が多くの店を見学していることだ』

うまくいってる会社のやり方を調べることで、ウォルトンくんはウォルマートを世界最大のスーパーマーケットにしたんやで。

――そのことが分かったら、次は『ブラックガネーシャ三大法則その2』や！」

## 【2】一度自分のやり方を捨て、うまくいっている人のやり方を徹底的に真似る

「うまくいってる人のやり方を知っても、実行に移さへん人がほとんどやねん。その理由はな、『この考えは自分には当てはまらない』とか『そんなやり方でうまくいくはずがない』言うて、自分で勝手に判断すんねんな。それがあかんねん。何かをマスターするために大事なことは、自分のやり方を一度『捨てる』ことやねん。自分、マイケル・ジャクソンくん知ってるやろ？　あの子がまだ劇場で前座やってたころな、埃(ほこり)まみれのカーテンの袖(そで)からジェームス・ブラウンくんのステージ見とってん。そんでジェームスくんのステップやターン、腕の組み方やマイクの持ち方、何から何まで目に焼き付けて、それを完璧に真似したんやで。自分らが天才や思てる人間も、最初は自分のやり方を捨てて、優れた人を真似することから始めてるんや。

——そのことが分かったら、次は『ブラックガネーシャ三大法則その3』や！」

## 【3】空いた時間をすべて使う

「自分ら見てると、何を始めるにしてもやり方が『中途半端』やねんな。せやからマスターできへんねん。何かをマスターしたいと思たらな、空いた時間は全部そのために使うくらいの勢いでいかなあかん。極端やと思うかもしれへんけど、むしろその『極端さ』が必要やねん。モーツァルトくんなんかな、六歳のころから宮廷演奏家としてヨーロッパ中を回ってたんやけどな、移動の馬車の上でずっと作曲してたんやで。後世に残る名曲も、この馬車の上で構想が練られたもんがほとんどやて言われてんねん。あ、あとな、空いた時間を全部使うんは大変や思うかもしれへんけど、これ慣れたら意外とイケるもんやで。むしろ作業せえへんと落ち着かんかったりすんねん。その状態にもっていけたら、あとは自動的に成長していくで」

「ふう……」

『ブラックガネーシャ三大法則』を言い終えたガネーシャは決めポーズを崩し、身体から噴き出している汗をぬぐった。その姿を見ながら私は思った。

（ボディビルのポーズを取った意味、ある？）

ただ、ガネーシャがあまりにもやりきった顔をしているので何も言えなかった。

ガネーシャは言った。

「今ワシが教えた『ブラックガネーシャ三大法則』を使て一つの分野をマスターしてみぃ。そしたら『何かをマスターするってこんなに楽しいんだ』てことが分かって、次の分野、またその次の分野にチャレンジしたなるからな。そうなったら、もう自分は成長なしでは生きてられんようになるで！　……このワシのようにな！」

そう言ってガネーシャは、全身鏡の前でポーズを取りながら叫んだ。

「キレてる！　キレてる！　ガネーシャ、キレてるぅ！」

鏡の前で恍惚（こうこつ）の表情を浮かべながら、自分の筋肉に酔いしれるガネーシャを見て思った。

（「成長」と「気持ち悪い」って、紙一重だわ……）

［ガネーシャの課題］

次の順序で一つの分野のマスターに挑戦する

1．うまくいっている人のやり方を調べる

2．一度自分のやり方を捨て、うまくいっている人のやり方を徹底的に真似る

3．空いた時間をすべて使う

## 5

会社から戻ってきた私はすぐパソコンの前に座り、英語勉強法の検索を始めた。

(こんなにたくさんあるんだ……)

予想以上に多くの勉強法が見つかり、驚くと同時に少し後悔した。

実は、私は会社に入ったばかりのころ、英会話の勉強を始めたことがあった。当時は、海外旅行に行くときに英語がしゃべれた方が楽しいし、色々プラスになることが多そうだからという理由だった。でも、書店で目についた参考書を適当に買って始めた英会話の勉強は、結局二か月も続かなかった。

――ガネーシャの言ったことは正しいかもしれない。何かをマスターする前に、「どうしてそれを手に入れたいのか」という本音の欲求に出会うことが大切なのだろう。

私はウェブサイトで本の口コミを丹念に見て、読者から高い評価を受けている参考書を買うことにした。

こうして手に入れた参考書を読み始めたものの、すぐに「こんな方法でうまくいくのかな？」とか「こんなに同じことを繰り返す必要なんてあるの？」という疑問が湧き上がってきた。しかしまずは思い切って自分の考えを捨てて、書いてあることは正しいと思って実行することにした。

すると、意外なことが起きた。

自分の考えを思い切って捨てたとき、「変われるかもしれない」というワクワクした気持ちが生まれたのだ。

最初は疑問を感じながら進めていた英語の勉強だったが、徐々にのめり込めるようになっていった。

「空いた時間をすべて使う」も実践してみた。会社に行く途中の通勤電車やお昼休み、とにかく少しでも空いた時間は英語の勉強に使った。

これを一日通してやってみて分かったのは――すごく大変だということ。ほとんど一日中「空いた時間は勉強する」という目的を意識していたから、休めたのはお風呂の中ぐらいだった。そのとき疲れがどっと出て、湯船で眠ってしまいそうになった。

でも、大きな発見もあった。

いつもはちょっとした空き時間があると、なんとなく携帯電話をいじってしまうのだけど、「空いた時間はこれをやる」とあらかじめ決めておくことで、すぐに作業に取りかかることができた。そして、最初は面倒に感じても、一度始めてしまえば思った以上に楽しむことができた。

——こんな感じで英語の勉強は順調に進んでいたのだけど、夜、部屋で勉強していたときに、突然ガネーシャが叫んだ。

「もう我慢できへん！」

そしてガネーシャはおもむろに私の携帯電話を手に取ると、勝手に操作し始めた。

「私の携帯触らないでって言ってるでしょ」

ガネーシャにいじられるのが嫌で何度も暗証番号を変えたのだけど、ガネーシャはいつも番号をつきとめて自分のモノのように使っている。

ガネーシャと揉み合いながらなんとか携帯電話を取り返したのだけど、中身を見て頭がくらくらしてきた。

ガネーシャが、また園山さんにメールを出していたのだ。

今週末、英語の勉強会開きませんか。

外国人のブラザーが会いたがっています。

「……これ、どういうこと？」

するとガネーシャは悪びれずに答えた。

「どういうことも何も、そこに書いたるとおりや。今週末、園山くんに会いに行……痛だだだ！」

気づいたときには、私はガネーシャの鼻を右手でつかんでいた。ガネーシャは「や、やめろや！」と言いながらじたばたと手を動かした。どうやら、ブラックガネーシャも鼻までは鍛えられないらしい。私はさらに手に力を込めた。

すると、

「ああ！　あああっ！」

ガネーシャの様子がおかしくなった。痛がっているというより、むしろ気持ち良さげな表情を浮かべている。

「もっと！　もっと強く！」

（うわっ、何なのこいつ、気持ち悪い！）

思わず手を放すと、ガネーシャは、

「やめんといて！　もっとちょうだい！　もっと刺激的なのちょうだい！」

とすがりついてきた。私はガネーシャを手で払って言った。

「と、とにかくちゃんと説明しなさいよ。なんで園山さんにこんなメール送ったのよ！」

するとガネーシャは言った。

「説明したら、鼻ギューッってしてもらえるんやろな?」

私がしぶしぶうなずくと、ガネーシャは意気揚々と語り出した。

「いや、ワシかて自分の英語力が全然足りへんのは分かってるで。分かってるけども、どうしても園山くんに会いたなってもうてん。ワシ、園山くんに会うて、園山くん笑わせたいねん。園山くんの腹がよじれるくらい、息ができんくなるくらい笑わせて、笑わせて、笑い死にさせたいねん。笑い死にしてもうた園山くんの喪に服したいねん。『惜しい男を亡くしたで!』言うて泣きながら喪に服したいねん」

(だめだ。何言ってるか全然分かんない……)

私はあきれてため息をつきながら、ガネーシャの鼻を握ってやった。ガネーシャは「いっ!」と言いながら気持ち良さそうに悶えた。そんなガネーシャの姿に顔をしかめたが、ふと、ガネーシャがたった今口にした言葉に疑問を感じてたずねた。

「ていうか、あんたが園山さんに会うってどういうこと?」

するとガネーシャはしれっと答えた。

「どういうこともなにも、そのまんまやで。meet や。『ガネーシャ meets 園山』や。『ガネーシャ meets 園山 featuring お前』や」

「なんで私が脇役的なポジションなのよ。ていうか、あんたなんか連れていかないから」

私はそう言って、ガネーシャの鼻を投げるように手放した。

するとガネーシャは「なんでやねん！　何でワシを連れていかへんねん！」と両手をじたばたさせた。

「当たり前でしょ。あんた連れてったらめちゃくちゃにされるだけじゃない」

「アホか。むしろワシが行かんかったらどないすんねん。ワシという参謀がおって初めて成り立つmeetingやないかい」

「絶対に連れていかない！」

私はガネーシャにピシャリと言った。

しかしガネーシャは余裕の表情で切り返してきた。

「じゃあ、メールに書いた『外国人のブラザー』ちゅうのはどうすんねや？　自分、外国人の友達なんかおれへんやろ」

——私は言葉を返せなかった。園山さんは英語の勉強がしたくて返信をくれているのだから、外国人を連れていかなかったら園山さんをがっかりさせるだろう。

するとガネーシャは、私の肩にぽんと鼻を置いて言った。

「まあワシに任せとき。ワシが外国人のブラザーになってうまいことやったるから」

ガネーシャは自信満々にそう言ったけど、私の不安は収まらなかった。こんなやつを連れていって本当に大丈夫なのだろうか……。

するとガネーシャは、何かを思いついた表情で言った。

「そや。自分この課題やってみいや。『合わない人をホメる』」

「『合わない人をホメる』?」

「そうや。人間生きてりゃ自分とは合わへんやつの一人や二人出てくるやろ。そいつをホメんねん」

「なんでそんなことしなきゃいけないのよ」

「自分、リンカーンくん知ってるか?」

「知ってるわよ。アメリカの大統領だった人でしょ」

「お、自分みたいなもんでも知ってんねや。ただ、リンカーンくんの名前は知ってても、彼が大統領になれたんは『合わへん人をホメたから』やちゅうことは初耳やろ。1860年にアメリカ大統領選があってんけど、大統領になるには、まず、党の代表者として指名されなあかんねん。そんで当時の共和党には、チェースくんとスワードくんちゅう実力者がおってんけど、色々問題あってな、あたりさわりないリンカーンくんが指名されたんや。そら、他の二人からしたら面白ないわな。せやから新聞の取材でリンカーンくんのことめっちゃ批判したんや。でもリンカーンくんは腹を立てんと、二人に丁寧な手紙送ってな。『あなたの優秀さが私には必要なのです』てホメたんや。そうやって仲悪かった人を強力な味方に変えることで、大統領選に勝利したんやで」

「ふーん。なるほどね」

私がうなずいていると、ガネーシャは言った。

「正直、ワシと自分は合わへん。会うたときから全然合わへん。水と油や。嫁と姑や。ハブとマングースや。ワシは自分のことを売れ残り女や思てるし、自分はワシのことを神様界の残飯的存在や思て……って誰が残飯やねーん！」

そしてガネーシャはツッコミのポーズでしばらく固まったあと、何度も私をチラ見した。

そして、一切ウケてないのを確認すると、ゴホンと咳払（せきばら）いして続けた。

「ま、というわけでな、今からワシのええところを見つけてホメてみい。そしたらワシをチームメイトとして受け入れられるはずや」

そしてガネーシャは目をキラリと光らせて言った。

「ただ、今回の課題は少し簡単すぎるかもしれへんな。園山くんとの会合でワシが重要な戦力になるんは間違いないねんから」

そして、ガネーシャは両手を顔の前に持ってきてサッと動かした。すると、そこに現れたのは――黒人のブラザー的ルックスを持つ外国人だった。

そしてガネーシャは、テレビのリモコンをマイクのように持って、

「ヘイ、マイクチェック、ワンツー、ワンツー」

と言い、私を指差しながらラップを歌い出したのだった。

ＨＥＹ　ＹＯ！
そこの行き遅れた**女**　お前の彼氏探しは**困難**
お前は女の最下**層**　でも上がり続ける男の理**想**
漂ってきたぜ加齢**臭**　カサカサの肌は鳥取砂**丘**
焦って塗りたくるヒアルロン**酸**　でもスッピンはただのおっ**さん**
泣きながら一人くるまる**布団**　砕けた希望のパワー**ストーン**
ＨＥＹ！　ＹＯ！　でも　あきらめるのは早いぜ**ＬＡＤＹ**！

人生変える準備は　READY?
そう、俺の名はMCガネーシャ！　インドから来た革命者！
遅れ続けたお前の婚期　必ずゴールさせる俺の根気！
今は一人きりのリビング　でもいつか輝く薬指のリング！
ずっと迷い続けた路頭　だからこそ歩けるバージンロード！
さあ行こう　理想の未来へ！
ガネーシャと行こう　ガネーシャ最高！
ガネーシャ最高！　ガネーシャ最高ウ！！！

そしてガネーシャは「ガネーシャ最高ゥ！」と叫びまくったあと、「ガネーシャ？」と言ってマイクを私に向けてきた。私が無視していると、再び、

「ガネーシャ？」

と聞いてきた。それでも無視していると、小さな声で、

「ホメろや。『最高ゥ！』の部分言えや」

と言ってきた。それでも頑（かたく）なに無視していると、ガネーシャは「ガネーシャ！」と言ったあと私にマイクを向け、腹話術の要領で口を動かさずに自分で「最高ゥ！」と言った。

（こいつ、結局全部自分で言いやがった――）

私は唖然としていたが、ガネーシャは口を動かして「ガネーシャ！」、腹話術で「最高ゥ！」という歌い方で「ガネーシャ最高ゥ！　ガネーシャ最高ゥ！」と歌い続けた。

「ガネーシャの課題」

合わない人をホメる

# 6

私は、自分のデスクから少し離れた場所に座っている男性を見てため息をついた。

(合わない人となると、この人なんだろうな……)

最近この部署にやってきた柿本(かきもと)さんは、誰に対しても無愛想で職場の中でも浮いている存在だった。私も彼と話すと空気が張り詰める感じがして嫌だから、できるだけ会話を早めに切り上げるようにしていた。

憂鬱な気持ちを感じながら、書類を持って立ち上がった。そして柿本さんのデスクの上に置いて言った。

「この資料、すごく見やすかったです」

すると彼は——何も言わなかった。

(無視かい！)

心の中で毒づいて、私は席に戻った。

(なんなのよ！　せっかくホメたんだから一言くらいお礼言いなさいよ！)

そう思ってムカムカしたけど、その後、ちょっとした変化が起きた。

柿本さんとの会話に漂う嫌な空気が薄まったのだ。思い切って声をかけたことで、自分の中にある苦手意識が減ったのかもしれない。

(人との間に感じる壁は、実は、自分の方が作り出してるのかも……)

そんなことを考えたりした。

＊

「なあ、もっとイケてる店ないんか?」

黒人の姿をしたガネーシャは、服を見ながら不満そうにぼやいた。

——ガネーシャが園山さんに送ったメールにはまたもや返信があり、私と園山さんは本当に今週末会うことになってしまった。

焦った私は、とにかく少しでも英語の勉強をしようとしたのだけど、ガネーシャが、

「ワシ、園山くんに会うとき何着てったらええねん」

と言い出した。確かに私のピンク色のスウェットを着たガネーシャを連れて行ったら、園山さんを色々な意味で怖がらせることになるだろう。それでしぶしぶ服を買うためにお店に来たのだけど、ガネーシャは私の選んだお店に不満を並べ出したのだった。

私はガネーシャに向かって口を尖(とが)らせて言った。

「本当は服を買うお金なんてないんだからね。ここで我慢してよ」

「なんでやねん。昨日給料出たんやろ？」

私は皮肉を込めて言った。

「ガネーシャ様の像のローンがあるんです。節約しないとやっていけないのよ」

するとガネーシャはサラリと言った。

「あんなバッタもんの像、突き返したらええやん」

「今さらできるわけないでしょ。それに誰かさんが首を吹っ飛ばしたから、返すに返せないんですけど」

するとガネーシャはフンと鼻を鳴らして言った。

「自分、シートンくん知ってるか？」

「知らない」

「『シートン動物記』のシートンくんやで」

「だから知らないって」

「なんで知らんくせに若干（じゃっかん）、強気やねん。ええか？　シートンくんちゅうのは、動物と一緒に生活しながら書いた本が世界的ベストセラーになったり、ボーイスカウトの基礎築いたりした子や。そんでそのシートンくんがな、18歳のとき大英博物館には世界中の博物学の本があるちゅうのを知って入館証をもらいに行ったんや。せやけど未成年は入ることはできへんて館長に断られたんやな。ただシートンくんはここであきらめへんかった。当時の評議員やった、総理大臣や大僧正に手紙送ったんや」

「その人、空気読めない人なんじゃないの?」

「アホか。シートンくん自身もそれでうまくいくとは思てへんかったんや。それでもやれるだけのことはやってみよう思て、丁寧な手紙書いたんやな。そしたら二週間後に入館の許可が下りてな。しかも『一生懸命勉学に励むように』て評議員の手紙まで添えられてたんやで」

そしてガネーシャは言った。

「今の自分に必要なんは、この課題やな。『気まずいお願いごとを口に出す』。夢ちゅうのは、言い換えたら欲求や。つまり、自分の夢をかなえようとしたら、誰かの欲求と衝突することもあんねん。そういうときに、自分の望みをうまく相手に伝えて協力してもらえるようになるんが大事やねんで」

そしてガネーシャは言った。

「さあ、早よあのばったもんの像返しに行こうや。そんで、浮いたお金で最高のB系ファッション手に入れるんや!」

ガネーシャは、ラッパーのように体を上下にゆらし、

「ゾウが像を返す! 造作もなく返す!」

と歌いながら店の出口に向かった。

(またためちゃくちゃな課題出してきたよ……)

私は頭を抱えながら、ガネーシャの後について行った。

*

日本橋のビルの前に到着した私は、右手に持っていた袋の中をおそるおそるのぞいた。強引に首と胴体をひっつけられた黒いガネーシャ像は、首のところにくっきりと線が見える。

(だめだ。絶対バレるよこれ……)

不安な目をガネーシャに向けると、ガネーシャはアゴでビルを指して言った。

「何ぼさっとしとんねん。さっさと行かんかい。ワシはここで待っとるから」

「え?」

私は驚いた顔のままガネーシャに聞いた。

「一緒に行ってくれるんじゃないの?」

「アホか。ワシが行ったら一瞬で解決してまうから課題になれへんがな。自分が一人で行ってなんとかするんや」

「こ、こんなか弱い女の子を一人で行かせる気？」

するとガネーシャは、

「え？　か弱い女の子？　どこ？　どこにおんの？」

とキョロキョロと周囲を見回し、近くを歩いてきた犬連れの中年のおじさんに、

「すみません？　『か弱い女の子』ですか？」

「はい？」

「いや、この近くにか弱い女の子がいるて聞いたんですけど、どれだけ探しても見当たらないんでもしかしたらと思いまして……いや間違いなく違うとは思ったんですけど、そもそもあなた男ですし、ただあまりにもいないんで、いなさっぷりが尋常じゃないんで、あなたに声をかけざるを得なかったというか……すみません。ご迷惑おかけしました」

そう言って頭を下げ、その人の連れていた犬に向かって「すみません、『か弱い女の子』ですか？」と聞き始めた。

（どこまで手の込んだ嫌味なのよ――）

しかしガネーシャは一向にやめる気配がなく、

（もう、分かったわよ。行けばいいんでしょ、行けば！）

やけになった私は、一人でビルの中に向かった。

＊

「雰囲気変わったわね」

赤城さんは私を見るなり、そう言って微笑んだ。

「すごく良い気を感じるわ。ガネーシャ様の力が効いてるのね」

（そのガネーシャ様のせいで私の生活めちゃめちゃになってるんですけど――）

そんな言葉を飲み込んで、私は赤城さんに言った。

「あ、あの、今日来たのは……」

私が口を開くと、赤城さんは静かにこちらを見た。相変わらずの、すべてを見通しているような視線に居心地が悪くなった。

（うわー……気まずすぎる）

私が本題に入れないでいると、赤城さんが言った。

「分かるわ」

（え――）

そして赤城さんは続けた。

「人生が変わるときって、みんな今のあなたみたいになるものよ。つまり、不安になるの。輝ける未来が待っているのだとしても、今までの自分を捨てるというのは怖いことだからね」

そして赤城さんは言った。

「あなたの家にあるガネーシャ様の像、毎日磨いてる？」

「え、あ、いや……」

「ちゃんと磨かなきゃだめよ。特に不安になったときは磨いてみて。心が落ち着くから」

――だめだ。赤城さんと話していると、どんどん彼女のペースに引きずりこまれてしまう。

（……とりあえず、言うだけ言ってみよう）

私は覚悟を決めて口を開いた。

「その銅像のことなんですけど……」

「何？」

「その、できれば……」

私は思い切って言った。

「返品したいといいますか」

「は？」

そのときだった。今まで穏やかだった赤城さんの表情が豹変（ひょうへん）した。

「何を言ってるのあなた！」

さっきまでの赤城さんとは思えないような、荒々しい口調だった。

赤城さんは続けた。

「あの像は、あなたがどうしても欲しいっていうから無理言って譲ってもらったものじゃないの。それを今さら返したいなんて、寝ぼけたこと言わないでちょうだい！」

「す、すみません」

突然の変化に怖くなった私はうつむいた。

（やっぱり返品したいなんて言うんじゃなかった……）

そう思って後悔していると、赤城さんは再び優しい口調に戻って言った。

「不安になるのも分かるけど、もっとガネーシャ様を信じなきゃだめよ。あなたには信じる力が足りないわ」

そして赤城さんは、「そうだ」と目を輝かせて机の下から何かを取り出した。

それは、黒い光を放つ水晶玉だった。

赤城さんは言った。

「この水晶玉はね、不安とか、怒りとか、そういうマイナスの気持ちを取り除いてくれる効果があるものなの。東北地方でしか採れない珍しい石を使っているのよ」

「は、はぁ……」

「すごく高価なものなんだけど、今だったら安くしてあげる。だって、今のあなたにはこれが必要なんだもの」

だめだ――。また何か新しいものを売りつけられそうになってる――。

戦意喪失した私は、「け、結構です」と言って席を立とうとした、そのときだった。

私の背後で扉の開く音がした。

赤城さんはそちらをチラリと見ると、ぎょっとして目を見開いた。

（なんだろう？）

私も振り向いたが、その瞬間、

「ええ⁉」

思わず大声を出してしまった。

そこには、ゾウの顔を丸出しにしたガネーシャが立っていたのだ。しかもなぜか、全力でボディビルのポーズを取っていた。

（なんでここでボディビルポーズを――）

私は呆然とするしかなかったが、ガネーシャはしばらくそのポーズで硬直したあと、ゆったりとした足取りでこちらに近づいてきた。

そして赤城さんの前にやってくると、ドン！　と机を叩いた。そして、ドスの効いた声で言った。

「自分かいな、ワシの偽物の像売って稼いでる悪徳占い師ちゅうのは――」

そしてガネーシャは、おもむろに私の隣に座るとタバコに火をつけて言った。

「自分、ガネーシャ組の看板勝手に使て商売したからには、それなりの覚悟ちゅうのがあるんやろなぁ？　ああん？」

（完全に暴力団のやり方だ――）

赤城さんを脅迫するガネーシャの姿には、神々しさの欠片もなかった。

ただ私は、

（こうやって本物が現れたからには、赤城さんも降参するしかないわよね）

少しほっとして赤城さんの顔を見た。

しかし、なぜか赤城さんの表情から戸惑いは消えていた。赤城さんは言った。

「……やはり、あの方のおっしゃっていたとおりだわ」

赤城さんは冷静な口調で続けた。

「『いつかここに自分の偽者がやってくる』――ガネーシャ様はそうおっしゃってた」

そして赤城さんは、突然声を張りあげた。

「ガネーシャ様ぁ！」

すると、部屋の奥にある扉がギイと音を立てて開いた。

そしてそこから現れたのは――なんと、ガネーシャだった。

黒色のガネーシャは、でっぷりとしたお腹をゆっさゆっさとゆらしながら歩いてきた。

(え？　どういうこと⁉　これどうなっちゃってんの⁉　私と一緒にいるのがガネーシャで……でも、新しく現れたのもガネーシャだし！)

二体のガネーシャを見てこんがらがりそうになった私は、とりあえず新しく現れた黒色のガネーシャを『黒(くろ)ガネーシャ』と呼ぶことにした。

ちなみに私と一緒にいたガネーシャの方はというと、アゴが外れるんじゃないかというくらい口を大きく開けて驚いていた。そして、おもむろに黒ガネーシャを指差して言った。

「な、なんやお前は！　何者や！」

するとと黒ガネーシャは、片眉を上げて言った。

「ワテでっか？」

黒ガネーシャは、妙に癖のある関西弁で言った。

「ワテはガネーシャでおます」

そして、右手に持った助六寿司をおもむろに口の中に放り込んだ。

「ふ、ふざけんなや！　ガネーシャはワシや！」

「何言うてまんねん。ワテが正真正銘のガネーシャでっせ」

そして黒ガネーシャは私に顔を向けて言った。

「あんさんも難儀でしたなぁ。この偽ガネーシャはん――『ニセーシャ』はんに、めちゃめちゃなこと教えられてきたんでっしゃろ？」

するとガネーシャは怒りで震えながら叫んだ。

「誰がニセーシャやねん！　ニセーシャはお前や！」

その言葉を無視したまま、黒ガネーシャは私に向かって話し続けた。

「どうなんでっか？　あんさんは、こちらのガネーシャはんにどないなこと教えられてきはったんでっか？」

そう言われて、私はガネーシャの教えを振り返った。

・物を捨てるという名目で、部屋中の物を破壊された
・苦手なものを克服するという名目で、激辛カレーを食べさせられた
・私をバカにするラップを目の前で熱唱してきた……

私は黒ガネーシャに言った。

「めちゃくちゃな教えばかりでした」

「な、何言うてんねん自分！」

あわてふためくガネーシャを見て、黒ガネーシャはひょひょひょ！　と楽しそうに笑った。

「そうでっしゃろ、そうでっしゃろ。ニセモンの教えは全部ニセモンに決まってますがな」

そして黒ガネーシャは言った。

「それに比べてワシの教えは本物(ほんもん)でっせ。ワシの教えさえ聞いといたら欲しいもんみんな手に入りまっせ。なあ赤城はん」

黒ガネーシャの言葉に、赤城さんは仰々しくうなずいた。

「お、おい、こんなやつの言うこと聞いたらあかんで。こいつはガネーシャの名を騙(かた)る詐

欺師や！　極悪党や！」

ガネーシャは口から大量の唾を飛ばしながら続けた。

「だいたい見たら分かるやろ！　明らかにこいつの方が偽者やん！　まず、外見に『華』がないねん！　ワシの肌の色を黒真珠の黒やとしたら、こいつの色はキッチンにこびりついとる頑固な汚れの黒や！　油汚れ用洗剤使てギリ落ちるか落ちへんか、いや、こいつは落ちへんな！　清掃業者に頼まんとあかんレベルの汚れや！　敷金めっちゃ取られるタイプの汚れや！　ちゅうかもう存在自体が『汚れ』やし！」

そしてガネーシャは、

「ヨ・ゴ・レ！　ヨ・ゴ・レ！」

と叫びながら黒ガネーシャの周りをぐるぐると回り始めた。小学校低学年レベルの攻撃方法だった。

しかし、黒ガネーシャは余裕の笑みを浮かべて言った。

「そこまで言うんやったらこうしまへんか？　あんさんのお弟子はんと、ワテの弟子の赤城はんに勝負してもらいまひょ。そしたら、どっちが本物の教えを学んできたか分かりますよってに」

「アホか。なんでワシがそんな勝負せなあかんねん」

すると、黒ガネーシャは稲荷寿司を口に放り込んで言った。

「負けるんが怖いんでっか？」

「な、何言うてんねん！　怖いわけあれへんやろ！　ワシが負けるわけあれへんし！」

「じゃあ、勝負するちゅうことでよろしおまっか？」

「お、おお！　やったろやないかい！　勝負したろやないかい！」

「そんなこと言って大丈夫なの？」

私は心配してガネーシャに言ったが、ガネーシャは、

「ここまで言われて引き下がれるかい！」

と頑（かたく）なに譲らなかった。

その様子を見て黒ガネーシャは、ひょひょひょ！　と笑って言った。

「さすがニセモンとはいえガネーシャはんや。ええ根性してますわ」

そして、黒ガネーシャは私に顔を向けた。

「ところであんさんは今、何を手に入れようとしてまんねや？」

「私は……」

何と答えようか迷っていると、ガネーシャは何のためらいもなく言った。

「この女は園山くんちゅう男をゲットしようとしてんのや！　そのためにワシが最高のアドバイスしたってんのや！」

（あんた、何赤裸々に答えちゃってんのよ――）

私は恥ずかしくなってうつむいたが、次の黒ガネーシャの言葉に驚いて顔を上げた。

「ほんなら、その園山はん落とす勝負しましょうや」

「ええっ⁉」

私の驚く声を無視して、黒ガネーシャは続けた。

「ニセーシャはんのお弟子はんと赤城はんで、どっちが園山はん落とせるか勝負したらよろしゅうおま」

「な、何よそれ。何でそんなことしないといけないのよ」

私が文句を言うと、

「ええで！」

ガネーシャは即答した。

（はあぁ⁉）

私は顔をしかめてガネーシャを見たが、ガネーシャは興奮のあまり我を忘れているようだった。ガネーシャは黒ガネーシャを指差して叫んだ。

「そん代わりワシらが勝ったら、自分、金輪際ガネーシャ名乗るんやないで！」

「よろしゅうおま」

黒ガネーシャはニヤリと笑って言った。

「ただ、ワテらが勝ったらニセーシャはん――あんた、ガネーシャの看板降ろしてもらいまっせ」

黒ガネーシャの不気味な笑みを見ていると、何か取り返しのつかないことが起きているような気がして、激しい胸騒ぎを感じた。

［ガネーシャの課題］

気まずいお願いごとを口に出す

# 7

久しぶりに大学時代の友達から連絡があり、飲みに行こうと誘われた。黒ガネーシャの件で立て込んでいたから断るしかなかったけど、そのとき彼女との関係が少し気まずくなった気がした。

嫌われるのは怖い。

だから、誘われるとなかなか断れない。

でも、もし断らなかったら、自分の本当の気持ちを犠牲にすることになってしまう。そして、そういう小さな犠牲を積み重ねていくうちに、人は自分の本当の気持ちに蓋(ふた)をするのがうまくなっていくのかもしれない。

(気まずい雰囲気になってしまうとしても、自分の本当の気持ちを伝えることが大事なんだな……)

友達には、あとでフォローのメールをしておくことにした。

＊

「で？　どうすんのよ」

私は腕組みをしながらガネーシャにたずねた。するとガネーシャは、

「どうするもなにも」

紙の上に広げた白コショウを鼻で吸い込みながら言った。

「勝負に勝つしか……キクッ……あれへんやろ……キクッ……自分が負けたらワシ、ガネーシャやめへんと……キクッ……あかんのやから」

「いい加減、その吸い方やめなさいよ！」

私は白コショウが載った紙を取り上げた。ガネーシャは、ギャングがドラッグを吸うやり方で白コショウを鼻から吸い込んでいた。

――黒ガネーシャと会ってから、ガネーシャはずっとこんな調子だった。完全に現実逃避している。

「正直言って、私、園山さん落とせる自信なんてこれっぽっちもないからね」

「まあ普通に考えたらそやろな。自分みたいな女と園山くんは釣り合わへん」

「じゃあ何であんな勝負引き受けたのよ！」

「勢いや！　その場の勢いや！」

ガネーシャは、なぜかキレた口調で言い返してきた。そして、焦点の合ってない目を私

に向けて言った。

「まあでも安心せえ。自分を見事園山くんとひっつけて、ワシこそが真のガネーシャであることを証明したるわ。ちゅうかほんまは証明する必要あれへんのやけどね。ワシ、ガネーシャなんやから」

そしてガネーシャは、私が紙を奪い取ったときにテーブルの上にこぼれた白コショウを吸って「キクッ」と言った。

（やっぱり、こいつがニセモノなんじゃないの――？）

ガネーシャの退廃した姿を見ていると、ますますそういう思いが込み上げてきた。

しかし、ガネーシャは私たちが園山さんと会う予定の場所と時間を教えてしまったので、否が応でも赤城さんと一緒に会うことになってしまう。

（ていうか、私よりずっと年上の赤城さんに負けたら、絶対に立ち直れない――）

事態はどんどん悪い方へ向かっている気がしたが、白コショウを一粒残さず吸い取ったガネーシャは、パン！　と膝を叩いて言った。

「ほな、ここはいっちょ教えたろか。自分がモテる女になる方法を」

予想もしなかった言葉に驚いてたずねた。

「なんであんたがそんなこと知ってるのよ」

するとガネーシャはフンと鼻を鳴らし、タバコに火をつけて言った。

「アホか。ワシのこと誰や思てんねん。ガネーシャやで。神様なんやで。オードリー・ヘップバーンちゃんやクレオパトラちゃん、楊貴妃（ようきひ）ちゃん……歴史上の名だたるモテ女をプロデュースしたんはワシやがな」

（また始まったよ、ガネーシャの大ボラが）

あきれる私の前で、ガネーシャはこれみよがしに煙を吐きながら言った。

「ほな、自分にはとっておきの技教えたるわ。クレオパトラちゃんが男を虜（とりこ）にして歴史に名を残したあの技を……ちゅうか自分、クレオパトラちゃんくらい知ってるやんな？」

「世界三大美女の一人って言われてる人でしょ」

「よかったわ。もしクレオパトラちゃん知らへんかったら、自分の服をひっぺがしてニップレス代わりにオレオを乗せて『オレオパトラ』いう作品名で前衛アートとして日本アンデパンダン展に出展せなあかんとこやった。ちなみにクレオパトラちゃんはな、自分の国守るために、ローマ帝国の二大将軍、カエサルくんとアントニウスくんを女の魅力で虜にしたんやで。なんでそんなことできた思う？」

「美人だったからでしょ」

するとガネーシャは、ため息をつきながら首を横に振って言った。

「まあ自分のことやからそう言うと思てたわ。でも実はな……クレオパトラちゃんは美人ちゃうかったんや」

「え？　そうなの？」

「せやねん。クレオパトラちゃんはギリシャ系の子やったんやけど、ローマ人からしたら鼻は高すぎるし肌は黒いし、全然美人ちゃうかってん。クレオパトラちゃんのこと書いたプルタルコスくんの伝記にもこうあんねんで。『彼女の美貌そのものは決して比類なきものではなく、見る者をハッとさせるほどのものではなかった』てな。にもかかわらず、や。クレオパトラちゃんは二人の大将軍を魅了することができたんやで」

「どうしてそんなことができたの？」

興味が湧いた私はガネーシャにたずねた。するとガネーシャは、

「知りたいか。そんなに知りたいか」

そう言いながら横になり、私の前に鼻を差し出した。私は仕方なくその鼻を思い切り踏んづけてやった。ガネーシャは「キクゥ！」と絶叫して話を続けた。

「クレオパトラちゃんがすごかったんは――『教養』やねん」

「教養？」

「そうや。あの子は科学や物理、音楽……ありとあらゆる分野に精通しとった。言葉かてそうやで。当時のギリシャでは、ローマの言葉を流暢にしゃべることができる人間はほとんどおれへんかった。でもな、『クレオパトラの舌は弦が何本もある楽器のように、めまぐるしく言葉が切り替わった』て言われてんねん。そんなクレオパトラちゃんと話して

ると楽しい言うて、将軍たちはみんなクレオパトラちゃんに会いたなってもうたんや」

（なるほど……）

ガネーシャの話は納得のいくものだった。確かに教養がある人は、話していても楽しいし、一緒にいるだけで自分も成長していく気がする。

でも、私なんかがそんな女性になれるのだろうか。昔から勉強は苦手だったし、色々な分野の知識なんてとてもじゃないけど身につけられるとは思えない。

私はガネーシャに向かって言った。

「でも、教養のある人っていうのは、勉強の得意な人がなれるものなんじゃないの？」

するとガネーシャは、フッと鼻で笑って言った。

「自分はほんまにアホやな。勉強しかできへん女なんて退屈なだけやん。ええか？　クレオパトラちゃんは勉強ができたわけやあれへん。クレオパトラちゃんが教養を身につけられたんはな、『何でもやってみる女』だったからなんや」

「何でもやってみる女？」

「そうや。まあ、クレオパトラちゃんの置かれた状況がそうさせた部分もあんねんけどな。強国やないエジプトを一人で守っていかなあかんかったから、ありとあらゆることを身につける必要があったんや。もちろん『美』に関してもやで。あの子は美人ちゃうかったんやけども、自分を美しくして外交を有利に進めるために、化粧法の本を書くくらい研究しとった。まあ、努力して身につけたもんの中には、そない役に立たへんかったもんもあったやろ。せやけど、食わず嫌いしてたらあんなパーフェクトな女にはなられへんかった思うで。あの子は何でもやってみる女やったからこそ『何でも知ってる』――つまり、教養のある女になったんや」

そしてガネーシャは、タバコの煙を吐きながら言った。

「せやから自分もな、クレオパトラちゃんみたいになりたかったら、自分の好き嫌いとか得意不得意やのうて、今の自分にとって少しでも役に立ちそうなことは何でもやってみる癖つけるんや」

そしてガネーシャは言った。

「ほんなら自分、この課題やってみいや。『今までずっと避けてきたことをやってみる』。避けてきたことちゅうのは、嫌いやったり苦手やったりするわけやけど、頭のどっかでは『やった方がいい』て思てるもんやねん。そういうもんに挑戦できるようになったら、自分の教養の幅めっちゃ広がるで」

「なるほど……」

私はガネーシャの話に納得してうなずいていたが、とてつもなく大きな疑問が思い浮かんできた。

「でも、園山さんと会うの明後日(あさって)だよ。今さら教養身につけても間に合わなくない？」

するとガネーシャは言った。

「当然、間に合わんやろな」

「じゃあどうすんのよ！！！」

しかしガネーシャは、落ち着き払った表情で言った。

「安心せえ」

そして立ち上がると、親指で自分をビッと指差して言った。

「世界のありとあらゆる教養を身につけてきた者が、ここにおるがな」

そしてガネーシャは、両手を顔の前でサッと交差させた。

するとそこに現れたのは――私そっくりの顔だった。

ガネーシャは言った。

「ワシが自分の代わりに園山くんに会うて、園山くん落としてきたるわ」

［ガネーシャの課題］

今までずっと避けてきたことをやってみる

# 8

会社の休憩時間はいつも英語の勉強に使っていたけど、（いつか園山さんと二人で食事に行くこともあるかもしれない）と思い、テーブルマナーについて調べてみた。

幼いころ、食事のとき両親からしつこく注意されたのであまり楽しい思い出がなく、テーブルマナーをちゃんと勉強したことはなかった。でも、調べ始めるといくつかの興味深い知識が見つかった。

たとえば、レディーファーストは男性が女性のためにすることだと思っていたけど、男性がエスコートしやすいように女性が先に行動を起こしてあげるのもレディーファーストだと知って、ハッとさせられた。また、そうやって調べていくうちになんだかフランス料理が食べたくなってきて、

（早くお金持ちになって、高級フランス料理食べに行きたいなぁ……）

そんな気持ちまで芽生えてきた。

今まで避けてきたことに取り組むのは、さらに新しいことをやってみたくなる効果があるのかもしれない。

＊

園山さんと待ち合わせをしたカフェに着く前に、私はサングラスをかけマスクをして顔を隠した。

カフェには、私の顔に変身したガネーシャがいるからだ。

——結局私は、自分の代わりにガネーシャを行かせることにしてしまった。本来は私が行くべきなんだけど、園山さんに会うのが怖くなったのだ。園山さんは私のことなんて覚えていないだろうし、実際に会っても何を話していいか分からない。

ただ、変装してカフェで座っていると、自分が何か大事なことから逃げているような気がして落ち着かなかった。

入口の扉が開き、園山さんが入ってくるのが見えた。私の身体を緊張が駆け抜ける。あわてて自分の顔を雑誌で隠した。

それからおそるおそる顔を上げ、ガネーシャと赤城さんの座っているテーブルをのぞき見た。

「遅れてすみません」園山さんの声が聞こえた。柔(やわ)らかいトーンの声だ。

すると、私の姿をしたガネーシャが言った。

「すごく待ちましたよ。これが本当の『too 待ち(マッチ)』ですね」

そしてガネーシャは、自信満々の顔で園山さんを見つめた。

園山さんは——きょとんとした顔をしていた。

ガネーシャは言った。

「あの、今のは『much』と『待ち』が掛(か)かっているんですけど……」

(スベってるのにわざわざ解説しなくていいのよ!)

ガネーシャの解説に園山さんは苦笑いをしている。すると、赤城さんが口を開いた。

「初めまして、赤城と申します。すみません、今日は来る予定だった外国の方が来られなくなってしまいまして……ただ私は海外に住んでいたことがあるので、英語はある程度話すことができます」

「よろしくお願いします」

園山さんが頭を下げた。赤城さんは言った。

「園山さんは、どうして英語を勉強されようと思ったんですか?」

「はい。実は海外で仕事をするのが昔からの夢でして——」

と、そのとき突然ガネーシャがラップを歌い出した。

「園山はチャレンジャ、、、ャー! でも海外はデンジャ、、、ャー! だから私は園山を守るモモレンジャ、、、ャー!」

そしてガネーシャは、両手の甲を二人に向けたまま固まった。

——場は完全に沈黙した。

硬直した空気を変えようと、赤城さんが口を開いた。

「さ、最近は、アジアの国でも英語が通じる場所が増えましたからね。たとえば中国は
……」

「チャイナに行っちゃいいな！」

またもやガネーシャの横やりで、場は沈黙した。

園山さんが言った。

「で、でも英語の勉強っていざ始めようとすると、どこから手をつけていいか分からないんですよね」

「それはですね……」

赤城さんが口を開いたところをガネーシャの言葉がさえぎった。

「水族館に行くことですね」

「水族館？」

「はい」

そしてガネーシャは語り始めた。

「水族館に行きますと、大きな水槽（すいそう）がありますよね。その中を見回すと、平たい魚がゆっ

くりと泳いでいるのが見えるはずです。その魚をじっと見つめてください。すると魚の方から少しずつ語りかけてきます。『どこから来たんだい？』『最近、調子はどうだい？』そうやって心が通じ合うようになれば必ずマスターできますよ、エイ語は」

——もう我慢の限界だった。

私はガネーシャをその場から引き離そうと思って立ち上がると、なぜかガネーシャも立ち上がった。そして、そのままトイレに向かってすたすたと歩いて行ってしまった。

私はガネーシャの後を追って、女子トイレの中に入った。

ガネーシャは洗面台の前に立っており、小さな声でぶつぶつとつぶやいていた。

声をかけたがこちらを見ようともしない。相変わらずうつむいたまま、何かをつぶやき続けている。

(何を言ってるんだろう)

ガネーシャに近づいてみると、うっすらと声が聞き取れた。

「……なんでウケへんねん。英語の『英』と魚類の『エイ』を掛けるギャグなんか徹夜で考えたやつやん。思いついたとき『このギャグ以前、以後で笑いの歴史が変わる』て確信したやつやん。そしてその確信は今もなお、ゆらいでへんやん。それやのに、どうしたんや園山。何があったんや園山。自分はワシの書いたメールを面白い言うてくれた、ワシの笑いの真の理解者やったやないか。もしかして、あれか？

面白いこと言われると突然耳が聞こえへんくなるタイプの呪いでもかけられてんのか？　もしくはちょっとでも笑ろたら脳内に埋め込まれた爆弾が爆発してまうバトルロワイヤル的なもんに強制参加させられてんのか？　せやったら何で言うてくれへんねん。『バトルロワイヤル的なものに参加中です』て何で言うてくれへんねん。ワシらの間に隠しごとはなしにしよて言うたやないか。病めるときも、悲しいときも、貧しいときも、何があっても、互いに支え助け合える最高のパートナーになろうて誓うたやないか。それはまさに一番絆の深かったころのジョンとポールの関係であり、自分の存在がワシを『Let It Be（あるがままに）』にさせてくれたんやないか……」

だめだ――。ショックで完全に精神が崩壊しちゃってる――。

とりあえずガネーシャを個室に連れ込み、上着とスカートを脱がせた。そして私の服と交換し、サングラスとマスクを着けさせた。その間もガネーシャは、宙を見つめながらぶつぶつとつぶやき続けていた。

ガネーシャをトイレに残し園山さんのところに戻ると、赤城さんと園山さんが楽しそうに会話をしていた。私はおどおどしながら席に座り、「メールで面白いって言ってもらえたので無理やりギャグを言ったんですけど……」などと言い訳をしながら、なんとかガネーシャの失態をフォローした。しかし、それ以降、私はほとんど話すことができず、会話は赤城さん中心に進んでいった。

一時間ほどカフェで話したあと、園山さんは「また英語について色々教えてください」と言って去って行った。私は、小さくなっていく園山さんの背中を黙って見つめることしかできなかった。

そして私と赤城さんが二人きりになると、赤城さんはこんなことを言い出した。

「このあと時間ある？」

「え？　あ……はい」

戸惑いながら答えると、赤城さんは言った。

「あなたに会わせたい人がいるの」

＊

（すごい部屋……）

赤城さんは、青山にある高級マンションの一室に住んでいた。リビングルームは私の家とは違って、何畳あるのか分からないくらいの広さだ。白を基調とした高級そうな家具が並んでいて、ガラス張りの壁から見える景色も最高で、（一度でいいからこんなところに住んでみたい）と思わされてしまう部屋だった。

部屋の奥を見ると、一人掛けのソファに黒ガネーシャが座っていた。テーブルの上には大量の助六寿司が置いてある。

「ガネーシャ様、お連れしました」

赤城さんが声をかけると、

「お、ごくろうさん」

と言って、こちらに顔を向けた。そして、

「どうでっか？　園山はん落とせそうでっか？」

と言いながら、助六寿司を差し出してきた。勧められたものを断るのも悪いので、近づいて稲荷寿司を取ろうとすると、黒ガネーシャは言った。

「できれば海苔巻（のりまき）の方にしてもらいたいんでっけど」

私はあわてて海苔巻に変更した。

黒ガネーシャは、満足そうにうなずくと話し始めた。

「あんさんがほんまに園山はん落としたいんやったら、力貸しまっせ」

「えっ」

私は驚いて聞き返した。

「でも、今、私は赤城さんと勝負して……」

すると黒ガネーシャは言った。

「それはそれ、これはこれですがな」

ティーカップに紅茶を注いでいた赤城さんが会話に加わった。

「ガネーシャ様はね、困っている人を見るとどうしても助けたくなってしまうのよ。人に与えることばかり考えてしまう方だから」

黒ガネーシャは私を近くのソファに座らせると、稲荷寿司を手に取って言った。

「そんなんは、神として当然の務め(つと)でおます」

そして黒ガネーシャは目を細め、私の顔をのぞき込むようにして言った。

「もしかして——あんさんとこのガネーシャはんは違うんでっか？」

「それは……」

私がお供え物を毎日要求されることや、教えをもらう前に交わした契約書の話をすると、黒ガネーシャは手を額に当てて「かーっ！」と言った。

「ニセーシャはんはやることがエゲツのうおますなぁ。お供えもんちゅうのは気持ちであって、要求するもんやおまへん。しかも課題こなせへんかったら希望を全部奪うて、何の権利があってそないなこと言わはるんでっしゃろか」

そして黒ガネーシャは、さらに声を張り上げて言った。

「あかん、ほんま腹立ってきたわ。だいたいあいつが色んな力使えんのもあのペンダントのおかげや。あのペンダントさえ取ってまえば、あいつは何もできへんただのゾウになるだけや。ほんまあいつをこれ以上のさばらせとくんは、世のため人のためになれへんで」

怒りを露わにしていた黒ガネーシャは、表情を元に戻して言った。

「……まあそんなことより今はあんさんや。どないしたら園山はん落とせるか、いや園山はんだけやおまへん。欲しいもん全部手に入れるためにはどないしたらええか、教えたげまひょ」

そして黒ガネーシャは、稲荷寿司を同時に二つ口の中に放り込んだ。

赤城さんは、黒ガネーシャに心酔する様子で言った。

「私は、ガネーシャ様と出会う前はどこにでもいるただの占い師だった。でもガネーシャ様の教えをいただくようになってから、お金も人脈も、色々な良いものが流れ込んできて今の私になったのよ」

「そ、そうだったんですか……」

そう言いながら、私はもう一度赤城さんの部屋を見回した。私が今住んでいる家とは比べ物にならないくらい、魅力的なものであふれ返っている。

「どうでっか？　ワテの教え、聞きたないでっか？」

黒ガネーシャの言葉に、私は思わずうなずいた。

すると黒ガネーシャは満足そうに笑って言った。

「やっぱり、あんさんは分かってはる」

黒ガネーシャは「よっ」と言ってソファから立ち上がった。そして、部屋の中を歩きながら言った。

「ほんならまず、『価値』ちゅうもんについて教えたげまひょ。『価値』さえ分かっとったら、仕事で客に物売るんも、男に自分売り込むんも簡単になりまっせ」

そして黒ガネーシャは「ついてきなはれ」と手招きした。

黒ガネーシャに連れて行かれたのは、リビングの奥にある部屋だった。

その部屋の扉を開けて中を見せられたとき、思わず、「あっ！」と声をあげてしまった。

部屋の中には、私が赤城さんから高額で買った黒いガネーシャ像が、大量に置いてあったのだ。

私は言った。

「これは……滅多に手に入らないものなんじゃ――」

すると黒ガネーシャは、指をパチンと鳴らして言った。

「まさにそこですねん」

そして黒ガネーシャは、手前にある像の頭に手を置いて言った。

「人間ちゅうのは、『良いもの』に価値を感じるわけやおまへん。『少ないもの』に価値を感じるんですわ。ダイヤモンドと同じくらい光るガラスが作れたとしても、依然としてダイヤモンドに価値があるんは数が限られてるからでおます。せやから人に物を売るときは、どんだけ手に入りにくいものなんかを感じさせることが大事なんですわ」

「で、でも……」

私は思い浮かんだ疑問を口に出した。

「本当はたくさんあるのに少ないって言うのは、ウソをつくことになるんじゃ……」

私がそう言うと同時に、黒ガネーシャと赤城さんは笑い出した。

黒ガネーシャは言った。

「世の中には、ついてええウソと悪いウソがありますねん。人を幸せにするウソやったらそれは『ええウソ』ですねん。あんたかて、もしニセーシャが現れへんかったらこの像を手に入れて、『これで自分の人生は変わる』て希望を感じて幸せになれたはずでっせ」

私は話を聞きながら、黒いガネーシャ像を手に入れたときのことを思い出した。

確かに本来であれば手に入らないはずの像を手に入れたときは、ここ数年で経験したことのないような幸福感に包まれていた。

「希望を感じさせることが、銭(ぜに)を生みますねん」

黒ガネーシャは言った。

「宝くじかてパチンコかてそうでっしゃろ。人は、『お金が増えるかもしれない』ちゅう『希望』に銭払(はろ)てますねん。人からその希望をいかに引き出すか、これがお金持ちになる秘訣ですねん」

(確かにそのとおりだ……)

私は黒ガネーシャの話に納得してうなずいた。そんな私の様子を愉(たの)しそうに見ていた黒ガネーシャは、人差し指を立てて言った。

「そんで、ここからが重要なポイントなんでおますけど」

黒ガネーシャはニヤリと笑って言った。

「その希望、かなえたらあきまへん」

「え――」

私は驚いて黒ガネーシャを見た。黒ガネーシャは鋭い目つきで続けた。

「人間ちゅうのは、希望をかなえたら飽きてまいまんねん。せやから希望は希望のまま――つまり、かなえへんようにせんとあきまへん。もし、誰もが必ず成功してまうダイエット法があったら、ダイエットの会社が潰れてまいますがな。ダイエット産業ちゅうのは、人を確実に痩(や)せさせるわけやおまへん。『痩せられるかもしれない』ちゅう『希望』を売ってまんのや」

（な、なるほど――）

黒ガネーシャの話を聞いて鳥肌が立った。確かに、世の中の仕事を見渡してみればそういう構造になっているものは多い。私がパワーストーンを買い続けたのも、パワーストーンが私の希望をかなえるものではなく、私の希望であり続けたからだ。

赤城さんは言った。

「このガネーシャ像だってそうよ。普通のガネーシャ像じゃない、滅多に手に入らない高級なガネーシャ像だからこそ、希望を与えることができるのよ」

赤城さんの言葉に黒ガネーシャもうなずいた。

私は、身を乗り出すようにたずねた。

「じゃ、じゃあ……私は園山さんに対してどう接していったらうまくいくのでしょうか?」

すると、黒ガネーシャは言った。

「まず大事なんは、園山はんがあんさんに高い『価値』を感じるように仕向けることでおま。そんで、あんさんを手に入れられるかもしらんちゅう『希望』を持たせることでおま。せやけどその希望をかなえたらあきまへんで。決して手に入らんようにしていくんでおます。そしたら園山はんは、あんさんを手に入れたくてたまらんようになりますよって」

「でも……そんなことが私にできるのでしょうか」

「まあ普通に考えたら難しいことですわな。ただ、このガネーシャの言うとおりやってみなはれ。そしたら確実にうまくいきますよってに」

「よ、よろしくお願いします」

私は無意識のうちに頭を下げていた。園山さんにまったく良いところを見せられなかったこともあって、何かにすがりたい気持ちでいっぱいだった。

「ほんなら」

黒ガネーシャは、目の前の黒いガネーシャ像を指差して言った。

「あんさんには、この像売るところから始めてもらいまひょ」

「えっ？」

予想もしなかった言葉に、黒ガネーシャの顔をうかがい見た。黒ガネーシャは、口元に笑みを浮かべながら言った。

「ワテ、さっきも言いましたやろ。物売るんと自分売るんは同じことですねん。せやから、この像売るんは自分売る練習になりますよってに」

そして黒ガネーシャは、親指と人差し指でお金のマークを作った。

「あんさんがこの像一つ売るたびに、売り上げの四割差し上げまひょ。自分の『価値』を上げるには、ええ服着たり、エステ行ったり、何かと銭が入り用になりまっしゃろ」

私は24万円の四割を頭の中で計算した。そして目の前にある大量の黒いガネーシャ像を見て、ゴクリと唾を飲み込んだ。

［黒ガネーシャの教え］

希少価値を演出する

# 9

ガネーシャは、園山さんにギャグが一つもウケなかったというショックで寝込んでいた。食べ物にもほとんど口をつけないので体は痩せ細り、頬はこけ、目は混濁し、余命いくばくもないと宣告された老人のような表情で、

「園山……何でや……何で変わってもうたんや……」とつぶやき続けていた。

そんなガネーシャを介護すべく、私がスプーンで激辛カレーをすくって口に運んだ。

その姿を見ていると「どちらが本物のガネーシャか」という問題以前に、「こいつは間違いなく神様の器ではない」という確信が強まっていった。

ただ、どんどん衰弱していくガネーシャは見ていて心配だったので、

「あとでこれ、ちゃんと飲んでね」

ガネーシャの枕元に、黒コショウの実を丸薬のように置いて部屋を出た。

＊

会社の仕事を早めに切り上げた私は、赤城さんが占いをしている日本橋のビルにやってきた。

「よろしくお願いします」

部屋に入って赤城さんに挨拶をする。今日から赤城さんのアシスタントとして、像の売り方を勉強させてもらうことになったのだ。

私が到着してしばらくすると、一人のお客さんがやってきた。50代後半と見受けられる女性だった。彼女は三か月前に予約して、やっと赤城さんに占ってもらえることになったらしい。何か月も待たせるというのも「希少価値を上げる」演出の一つだと教わった。

赤城さんは、いつものように冷静な口調で占いを始めた。私に対してそうだったように、

相手のプロフィールを的確に当てていく。

しかし、黒いガネーシャ像を取り出したところで不可解なことが起きた。

赤城さんは、お客さんの女性に対して、

「この像は、あなたにはお勧めできません」

と、きっぱりと言ったのだ。

赤城さんは続けた。

「無理をして高額なものを買うよりも、毎日の心がけを大切にしてください。そちらの方が今のあなたにとって大事なことなんです」

そして赤城さんは相手を柔らかく包み込むような声で言った。

「大丈夫です。きっとうまくいきますよ」

お客さんの女性は、目に涙を溜めて感動していた。

彼女が何度もお礼を言って部屋を出ていくと、奥の部屋から黒ガネーシャが姿を現した。

黒ガネーシャはゆっくりと拍手をしながら言った。

「さすが赤城はんや」

私はすぐに黒ガネーシャに聞いた。

「でも、赤城さんはガネーシャ像を売りませんでしたよ」

すると、黒ガネーシャは稲荷寿司を口の中にぽんと放り込んで言った。

「『あえて』ですわ」

黒ガネーシャの言葉を赤城さんが引き取った。

「これもガネーシャ様の教えよ。人に物を売るときには、何でもかんでも売ろうとしてはだめなの。そんなことすると、全部の言葉が『物を売るためのウソ』に聞こえてしまうから。逆に、自分の不利益になることを言えば、その後の言葉は全部信用してもらえるのよ」

「な、なるほど……」

私が感心してうなずくと、黒ガネーシャは稲荷寿司をほおばりながら言った。

「今のお客はんには、高級ガネーシャ像、何体か売れそうでんな」

そして黒ガネーシャはほくそ笑んだ。


――それから私は、黒ガネーシャと赤城さんから物を売るための色々な手法を教わった。最初に高い金額を言って、後から値段を下げることでお得感を演出する方法や、相手の現状を言い当てた上で、「だからあなたは不幸なんです」と言うことで何かにすがりつきたくなる心理状態にする方法だ。心の奥では何か引っかかるものがあったけど、赤城さんが次から次へとガネーシャ像を売っていく様を見ていると、黒ガネーシャのやり方を認めないわけにはいかなかった。

そして、私はついに一人でお客さんを占うことになり、その人に高級ガネーシャ像を売ることに成功した。

占いが終わると、黒ガネーシャが私のところにやってきて、目の前に封筒を置いた。

「これはあんさんの取り分でっせ。お祝いとしてちょっと色つけときましたわ」

封筒の中を見ると、そこには10万円以上のお金が入っていた。

黒ガネーシャはニヤリと笑って言った。

「さ、この銭で綺麗な服買うて自分の価値を上げるんでおます。そうすれば、園山はんはあんさんを手に入れたくなりまっせ」

私はゴクリと唾を飲み込んで、もう一度封筒の中身をのぞいた。

そこにある一万円札の束からは、私の人生を変えてくれる力があふれているように思えた。

［黒ガネーシャの教え］

あえて自分の不利益になることを言って信用してもらう

## 10

洋服店で試着しようとしたら、私がいつも着ているサイズの服が置いていなかった。そこで一つ上のサイズを着てみたのだけど、明らかに大きさが合っていなかった。

そのとき店員が、

「でもゆったり着た方がお似合いですよ」

と言ってきたので、

(もったいないなあ)

と思った。

こういうときは、はっきりと、

「この服はサイズが合っていないからやめた方がいいです」

と言うべきだ。そうすればこの店員の言葉は信用できると思って、今後はこの人に相談して服を買うようになるだろう。

「自分の不利益になることを言って信用してもらう」という教えは、物を売るときにはすごく効果的だと思った。

他の店で全身の服を買いそろえた私は、赤城さんの提案で、再び園山さんと会うことになった。

待ち合わせ場所に現れた園山さんは相変わらずカッコ良くて緊張したけど、園山さんは私を一目見るなり、

「雰囲気変わりましたね」

と言ってくれた。それからしばらくすると、いつのまにか緊張が消え、自然に話すことができている自分に気づいた。「内面を変えるより、外見を変えた方が内面を変えやすい」という言葉を聞いたことがあるけど、思い切って外見を変えて本当に良かった。「今まで避けてきたことをやってみる」という習慣が身についていたから実行できたのかもしれない。

赤城さんは、私と園山さんが仲良くなれるようにうまく会話を運んでくれた。私が実は英語が得意じゃなくて今勉強中であることも笑いにしてくれたし、私と園山さんに、

「一緒に英会話学校に行ったらどうかしら」

という提案までしてくれた。

（英会話学校について調べておいて良かった――）

私は心の中でガッツポーズを取った。英語の参考書を調べたときと同じように、英会話学校についてもあらかじめ調べていたのだ。園山さんはプライベートの個人レッスンを受

けようとしていたみたいだけど、学校に通うメリットをアピールすると、私の話に興味を持ってくれた。

(園山さんとの距離がどんどん縮まっている気がする……!)

そう思いながら幸せな気分に浸っているときだった。

「YO!」

突然聞こえた言葉に顔を上げると、視界に飛び込んできたものに血の気が引いた。

そこに立っていたのは黒人の男性で——明らかにガネーシャが変身した姿だった。

ガネーシャは、

「ソノヤマ! ナイストゥミーチュー!」

と言って園山さんに右手を差し出した。

園山さんも、わけも分からず握手している。私はとっさに言った。

「あ、あの、この人は前にメールでお伝えした外国人の友達で……」

しかし私の紹介を待たずに、ガネーシャは園山さんの隣の席に座って勝手にしゃべりだした。

「ソノヤマ! 聞いたよ! 英語勉強したいんだってな! 英語の勉強なんか簡単だよ!

「英語にはコツがあるんだよ、コツが！」

園山さんは、ガネーシャの勢いに面食らいながらも言葉を返した。

「コツですか？」

「そうだよ！　それさえ押さえとけば確実に英語マスターできるよ！」

「それはぜひ聞きたいですね」

「じゃあ、教えてやるよ！　まず英語のコツっていうのは、二つに分かれるんだ。それでその二つに分かれたコツをな、バチーン！　と叩くんだよ。バチーン！　とね。そうすれば気合いが入るからな。でもあまり叩きすぎるなよ。叩きすぎると真っ赤になってサルみたいになっちまうぜ！　アハハハ！」

「……すみません、何の話をしているのか分からないのですが」

「何の話って英語のコ……あ、コツの話しようとして尻（ケツ）の話しちゃってた！」

そしてガネーシャは、

「ケツだけにHIP、HIP、HOP！」

と言って、両手の甲を前に出しキメ顔を作った。

その場は――完全な静寂に包まれた。

園山さんも赤城さんも、どうしていいか分からず沈黙していた。するとガネーシャが突然立ち上がって叫んだ。

「園山ァァァ！」

ガネーシャは園山さんの胸ぐらをつかみ、店内に響き渡るような大声で言った。

「園山ァ！　何でお前は変わってもうたんや！　あのころのお前は、あのころのお前は、もっと純粋やったやん！　純粋に笑いだけを求めてたやん！　それやのに、今のお前は何や！　心の冷え切った大人に――お前が一番なりたないて言うてたタイプの大人になってもうてるやんか！　ワシと一緒に夢語り合うてたあのころのお前は、一番輝いてたあのころのお前はどこ行ったんやぁ！」

そしてガネーシャは、園山さんの前でがっくりと膝をついて言った。

「どこや、園山……。今のワシには、お前の姿が……見えへん……」

そしてガネーシャは、ぼろぼろと涙をこぼし始めた。

ガネーシャの、あまりの情緒不安定さに園山さんと赤城さんは完全に引いていた。

私は二人に頭を下げながら、ガネーシャを外に連れ出すしかなかった。

＊

「しかし、あんさんも大変な師匠をお持ちでんなぁ」

黒ガネーシャは、青山の豪邸でくつろぎながら機嫌良さそうに言った。

「ニセーシャはん、もはや教えるとかそういう次元やおまへんがな。完全に邪魔してるだけですがな」

黒ガネーシャにそう言われると、私まで恥ずかしくなってきた。デキの悪い息子を持った親の気持ちは、きっとこんな感じなのだろう。

黒ガネーシャは言った。

「あんさんも『契約』さえなかったら、ニセーシャはんとの師弟関係を解消できるんでっしゃろうけど」

黒ガネーシャの言葉を聞いて、私はハッと思い出した。――そうだった。ガネーシャとの契約がある限り、これからもガネーシャの課題をクリアし続けなければならない。ガネーシャは、もし課題をクリアできなかったら「将来の希望を全部奪う」と言っていたのだ。

「私は、どうしたらいいんでしょう?」

不安になってたずねると、黒ガネーシャの眉がぴくりと動いた。

「それは――どういう意味でおまっか?」

「いや、その……」

私は言葉を詰まらせながら続けた。

「ガネーシャとの契約を……なかったことにする方法ってあるものなんですか？」

するとと黒ガネーシャはチラリと赤城さんに視線を送り、それから私を見て言った。

「ありまっせぇ」

そして黒ガネーシャは立ち上がると、ゆっくりと歩きながら語り始めた。

「ニセーシャが肌身離さず持っとるペンダントありまっしゃろ。あのペンダントには神を神でなくする力がありまんねや。あのペンダントさえニセーシャから取り返せば、あとはワテがペンダント使てニセーシャから力奪いますよってに」

そして黒ガネーシャは言った。

「あのペンダントは、本来はワテのもんなんでっせ。今、たまたまニセーシャの手元にあるだけなんでおま。ただ……」

黒ガネーシャは私を見つめて言った。

「ワテや赤城はんはニセーシャに警戒されてますさかい、取り戻せるのはあんさんだけでおます」

そう言って黒ガネーシャは私に顔を近づけてきた。私はうつむいたまま言った。

「あの……」

「何でっか？」

「もしペンダントを使ったら、その……ガネーシャはどうなっちゃうんですか」

するとと黒ガネーシャは、片方の口の端を上げ、意地悪そうな笑みを浮かべた。

「ゾウになりまっせ。ただの小ゾウになりますわ。ひょひょひょ！」

黒ガネーシャの笑い声を聞いていると、（本当にそんなことをしてしまって良いのだろうか）という疑問が湧き上がってきた。

確かに黒ガネーシャの言うとおり、ガネーシャは私の邪魔ばかりしてくる。普段の言動を見ていても、ひどいものばかりだ。ただ、ガネーシャには意外と温かいところもあって、私は本心ではガネーシャを憎んでいなかった。

「ひっ！」

突然、黒ガネーシャの顔が、私の顔の真横に現れた。

「あんさん」

黒ガネーシャが低い声でつぶやいた。間近で見ると本当に不気味な目つきをしている。

「何を迷うことがありまんねや。これ以上あいつをのさばらせといたら、あんさん以外にも犠牲者が出るかもしれまへんのやで。これ以上、あいつが誰かから希望を奪うのは止めなあかんちゃいまっか？」

それでも私が決心できずにいると、黒ガネーシャは「しゃあないですな」とソファに腰かけて言った。

「あんさんに、とっておきの成功法則を教えたりますわ」

黒ガネーシャの言葉に息を呑んだ。黒ガネーシャは背もたれに体を預けて言った。

「『決断』ってどないな字を書くか分かりまっしゃろ」

「え、ええ」

私がうなずくと、黒ガネーシャは続けた。

「決断は、断つことを決めると書きまんねん。つまり、重要なのは『断つ』ことですねん」

「『断つ』……」

「世の中のほとんどの人間が何で成功できへんか分かりまっか？　それは『断つ』ことができへんからですねん。友達との関係を『断て』へんから、自分の時間が作れへん。今の自分の考え方を『断つ』ことができへんから、同じことばっか繰り返してまう。あんさんがほんまに成功したいんやったら、今までの自分を『断つ』ことが大事なんでおま」

赤城さんも付け加えるように言った。

「世の中のほとんどの人は、小さな情に流されて決断できない。だから成功もできない。あなたが『こちら側』に来るには、今、あなたの足を引っ張っているものを断ち切らないといけないのよ」

そして赤城さんは、ティーカップを手に取って口をつけた。高級そうなティーカップだ。いや、カップだけじゃない。この部屋にある物はすべてまぶしく輝いていて、私の部屋にある物とは何もかも違っていた。

黒ガネーシャは言った。

「あんさんが成功するために必要なもの。それは――『決断』でっせ」

その言葉は、私の人生そのものに向けられているような気がした。

[黒ガネーシャの教え]

周囲の人間関係を断つ

## 11

私が部屋に戻ると、ガネーシャは相変わらずベッドの上で横になっていた。

ショックから立ち直る兆しは見えず、身体はさらに痩せ細り、精気を失い、かろうじて意識を保っているという感じだった。

荷物を置いた私はキッチンに立ち、いつものようにおかゆを作り始めた。おかゆの中に、タバスコ、ハバネロ、カラシ、青トウガラシ、島トウガラシ、チリソース、ワサビ、鷹の爪を次から次へとぶちこんでいく。ただ、私はガネーシャ特製おかゆを作りながら、ガネーシャの首から下げられているペンダントのことを考えていた。

ガネーシャが憔悴している今は、ペンダントを奪う絶好のチャンスかもしれない。

「うう……」

ベッドの方からうめき声が聞こえてきた。私はビクッとして、持っていたお玉を鍋の中に落としそうになった。

「ワシは……オモロないんや」

ガネーシャは、弱々しい声で言った。

それからズズッ……ズズッ……とガネーシャの鼻水をすする音が聞こえてきた。

ガネーシャは泣いているようだった。

「今までワシのことオモロい、オモロい言うてくれてた連中は、ワシの神様ちゅうブランドに惹かれて持ち上げてただけなんや。内心では『この神様、全然笑えねえじゃん』て思てたんや。きっとそうなんや」

「そ、そんなことないと思うよ」

私はとっさに答えた。しかし、そう言ったものの、どんな言葉を続ければいいのか分からなかった。ガネーシャのギャグが面白いか面白くないかで言えば、それはもう間違いなく、完膚なきまでに面白くなかった。面白さの欠片もなかった。面白さを空気にたとえるなら、ガネーシャは「真空」だった。しかし私は、なんとか慰めの言葉を捻り出した。

「園山さんへのギャグは……なんていうのかな、狙いすぎたんだと思うよ。ガネーシャは狙ってないときが一番面白いんだから」

するとガネーシャは、かすれた声で言った。

「それ……詳しく聞かせてもろてええか」

この状態でも自分へのホメ言葉を貪欲に求めてくるガネーシャにあきれつつ、私はなんとか言葉をつないでいった。

「た、たとえば、この前、手にタバスコを持ちながら『あれ？　ワシのタバスコ知らへん？』て探してたことあったでしょ？　あれすごく面白かったよ。

あと、ベランダの植木鉢に唐辛子の種を植えて育てようとしたこととか、

一味と七味を混ぜて八味にしようとしてたこととか、

あのときはガネーシャがあんまり真剣だったから言えなかったけど、一味は七味の中に入ってるから足しても八味にはならないんだよ」

「そ、そうやったんや……」

そう言ってガネーシャは目を丸くした。

「だからガネーシャは狙ってないときが面白いんだよ。気づかずに面白いことをやってるって天才だよ」

それはつまりガネーシャが単なる「天然」ということであり、かなり苦しいフォローだったけど、ガネーシャは、

「そうか……ワシは、天才やったんやな」

とあっさり納得した。

私はホッとして、さらにガネーシャを励ました。

「そうだよ。だからちょっとウケなかったくらいで落ち込む必要ないよ」

するとガネーシャはつぶやくように言った。

「自分、ええやつやな」

しかしガネーシャからそう言われると、自分がこれからしようとしていることに対して罪悪感が込み上げてきた。

ベッドの方で布団の擦(こす)れる音がした。見ると、ガネーシャが上体を起こそうとしていた。

「どうしたの？」

「いや、そういや最近、課題出せてへんかった思てな」

私はあわててベッドへ駆けて行き、ガネーシャを横にして言った。

「課題は今度でいいよ。今はゆっくり休んで」

そして私は「おかゆ持ってくるね」と言ってキッチンに戻った。

すると、背後からガネーシャの声が聞こえてきた。ガネーシャは鼻をすすりながら言った。

「自分、めちゃめちゃええやつやん。マザー・テレサ以上のマザーやん」

そんなことを言われると、私はますますつらくなった。

――その日の夜は月が大きく欠け、部屋はいつもより暗さを増していた。私はガネーシャが寝静まったのを見計らって、そっとベッドに近づいた。ガネーシャは大音量のいびきをかいていた。最近食べていなかった分を取り戻そうとたくさんのおかゆを食べたからか、強い眠気に襲われたようだ。

私はペンダントに向かってゆっくりと手を伸ばした。そのときだった。

「ぐおっ⁉」

突然、ガネーシャのいびきが乱れた。

(バレた⁉)

恐怖で心臓が縮み上がったが、ガネーシャは、

「ぐおぉぉぉ！」

と、これまでどおりのいびきに戻った。私はほっと胸をなでおろしたが、

(本当にこんなことしていいのかな……)

再び罪悪感が込み上げてきた。今ならまだ引き返すことができる。

ゆれ動く心のままガネーシャの無邪気な寝顔を眺めていると、ふと、掛布団のカバーが目に入った。気に入っていたはずのカバーだけど、このときはなぜかすごくみすぼらしいものに見えた。私はこのカバーを、もう何年も使い続けている。

これまで私は、頑張ってガネーシャの課題をこなしてきた。

どれも最初に聞いたときはめちゃくちゃな内容だと思ったけど、実際にやってみると、意味のある課題だったように思う。

でも——何も変わっていない。ガネーシャと出会ってから、私の部屋に置いてある物は、何一つ変化していない。

(やっぱり私は——)

ガネーシャの寝顔を見ながら思った。

(赤城さんの家みたいな、豪華な部屋に住みたい。もっと色々な物を手に入れたい——)

私は一度目を閉じて、

(ごめんなさい……)

心の中で謝ると、ガネーシャのペンダントに向かって手を伸ばした。

*

「おお、これでんがな！　まさにこれでんがな！」

ペンダントを手にした黒ガネーシャは、小躍(こおど)りして叫んだ。

——私は、眠っているガネーシャの首からペンダントを外すと、そのまま赤城さんの部屋に届けにやってきた。

黒ガネーシャは、自分の首にペンダントをぶら下げて言った。

「どうでっか？　似合いまっか？」

赤城さんはうれしそうに微笑んで言った。

「すごくお似合いです」

黒ガネーシャは、部屋の高い天井を仰ぎ見て言った。

「あとはこれを使てガネーシャ……ニセーシャをゾウにするだけでおま！」

そして黒ガネーシャは両手を広げ、

「さ、さ、ニセーシャのおる場所へ案内してもらいまひょ」

そう言って玄関に向かって歩き出した。

しかし私は、自分が何か大きな間違いを犯しているのではないかという恐怖感で、動き出せずにいた。すると黒ガネーシャは、

「どないしましたん？」

と優しい口調で語りかけてきた。

「あんさんがしてることに何の間違いもおまへんで。この前も言いましたやろ？　世の中の人間が成功できへんのは『情』や『しがらみ』を断てへんからでおます。あんさんに一番必要だったんは、決断することでおました。それをあんさんは見事やってのけたんでっ

せ」

私の隣には、いつのまにか赤城さんがいた。赤城さんは、私の肩にそっと手を置いて言った。

「それにあなたは大事なことを忘れてるわ。今、あなたがうまくいってるのは、ここにいらっしゃるガネーシャ様のおかげじゃない。それなのに、あなたは心苦しいとかつらいとか、『自分』のことばかり考えてる」

——そうかもしれない。私は単に、罪悪感から逃れたいだけなのかもしれない。

黒ガネーシャは言った。

「ほら、このペンダントを早よ使わんと、新しい犠牲者が出てまうかもしれへんのでっせ。今からワテらがやることは、世のため人のためなんや」

黒ガネーシャにそう言われ、私は赤城さんのマンションを後にした。

＊

自宅に着いてそっと扉を開けると、ガネーシャの大きないびきが聞こえてきた。ガネーシャは、まだぐっすりと眠っているようだ。

私たちは音を立てないように部屋の中に入り、薄い明かりを灯(とも)した。

黒ガネーシャは、ベッドの上のガネーシャを指差して、

「よう寝とりますわ」

満足そうに笑みを浮かべた。と、そのときだった。

「んがっ！」

突然、ガネーシャが叫んだ。黒ガネーシャは「ひっ」と驚いたが、ガネーシャのいびきがいつもこんな感じであることを伝えると、

「なんやねん。驚かしよってからに」

黒ガネーシャはそうぼやきながら、胸にかけていたペンダントを外して手に持った。そして、ガネーシャの顔をのぞき込んで言った。

「これでお前もただのゾウになるんでっせ」

黒ガネーシャは、ペンダントにゆっくりと手をかけた。しかしその瞬間、黒ガネーシャの様子がおかしくなった。黒ガネーシャは焦った表情で言った。

「な、なんやこれ、全然開けへん！　カッチカチや。めっちゃカッチカチや！」

「んあ？」

そのときだった。眠っていたガネーシャが目を覚ましたのだ。

「うわぁぁぁ！」

黒ガネーシャとガネーシャが同時に叫んだ。その拍子に、黒ガネーシャは力いっぱいペ

ンダントを開いた。

するとペンダントから強烈な光が放たれ、ガネーシャを飲み込んだ。

まぶしさに目を閉じた私は、しばらくしてから目を開けて見ると、部屋は白い煙に包まれていた。そして煙が徐々に晴れていくと、ベッドの上に、大型犬くらいの大きさのゾウがいた。

「ひょひょひょぉ！」

黒ガネーシャは楽しそうに笑い声をあげた。

「ゾウになりよった！　ゾウになりよったで！」

赤城さんも一緒になって笑っている。それからしばらくすると、奇妙なことが起きた。二人の笑い声が徐々に高くなり、変な笑い方をするようになったのだ。外見にも変化が現れ、二人のお尻から長い毛の束が伸びてきた。よくよく見てみると、それは尻尾だった。

「あ、あなたたちは……」

私があっけにとられていると、黒ガネーシャがこちらに顔を向けて言った。

「もう隠しとく必要もおまへんな」

黒ガネーシャはその場でピョンとジャンプして、くるりと一回転した。隣の赤城さんも同じように軽い身のこなしで一回転した。

すると、そこに現れたのは――二匹の狐だった。

その姿を見て、私は驚いて言った。

「どういうこと⁉」

すると、黒ガネーシャだった方の狐が答えた。

「ワシらは『稲荷』じゃ」

耳を突き刺すような甲高い声だった。

「イナリ？　イナリって何？」

私が聞くと、稲荷はチッと舌打ちして言った。

「これだから最近の若いもんは……。稲荷というのは日本古来の神じゃ」

すると、先ほどまで赤城さんの姿をしていた稲荷が言った。

「昔は良かったですねえ」

そして、ため息をつくように話を続けた。

「稲荷といえば、日本でも特に人気のある神として崇(あが)められ、多くの人たちが毎日のように油揚げを持ってきてくれましたから」

「それが最近では、稲荷と聞いて何のことか分からんような輩(やから)が現れる始末じゃ」

「で、でも……」

私は稲荷にたずねた。

「それがガネーシャと何の関係があるの？」

すると稲荷は、ゾウになったガネーシャを尖った鼻で指して答えた。

「ワシャ、こいつが気に食わんのじゃ」

すると隣の稲荷も首を縦に振った。

「そもそもインドの神が日本に来る必要はありませんわ」

「しかも、こいつは最近日本で信者を増やしとる。日本でガネーシャの知名度が上がってきとるんじゃ」

「近年のゆるキャラブームも追い風になってますね」

「そして極めつけはこれじゃ！」

稲荷はそう叫ぶと、巻物を取り出して広げた。そこには、あるデータが貼りつけられていた。

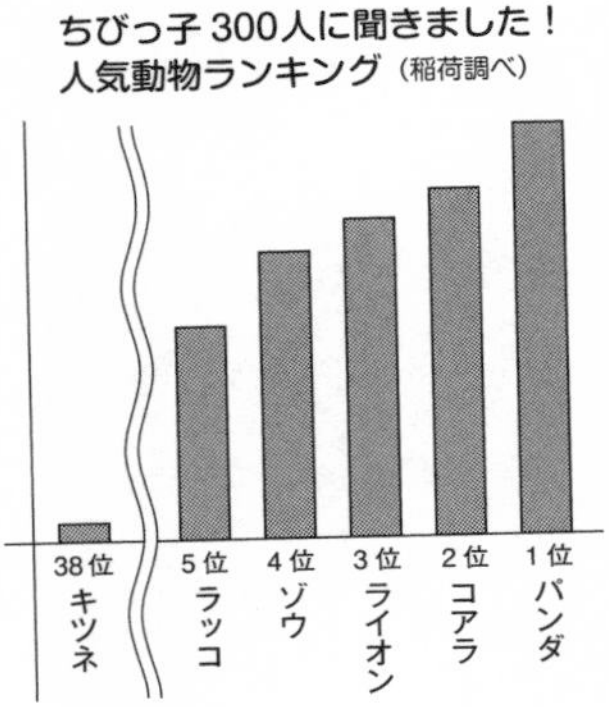

ちびっ子300人に聞きました！
人気動物ランキング（稲荷調べ）

1位 パンダ
2位 コアラ
3位 ライオン
4位 ゾウ
5位 ラッコ
38位 キツネ

「狐が、圧倒的にゾウに負けとるんじゃぁ！」

（そ、そんな理由で——!?）

私は唖然とするしかなかったが、稲荷は窓際まで歩いていくと夜空を見上げた。

「じゃからワシらはガネーシャに化けてやることにしたんじゃ。偽ガネーシャが日本で広まれば、本家のガネーシャの立場がなくなるじゃろ」

稲荷の話を聞けば聞くほど、私はどんどん腹が立ってきた。私は稲荷に向かって言った。

「そんなの、ただの嫌がらせじゃない」

「嫌がらせではない！　意地悪じゃ！」

「同じことでしょ！」

「うるさい！」

稲荷は大声で叫んだ。

「元はと言えば、お前たちがいかんのじゃ！　お前たちがもっと我々を崇め奉れ(たてまつ)ばこんなことにはならんかったんじゃ！　自業自得じゃ！」

「そのとおりです」

そして稲荷たちは、一緒に空中で一回転すると、再び黒ガネーシャと赤城さんの姿になった。

黒ガネーシャは偽関西弁で話し始めた。

「さて、これでガネーシャもワテらの邪魔はできへんようになったさかい、これからはどんどん偽物のガネーシャ像をばらまいて、ワテらを軽んじてきた日本人から銭を巻き上げたりまっせ。ひょひょひょひょ！」

そして二人は、意気揚々と私の部屋から出て行った。

ゾウになったガネーシャは、ベッドの上にたたずんだまま、悲しそうな目を私に向けていた。

## 12

（私、何てことをしちゃったんだろう……）

小ゾウになったガネーシャの前で、私はどうしていいか分からず途方に暮れていた。ガネーシャは、きょろきょろと視線を動かしながら、長い鼻で辺り（あた）の匂いをかいでいた。しばらくすると私の方に近づいてきて、私の身体の周りに鼻を這（は）わせ始めた。

（お腹が空いているのかも……）

私はキッチンに行ってリンゴを切り、お皿に載せてガネーシャのところへ持っていった。ガネーシャは、鼻で器用にリンゴをつかむと口の中に放り込み、シャク、シャクと音を立てて食べ始めた。

（本当に、ただのゾウになっちゃったんだ――）

私はこの状況をどう整理していいか分からず、呆然としたまま、無表情でリンゴをほおばるガネーシャを見つめるしかなかった。

リンゴを食べ終わったガネーシャは、顔をこちらに向けた。その眼は私を恨（うら）んでいるというよりは、ただただ、こうなってしまったことを悲しんでいるようだった。それからガネーシャは、目を閉じて震え出した。涙を流し始めているように見えた。

「あー！」私は思わず声をあげた。

ガネーシャのお尻の方からボトリ、と音がしたのだ。見ると、巨大なフンが床の上に落ちていた。

私はキッチンからビニール袋と雑巾を持ってきて、床の掃除を始めた。その手の上に、ガネーシャがまたフンを落としてきた。

（どうしてこんなことになっちゃったの……）

いつのまにか、私の頬に涙が伝っていた。私が何も望まなければ――欲張った人生を歩もうとしなければ――今、こうしてゾウのフンを掃除しながら途方に暮れることもなかっただろう。どうしてみんなと同じように、日々の生活に満足して生きられなかったのだろう。どうして自分の分（ぶ）をわきまえず、高望みなんかしてしまったのだろう。これまでの、自分の生き方すべてが恨めしく思えてきた。

「私……これからどうすればいいの」

助けを求めるようにつぶやいたけど、ガネーシャは何も答えてはくれず、私の身体の周りに鼻を這わせ、次の食べ物を求めるだけだった。

ポーン……

部屋のインターホンが鳴った。私は涙をふいて立ち上がり、受話器を取った。男性の声が聞こえてきた。

「こちらのお宅に、ガネーシャ様が降臨されているとうかがったのですが」

（え――）

私は戸惑いながら言った。

「あの……どちら様ですか？」

すると男性は答えた。

「釈迦です」

「しゃか？」

私が戸惑いつつ玄関の扉を開けると、そこに立っていたのはベレー帽をかぶった初老の男性だった。彼は細い目をチラリと私に向けると、「失礼します」と言って勝手に部屋に上がり込んできた。

「ちょ、ちょっと……」

私は止めようとしたが、その男性は床の上を滑るような、不思議な足取りで進んで行く。

（釈迦ってまさか、あのお釈迦様じゃないわよね……）

そう思いながら釈迦の後を追うと、彼はリビングで呆然と立ちすくんでいた。釈迦は、ゾウになったガネーシャを見下ろして言った。

「これは、一体どういうことですか――」

「いや、これは、その……」

私は言葉に詰まりながらも、これまでのいきさつを説明した。

釈迦は、話を聞きながら目に少しずつ涙を溜めていった。そして、最後には大粒の涙を落として言った。

「なんということだ……ガネーシャ様が神としての資格をはく奪されてしまうとは……」

それから釈迦は、スッとその場を去りキッチンに向かった。

そして再びリビングに戻ってきたとき、釈迦の右手には――包丁が握られていた。

(な、何をするつもり⁉)

私は震えながら後ずさりした。釈迦は右手に包丁を持ったまま、じりじりとガネーシャに近づいていった。

「ガネーシャ様」釈迦は包丁の切先をガネーシャに向け、語りかけた。

「ガネーシャ様は神の中の神、まさにトップ・オブ・ゴッドでありました。そのガネーシャ様に、このような生き恥を晒させることはできませぬ」

「な、何を言ってるの」

「もしガネーシャ様が口をきくことができたのなら、きっとこうしてくれるよう頼んだはずです」

「めちゃくちゃなこと言わないでよ！」

私は釈迦とガネーシャの間に割って入ろうとしたけど、釈迦に突き飛ばされた。老人とは思えない強い力だった。

「ガネーシャ様、お覚悟ぉ！」

そして釈迦は包丁を構えると、ガネーシャに向かって突き進んだ。

「きゃー！」

私は叫びながら目を閉じた。そして次に目を開けたとき――釈迦はなぜかガネーシャの頭の上に、そっと『えのき』を立てていた。

「あ、あの……何をしてるんですか？」

おそるおそるたずねると、釈迦はハッとした顔をして言った。

「しまった。私としたことが、ガネーシャ様の命（いのち）を絶つつもりが、えのきを立ててしまいました」

そして、

「はい！　オーマイゴッド！」

と叫ぶと釈迦は決めポーズを取った。なぜか、ガネーシャも必死に決めポーズを取ろうとしている。

（何やってんのこいつら――）

私がその場で呆然としていると、釈迦はガネーシャに抱きついて言った。

「さすがはガネーシャ様です！　このような姿になられても、笑いを愛する精神を忘れておりませんなぁ！」

そして「さすガネーシャ様です！　さすガネーシャ様です！」と言いながらガネーシャに頬ずりをした。

（もう、わからん。こいつら何がしたいのか本当にわからん――）

それから釈迦は、ガネーシャとかなり長い時間じゃれあったあと、私を見て言った。

「しかし、笑いの精神を忘れていないからといって、ガネーシャ様をこのような姿にしておくことはできません。一刻も早く元の姿にお戻ししましょう」

「で、でも」

私は釈迦にたずねた。

「ガネーシャを元に戻す方法なんてあるの？」

するとと釈迦はうなずいて言った。

「ガネーシャ様のペンダントは、ガネーシャ様のお父上のシヴァ神様から託されたもので、本来は悪さをした神を懲らしめるためのものなのです。そして、十分に反省した神に対しては、逆さにして開くことで再び神に戻すことができます」

「そうなんだ……」

ガネーシャを元どおりにする方法があると知って、私はほっと胸をなでおろした。

「しかし」

釈迦は厳しい表情で言った。

「私の手でペンダントを取り戻すのは難しいかもしれません。私は世界的にメジャーな存在なので、ガネーシャ様と同様、稲荷は私を快く(こころよ)は思わないでしょう。万が一、私にペンダントを使われてしまった場合、取り返しのつかないことになります」

そして釈迦は言った。

「私が、世界的にメジャーな存在でなければよかったのですが……」

釈迦は、会話の中に幾度となく「メジャー」という単語を投げ込んできた。釈迦とガネーシャには、悪い意味で共通点がある気がした。

釈迦は私を指差して言った。

「あなたが稲荷からペンダントを取り戻すのです」

「えっ……」

私は釈迦の言葉に驚いたが、自分に言い聞かせるようにうなずいた。

「やってみます」

そんなことができるかどうか分からないけど、ガネーシャが本物の神であることを見抜けず稲荷に騙されてしまったのは、すべて私の責任なのだ。

しかし、やってみると言ったものの、どうしていいか見当もつかなかった。

赤城さんも黒ガネーシャも、相当に頭が切れる。彼らからペンダントを取り戻すのは至難の業だろう。

そのことを釈迦に相談すると、

「そうですね……」

釈迦はアゴに手を添えてうつむき、しばらく考えてから語り出した。

「稲荷はもともと稲を守る神です。そして、昔はお米がお金の代わりに流通していたことから次第にお金の神となり、『商売繁盛』の神として人気を獲得していったと聞いています」

釈迦は、一呼吸置いてから言った。

「それゆえに、稲荷は『商売』に関して高いプライドを持っていることでしょう。そこをうまく刺激すれば、何か取引に応じるかもしれません」

（『商売』に対しての高いプライド……）

私は釈迦に言われた言葉を頭の中で繰り返してみたけれど、これといって良いアイデアは浮かばなかった。

（どうすればいいんだろう……）

私と釈迦はお互い黙り込み、部屋は静寂に包まれた。

その静まり返った部屋の中で、ブッ……という音が響いた。

見ると、ガネーシャがまたフンをしていた。

（こいつ、食べた量以上のフンをしてないか——）

私はガネーシャのフンを片づけながら思った。

（早くペンダントを取り返さないと、この部屋がガネーシャのフンで埋め尽くされてしまう——）

## 13

「そろそろ来るころなんじゃないかって、主人と話してたんですよ」

そう言って赤城さんはティーカップに口をつけた。正体を明かして気が緩んでいるのか、変身が雑になっていた。口の上には長いヒゲを伸ばし、お尻からは尻尾を出したままだ。

赤城さんと同様に、狐の姿を露にしている黒ガネーシャは言った。

「あんさん、銭が欲しいんでっしゃろ？　園山はん落とすんも銭あった方がやり易うおますからなぁ」

そして黒ガネーシャは、テーブルの上に置いてある稲荷寿司をわしづかみにして、口の中に放り込みながら言った。

「ワテらと一緒にガネーシャ像売りなはれ。あんさん見込みありますさかい、もっと売れるようになりまっせ」

黒ガネーシャの話を聞いて、ガネーシャ像を売ったときに手にした大金の感触が蘇った。私は、滅多に見ることのできない大金をいとも簡単に手に入れたのだ。

（ダメよ）

私は心の中で誘惑を払いのけた。

黒ガネーシャの教えは確かに効果的だったけど、なんとなく後ろめたいものがあった。それが何なのか、今はまだはっきりと言葉にすることはできないけど、稲荷たちの教えにはこれ以上従わない方が良い気がした。

「ガネーシャ像は売りません」

私はきっぱりとした口調で言った。

「ガネーシャのペンダントを返してください」

ペンダントは、まるでそこにあるのが当然のように、黒ガネーシャの首にぶら下げられている。

黒ガネーシャは、いやらしい笑みを浮かべて言った。

「これを渡すわけにはいきまへんなぁ」

「どうしてですか？　それは……ガネーシャの物でしょう」

すると黒ガネーシャは、あざ笑うように言った。

「取られてから文句言うても遅いんですわ。取られる方があきまへん。商売と同じですわ」

黒ガネーシャは、ククッ、ククッと肩をゆらして笑いながら続けた。

「しっかし、ほんまガネーシャは間抜けでおまんなぁ。大事なペンダント簡単に取られてまうなんて、神は神でもチリ紙や。鼻かむときくらいしか使い物になりまへんわ」

そして黒ガネーシャは、ひょひょひょひょ！　と高笑いした。

その笑い声を聞いていると、私はどんどん腹が立ってきた。

そして、すっと感情が抜け落ちるような感覚になった。

気づいたとき、私は黒ガネーシャに向かって叫んでいた。

「何言ってんの⁉　あんたたちの方がよっぽど神様の資格なんてないわよ！　だいたい、あんたの教えなんてたいしたことなかったし、ガネーシャから教えてもらったことの方がよっぽど役に立ったんだから！」

「そんなわけあるかいな」

黒ガネーシャは余裕の表情で答えたが、私はさらに続けた。

「本当よ！　商売繁盛の神様だかなんだか知らないけど、あんたたちのご利益がないから人が離れていったんじゃないの？」

すると、黒ガネーシャは突然表情を変えて怒り出した。

「な、何じゃと小娘が！　もういっぺん言ってみよ！」

感情的になった黒ガネーシャは、偽関西弁から稲荷の口調になっていた。私は気圧されてなるものかと思い、必死に言い返した。

「ええ、何回でも言ってやるわよ！　稲荷なんて商売下手のただの野良狐よ！」

「この女、言わせておけば！」

顔を赤くした黒ガネーシャは、ソファから立ち上がって私の方に向かってきた。しかし、赤城さんが間に入って言った。

「まあまあ、落ち着いてくださいな」

赤城さんは、相変わらずの穏やかな口調だった。赤城さんは私を見て言った。

「あなた、ペンダントを取り戻したいんでしょう？　だから私たちを挑発して、取り戻すための条件を引き出そうとしてる」

「う……」

相変わらず鋭いことを言う。

しかし赤城さんが次に口にしたのは、予想もしなかった言葉だった。

「ペンダント、返してあげなくもないわよ」

「えっ⁉」

私は驚いたが、黒ガネーシャも「何を勝手なことを言っておるんじゃ」と赤城さんをにらみつけた。赤城さんは続けた。

「あなた、私たちが商売下手だって言ったわね？」

「え、ええ」

「だったらその商売で私たちと勝負してはどうかしら？　もしあなたが勝ったら、ペンダントを返してあげる。その代わり……」

「その代わり？」

「もし、あなたが負けたら――」

そこまで言うと赤城さんは顔を上げ、犬が遠吠えをするような恰好で、

コーン！

と鳴いた。

すると、赤城さんの頭上に一枚の葉っぱが現れ、ひらひらと舞い降りてきた。赤城さんは、頭の上に乗った葉っぱを手に取ると、私に向かって差し出した。

「これは……何？」

受け取りながらたずねると、赤城さんは微笑みを浮かべて言った。

「ガネーシャとも交わしたでしょう？」

「もしかして――」

私は、おそるおそるたずねた。

「契約書？」

「そうよ」

赤城さんは続けた。

「あなたが勝ったらペンダントを返してあげる。でも、もしあなたが負けたら……そうね。

一生、私たちの召使いになってもらおうかしら」

するとと黒ガネーシャが「そりゃええわ！」と笑い出した。

赤城さんは言った。

「ちょうど私たちの身の回りの世話をしてくれる人を探してたのよ」

「な、何で私があんたたちの召使いにならないといけないのよ！」

私が言うと、赤城さんはソファに戻って腰掛けながら言った。

「あら、私たちは別にいいのよ。こんな勝負はしなくたって。でも、あなたがペンダントが欲しいなんて言い出すから提案してあげたの。——あなたのために」

（こ、このキツネめ——）

私が怒りに震えていると、赤城さんは言った。

「まあ、答えはすぐに出さなくてもいいから。ゆっくり考えてくださいな」

私は、手元の葉っぱに視線を落とした。そこには古代文字のような、奇妙な言葉が並んでいる。私は、湧き上がる不安と戦いながら、赤城さんに向かって言った。

「……でも、『商売で勝負する』って、どうやって勝敗を決めるの？」

「そうね……」

しばらく考えた赤城さんは、冷静な口調で言った。

「どちらが多く売るかで勝負するのはどうかしら？」

そして赤城さんは奥の部屋を指差して言った。

「黒いガネーシャ像をね」

＊

「――って言ってきたんだけど、どうする？」

部屋に戻った私は、釈迦にことのなりゆきを説明した。

釈迦は、坐禅を組みながら私の話に耳を傾けていた。何を考えているか分からないところのある釈迦だが、坐禅を組む姿には厳かな雰囲気が漂っていた。

話を聞き終えた釈迦は、ゆっくりと口を開いて言った。

「私は、商売に関しては――」

釈迦は、くわっと目を見開いて言った。

「ド素人です」

そして釈迦は言った。

「私は人から物を恵んでもらう『托鉢（たくはつ）』のスペシャリストですから」

と同時に、釈迦は、どこからか取り出したお椀（わん）をこちらに差し出してきた。その状態で静止しているので私が仕方なく小銭を入れると、釈迦は「毎度ありっ」と言ってお椀を戻し、再び坐禅を組んだ。

（だめだ――）

私はがっくりと肩を落とした。釈迦は戦力になりそうにないし、私一人で戦っても稲荷との勝負に勝ち目があるとは思えない。

私は部屋の隅にいるガネーシャに目を向けた。ガネーシャは、黙々と果物を食べていた。ガネーシャは毎日、とてつもない量のリンゴやバナナを食べる。私はこのゾウを、いつまで養うことができるんだろう。

（動物園とかで引き取ってもらえたりするのかな……）

ふと魔が差してそんなことまで考え始めると、まるで私の心の声が聞こえたかのように、ガネーシャがハッとした表情をこちらに向けた。そして、長い鼻をせわしなく上下に動かし始めた。この不思議な行動に、

（何してるんだろう？）

と私は首をかしげていたが、

「こ、これは……」

釈迦は驚いた表情をして、ガネーシャのいるところに向かった。

釈迦が近づいてくるのを見ると、ガネーシャは鼻でリンゴを持ち上げて口の中に入れた。

そして、シャクッ……シャクシャクッ……と不思議なリズムで食べ始めた。すると釈迦は、

その様子を注意深く観察しながら「はい、はい……なるほど……」とうなずき始めた。

そして釈迦は私の方を見て言った。

「ガネーシャ様は『稲荷と勝負をするように』とおっしゃっています」

「はぁ?」

不可解な言葉に眉をひそめて言った。

「ガネーシャがそんなこと言うわけないでしょ。ゾウなんだし」

すると、釈迦が言った。

「いえ、ガネーシャ様は姿がゾウになってしまっただけで、記憶はしっかり残っているようです」

「え? そうなの!?」

ガネーシャは鼻先で釈迦の身体をトントン、と叩いてリンゴを要求した。リンゴを受け取ったガネーシャは、シャクッ……シャクシャクッ……とリズムを刻んで食べた。その音を聞きながら、釈迦は言った。

「最初は『ゾウもアリかな』と思い、『できるだけゾウに近い状態で生活してみたんやけど』とのことです。ただ……」

ガネーシャはリンゴをシャクシャクッ! と興奮するように食べた。

釈迦は、ガネーシャに共感するように何度もうなずいて言った。

「ゾウの身体だと――フンを我慢することができないそうです」

そして釈迦はこう付け加えた。

「『便を止められへんのが［不便］とは皮肉な話やで』とのことです」

そして釈迦は「うまい！」と言い、ガネーシャは機嫌良さそうに「パオーン！」と鳴いた。

私が無視していると、釈迦は咳払いを一つして言った。

「――というわけで、一刻も早く元の身体に戻すようにとおっしゃっています」

「でも、ペンダントを取り戻すには稲荷と勝負して勝たなきゃいけないのよ？　像を売る勝負で勝てるとは思えないわ」

するとガネーシャは、またリンゴを食べて音を出した。釈迦がすかさず通訳する。

「ガネーシャ様はこうおっしゃっています。『ワシに秘策がある。ワシの言うとおりやったら必ず勝てる』と」

ガネーシャは威勢のいいことを言ってるけど、私の目に映っているのはただの一頭の小ゾウでしかない。

（本当に勝つことなんてできるのかしら……）

私が疑いの目をガネーシャに向けると、ガネーシャは戦意に燃える目で私を見つめてパオーン！　と鳴き、ブリッ！　と巨大なフンを落とした。

＊

「ほほう！　やる気になったんでおまっか！」

黒ガネーシャは、私が差し出した契約書を受け取ると、機嫌良さそうにひょひょひょ！と笑った。

「召使いになったら何してもらいまひょ。やっぱりあれでっしゃろな。助六寿司から海苔巻を除く作業をメインにやってもらうことになりまっしゃろな」

稲荷のふざけた言葉にカッときて言った。

「私は召使いなんかにならないわよ。あと海苔巻食べないんだったら、最初から稲荷寿司だけ入ったやつ買いなさいよ！」

すると、黒ガネーシャは余裕の表情で答えた。

「助六を買うた上で稲荷寿司しか食べへんのが、贅沢（ぜいたく）ちゅうもんですがな」

稲荷の言っていることは意味不明でしかなかったが、稲荷の召使いにされたあとの生活を考えるとぞっとした。

私は二人に向かって言った。

「勝負はするけど……私からも条件を出させてもらうわ」

「あら、何かしら？」

小首をかしげた赤城さんに向かって、私は言った。

「私は、ガネーシャ像は売りたくない」

「どういうこと？」

私は黒ガネーシャをにらみつけて言った。

「だって黒いガネーシャ像は偽物なんだもの。偽物を売ってもお客さんは喜ばないから」

そして私は言った。

「それが本物のガネーシャの教えだから」

――私はガネーシャに言われたとおりの台詞を稲荷に告げた。

赤城さんは、少し強張（こわば）った口調で言った。

「じゃあ、あなたは何を売るっていうのかしら？」

「私が売るのは、これよ」

そして、私は持ってきたものを取り出した。

それは――小さな稲荷の像だった。

稲荷像を見た黒ガネーシャと赤城さんは、顔を見合わせて笑い出した。

黒ガネーシャは言った。

「そないなもん売れるわけおまへん！　だいたい日本人ちゅうのは、日本古来のもんより外国から来たもんを有難がるもんでおま」

私は負けじと言い返した。

「あなたたちが商売の本質を知らないからそんな考えになるのよ」

「な、何じゃと!?　この小娘が！」

黒ガネーシャはいきりたったが、赤城さんが制した。

「あなた、いいじゃないの。この子がこれを売りたいって言うんだったら、そうさせてあげましょう」

そして赤城さんは稲荷像を手に取ってまじまじと眺めた。その表情には、何か悲しげなものが浮かんでいた。

それから赤城さんは稲荷像をテーブルの上に置くと、部屋の奥に向かった。

そして、金庫の扉を開くとそこから何かを取り出した。赤城さんが持ってきたものを見て、私は息を呑んだ。

赤城さんが持っていたのは、二つの100万円の札束だった。赤城さんは札束をテーブルの上に置いて、その一つを私の方に差し出した。

「これはあなたの分ね。このお金を元手に稲荷像を作り、それを売ってお金を増やす。私たちも100万円で新しい黒ガネーシャ像を作って売るわ」

赤城さんはカレンダーを指して言った。

「期間は三か月。それまでに、どちらがこのお金を増やせるかで勝負よ」

赤城さんが「どうぞ」と言って札束を指したので、私はおそるおそる手を伸ばした。そして100万円の札束を持ち上げたとき、私の身体を恐怖にも近い感情が駆け抜けた。

それは私の人生では見たこともない大金で――こうして手に取っただけで動揺してしまうものを、さらに増やすことなんてできるのだろうか。

私は震える手で100万円を鞄(かばん)の中にしまい込んだ。

# 14

部屋に戻ると、リビングの方からパチッ、パチッという聞きなれない音が聞こえた。中をのぞくと、ガネーシャと釈迦が麻雀をしていた。

ガネーシャは鼻で器用に牌（はい）をつかみ、タバコまで吸っている。

「パオーン！」

突然、ガネーシャが鳴いて牌を倒した。釈迦が頭に手を当てて言った。

「これはやられましたなあ。ハネ満確定じゃないですか」

するとガネーシャが「パオパオ！」と機嫌良さそうに笑った。

（こいつら、私の人生が賭（か）かってる状況で何呑気（のんき）に遊んでんのよ――）

いら立った私は、「稲荷に会ってきましたけど！」と彼らに気づかせるように大声で言った。しかし、ガネーシャは麻雀の手を止めることなく言った。

「パオパオ？」

すると、対面の釈迦が言った。

「『で、どうやった？』とおっしゃっています」

――釈迦は、ガネーシャの鳴き声だけで何を言っているのか解読できるようになったらしい。とりあえず、私は100万円を元手に稲荷たちと像を売る勝負をすることになったこと、そして、稲荷との勝負に専念するために会社を休職すべきか迷っていることを伝えた。

稲荷との勝負を考えると私は不安でいっぱいだったが、ガネーシャは平然とした様子で、

「パオ」と言った。

「『安心せえ』とおっしゃっています」すかさず釈迦が通訳する。

そしてガネーシャの言葉をさらに続けた。

「『会社を休む必要もあれへん。ワシの教えさえ守れば確実に勝てるから安心せえ』と」

私の不安は消えなかったけど、「分かったわ」とうなずいた。

釈迦が言った。

「『もっと安心せえ』とおっしゃっています」

「は?」

「『今安心してる感じより、もっと安心せえ』と。『逆に安心せえへんとそれはワシを信頼してへんちゅうことになるから、ある意味ワシに対する侮辱(ぶじょく)や』と。『冒涜(ぼうとく)や』と。『気を緩められるだけ緩めよ』と」

そして釈迦は言った。

「『麻雀に加われ』とおっしゃっています」

私はつかつかと歩いていって、ガネーシャの鼻をつかんだ。

「この無礼者！　ガネーシャ様に何をする！」

釈迦が止めに入ってきたが、ガネーシャは釈迦を制して言った。

「……パオ」

「『続けさせろ』？」そして釈迦は驚いた顔をした。

「『もっと力を込めさせろ』とはどういうことですか？」

しかし私はそこで手を離した。そして、ガネーシャに言った。

「鼻をつかんでほしかったら真面目にやって」

ガネーシャの言葉を釈迦が訳した。

「『真面目にやりますんで、次は渾身の力でお願いします』。ガ、ガネーシャ様――」

唖然とする釈迦の横で、私は満足してうなずいた。

私は麻雀牌を片づけると、教えを聞くためにガネーシャの前に座った。釈迦はガネーシャの鳴き声をどんどん訳していった。私は釈迦の通訳を、ガネーシャの言葉を直接受け取るようにして聞いた。

ガネーシャは言った。

「モノを売る上で一番基本的なこと——いや、これはモノを売るだけやのうて、商売の一番の基本かもしれへんな。それは何か分かるか？」

（商売の一番の基本……）

それはたとえば、黒ガネーシャの言っていたような、お客さんに「価値が高い」と思わせることだったりするのだろうか。

色々思いついたことをガネーシャにぶつけてみたが、ガネーシャは首を横に振って言った。

「商売の一番の基本はな——まず自分が『一番良いお客さん』になることやねん」

「一番良いお客さん？」

「そうや。もし自分がお客さんとして欲しない商品をお客さんに勧めたとしたら、それはウソついてるちゅうことやん。そういうウソはお客さんに伝わってまうし、何より自分がその商品を本気で売ることはできへんやろ」

「それはそうかもしれないけど……」私はガネーシャに言った。

「でも、仕事だったらその商品が好きじゃなくても売らなきゃいけないときだってあるでしょ」

私は今の職場で少しだけ営業の経験をしたことがあった。自分で（この商品が売れるとは思えないな……）そんなことを考えながら売っていたのを思い出す。

ガネーシャは言った。

「もちろん自分の好みやない商品を扱うこともあるやろ。せやけど、そういう商品も詳しく見てったら、好きになれる部分が出てくるもんやで」

私は、ガネーシャの言葉をそのまま受け入れることはできなかった。「どんな商品にも魅力がある」――これは仕事をしていたらよく聞く言葉だ。私はガネーシャにたずねた。

「じゃあ……商品の良いところを頑張って探してみて、それでも見つからなかったら？」

すると、ガネーシャは言った。

「そんなもん、売ったらあかんに決まってるやろ」

ガネーシャは続けた。

「『仕事』は『お客さんを喜ばせる』ためのもんや。自分がええと思てへん物売ってもお客さんは喜ばせられへんで」

「でも世の中は、良い商品だと思ってないのに売ってる人ばかりだと思うけど」

するとガネーシャはため息をついて言った。

「まあ、そのとおりやな。ほんなら何でその人らがそういう商売してるかっちゅうと――お金が欲しいからや。『お金が欲しい』ちゅう目的が先にあって、そのためには『何かを売らなあかん』ちゅう順番で仕事してんねん」

そしてガネーシャは続けた。

「せやけど、その仕事の選び方は間違ってんねん。会社の名前とか、初任給とか、この業界が伸びるとかな、そういう条件で仕事を選ぶんは、結局『お金が欲しい』からやろ？　つまり『自分のため』やねん。そういう人らは仕事でもお客さんより自分を優先してまうから、お客さんを喜ばせられへん。せやから、自分のお金を大きく増やすこともできへんねんな」

「じゃあ、仕事はどうやって選べばいいの？」

するとガネーシャは、しばらく間を置いてから言った。

「『感動』や」

「感動……」

「そうや。仕事を選ぶとき一番大事にせなあかんのは、これまでの人生で自分が何に感動したかちゅうことや。そんで自分が受けた感動を、今度は人に伝えたい、伝える側に回りたい、そう思たとき人は自然な形で仕事ができるんやで。せやから最初は『お客さん』なんや。お客さんとして感動したことを仕事にして、自分と同じようなお客さんいっぱい作んねん」

そしてガネーシャは続けた。

「あとな、感動言うてもそれは別に映画やスポーツの世界だけちゃうで。たとえばお店の店員からうれしい一言もろて感動したら、自分が店員になったときお客さんを感動させられるやろ。それに、お客さんを直接感動させるんやなくても、自分が感動したことを支える仕事やったら、他の仕事より喜びを感じられるはずや」

ガネーシャは言った。

「でっかい仕事する人間はな、みんなこのやり方で自分の仕事見つけてるで。スターバックスを創業したハワード・シュルツくんは、もともと家庭雑貨会社の副社長やったんや。せやけど、豆からドリップされたコーヒーを試飲したとき感動してもうて、副社長辞めてスターバックスに入社したんやで。キンコーズ創業者のポール・オーファラくんかてな、大学時代に勉強が苦手やって、レポートを手に入れるために、みんなにコピーして回す役を買って出とってん。そんとき、コピー機の生み出すサービスに感動して起業の着想得たんやで」

「そうなんだ……」

確かにガネーシャの言うやり方で仕事を選んだら、自然な流れでお客さんを喜ばせられる気がした。そして、そういう視点で今の仕事を選んだかと聞かれたら、私は自信を持って首を縦に振ることはできなかった。

ガネーシャは言った。

「ただな、人生で感動するには、いつも心を開いとかなあかんねん。心が閉じてると何に対しても『どうせつまらない』『くだらない』て思てまうからな。せやから自分は、まず、目の前の仕事に心開いてみい。もし自分が今の会社のお客さんやったら感動できるとこを見つけるんや」

そしてガネーシャは、私の目の前に稲荷像を置いた。

「そのことを教えたくて、ワシは自分に稲荷像を売らせてるみたいなとこあんねんな。まあ稲荷たちの偽ガネーシャ像に対抗して、本物のガネーシャ像売るちゅう手もあったんやけど、本物のガネーシャ像は感動できるポイントが多すぎんねん。どこをどう切り取っても感動が出てくる感動の金太郎飴(あめ)やから。存在が、スペクタクルやから。わざわざ感動を見つける必要あれへんもんな」

ガネーシャの言葉に釈迦が深くうなずいた。すると気を良くしたガネーシャは、

「釈迦像売るのも簡単すぎるしな。やっぱりここは稲荷像がちょうどええねんな」

すると釈迦は照れながら言った。

「私は何と言っても、存在がメジャーですから」

するとガネーシャは、釈迦に向かって「パオパオ」と鳴いた。

――するとその瞬間、釈迦の眉がぴくりと動いた。釈迦は言った。

「確かにガネーシャ様もメジャーな神様です。が、日本でのメジャー度で言えば私の方が……」

するとガネーシャが釈迦に向かって「パオパオッ！」と激しく鳴いた。釈迦の眉間に大

きなしわが寄った。

「――お言葉ですがガネーシャ様、日本には『大仏像』はございますが、『大ガネーシャ像』はございましたでしょうか？」

するとガネーシャは顔を真っ赤にして「パオーン！」と鳴いて釈迦に襲いかかった。釈迦も拳で応戦し始めた。

「ちょっと何してんのよあなたたち！」

私はあわてて止めに入り、ガネーシャと釈迦の身体を引き離した。

釈迦は途中から通訳してなかったけど、ガネーシャと釈迦が、自分たちの「メジャー度」で言い争っていたことは間違いなかった。

（なんで神様って子どもみたいなやつばっかりなの……）

彼らが何をもって「神」を名乗れているのか、分からなくなるばかりだった。

［ガネーシャの課題］

お客さんの目線で自分の仕事に感動できるところを見つける

# 15

会社が休みの日に、図書館で稲荷について調べてみた。

まず最初に分かったのは、昔の日本人は狐を神聖視していたということだった。日本には自然と共存する文化があり、狐は「自然の象徴」だと考えられていたらしい。ただ、狐と稲荷の関係を見ていくと、稲荷神とは正式には宇迦之御魂神（うかのみたまのかみ）のことで、狐はその使いの霊獣だった。神様に代わって人にご利益を授けることもあるらしいが、自分たちのことを大きく見せようとして稲荷を名乗っているのかもしれない。

また、稲荷たちは「昔の日本人は稲荷を大事にしていた」と言っていたが、それは事実だった。特に江戸時代の人たちは稲荷を厚く信仰し、稲荷神社に赤い鳥居をこぞって寄贈したとのことだ。

そういえば、私の実家近くにも赤い鳥居がたくさんある神社があったのを思い出した。きっとあの場所にも、狐の像が祀（まつ）ってあるのだろう。

こうして調べていくうちに、不思議と稲荷に愛着が湧いてきた。あの二人との関係が違っていたら、もっと好きになれていたと思う。

ただ、この作業を続ける中で、私は自分の会社について入念に調べたことがあるだろうかと不安になった。入社したときから会社は「給料をもらう場所」でしかなく、扱っている商品やサービスについて必要以上に知ろうとしてこなかった気がする。

私は、これからもっと自分の会社に心を開いて、詳しく知ろうと思った。

＊

――この日、私は青山の赤城さんのマンションに来ていた。

赤城さんから、面白いものを見せるから部屋に来るように言われたのだ。

（面白いものって何なんだろう……）

言葉どおりに受け取れず、半信半疑で部屋の中に入った。すると、一人掛けのソファの背もたれにふんぞり返っていた黒ガネーシャが、思いもよらないことを言い出した。

「あんさんに、ワテらのやり方を見せたろ思いまして」

部屋の中央の大きなソファに座っている赤城さんも言った。

「あなたが私たちの召使いになったら、すぐ仕事に入ってもらいますからね。今のうちから勉強しておいてもらった方がいいと思って」

稲荷たちは私に負けることを一切想定していないようだった。

黒ガネーシャが言った。

「ま、とりあえず、今回ワテらが作った新しい像見てもらいまひょか」

立ち上がった黒ガネーシャが私に差し出してきたのは、小さな黒ガネーシャ像だった。手に取ってみると、思った以上に重みがある。額の部分には光る石がはめこまれており、多少凝(こ)った作りになっていた。

「これ、ワテらがいくらで売る思いまっか?」

黒ガネーシャの質問に、私は思ったままの数字を口にした。

「2000円くらい?」

すると黒ガネーシャはニヤリと笑って言った。

「9800円でおま」

「きゅ、9800円⁉」

私は思わず声をあげた。そして改めて小さなガネーシャ像をまじまじと見つめた。こんな小さなガネーシャ像が、どうして9800円で売れるのだろう。

しかし、私の反応を予想していたかのように、黒ガネーシャは意気揚々と語り出した。

「あんさん、こんな話知りまへんか? ある宝石店で、トルコ石が売れなくて店のオーナーが困っとったんですわ。そこで店のオーナーは、トルコ石の価格を2分の1にするように店員に指示したんでおます。そしたら石は完売したんでっけど、トルコ石の値段を見てオーナーは腰抜かしましたんや。それは――店員が間違えて、石の値段を2分の1やのうて『2倍』にしてもうてたんでおます」

そして黒ガネーシャは言った。

「人間ちゅうのは、『値段の高いもの』はそのまま『良いもの』て考えるんでおま。せやから思い切って値段上げることが、商品の価値を上げることになりまんねや」

そして黒ガネーシャは、勝ち誇るような笑みを浮かべた。

（だめだ。私とはレベルが違いすぎる……）

私は、圧倒的な実力差に肩を落としながら部屋を後にした。

＊

自信喪失した私が自宅に戻ると、ガネーシャと釈迦は相変わらず部屋で麻雀をしていた。

しかも、見知らぬ人が新しい面子（めんつ）として加わっていた。

その人は女性で、私を見ると丁寧におじぎをして言った。

「お邪魔しております。私、西野幸子（さちこ）と申します……あ、ガネーシャ様、それロンでございます」

そして幸子さんは牌を倒した。

ガネーシャは、パオン……と唸(うな)るように鳴いた。間髪(かんぱつ)入れずに釈迦が通訳する。

「幸(さ)っちゃん、またタンヤオのみかいな。毎回毎回、そんな安い手で上がられたらかなわんわ」

それから釈迦は、幸子さんについて教えてくれた。

「幸子さんは今は人間をしていますが、昔は貧乏神だったんですよ」

「貧乏神⁉」

私は驚いて声をあげると、幸子さんは「色々ありまして……」とにっこり笑って会釈をした。ガネーシャは言った。

「幸っちゃんは貧乏神時代の癖が抜けてへんくてな、さっきなんか役満手入ってんのに、あえて役を減らす形で牌を捨てて『ピンフのみ』で上がってたからな。役満で上がるより難しいっちゅう話やで」

（また変なのが加わってきたよ……）

もう、ため息をつくことしかできなかったが、私が本格的にショックを受けるのは少し後になってからのことだった。

「100円で売りましょう！」

幸子さんは、私がインターネットで見つけた小さな稲荷像を見るや否や、目を輝かせて言った。

「この像を大量に仕入れて、100円均一で売りましょう！」

「あ、いや、幸子さん」

私は興奮する幸子さんをなだめながら言った。

「100円だと原価より安くなってしまうんで赤字に……」

しかし幸子さんはさらに目を輝かせた。

「赤字ィ！」

そして幸子さんは人が変わったように、興奮して叫んだ。

「赤字！　最高じゃないですか！　売れば売るほどお金がなくなっていくなんて、なんて素敵なことでしょう！」

（だめだ――この人、完全に頭おかしいわ――）

しかし、なぜかガネーシャは幸子さんの様子を見て、納得するようにうなずいた。

「幸っちゃんは三度の飯より赤字が好きやからなぁ。幸っちゃんにとって『赤字』の赤は『赤飯』の赤くらいめでたいもんやから」

それを聞いた幸子さんは、「えへへ」と言ってペロっと舌を出した。

（「えへへ」じゃねえ！）

私は両手で頭を抱え、大きなため息をついた。

（小ゾウと商売下手な釈迦、そして新たに加わったのが貧乏神――だめだ、絶対勝てない――）

あまりの希望のなさに、もう笑うしかなかった。

（私は稲荷たちの召使いとして一生を生きていくんだわ。稲荷寿司作って、ガネーシャ像売って、稲荷寿司作って、ガネーシャ像売って、そして助六寿司の海苔巻だけを食べて生きていくんだわ……あはは……）

すると、私の笑顔を勘違いしたのかガネーシャが言った。

「お、自分も赤字の良さが分かってるみたいやな」

呑気な言葉にカチンときた私は、すぐに言い返した。

「何言ってんのよ。赤字なんて良いわけないでしょ！」

「そんなことないで」

ガネーシャは言った。

「赤字ちゅうことはつまり、お客さんが得してるちゅうことやからな。それはそれで、お客さん喜ばせてることになるやん？」

「そんなのキレイごとよ。仕事が赤字じゃ生きていけないし」

するとガネーシャは言った。

「そのとおりや。ずっと赤字やったら自分が潰れてまうからな。でも、なんで潰れたらあかんのや？　それは、自分が潰れたら、もうお客さんを喜ばせられへんようになってまうからや。せやから『何がなんでも儲けたい』ちゅう考えと『お客さんのために儲けを出したい』ちゅう考えは違うんやで。お客さんを喜ばせるために値段は下げてあげたい。でも仕事続けていくために利益は出さなあかん。そのジレンマに悩むんが、商売のあるべき姿やねん」

ガネーシャは稲荷と正反対のことを言っているように思えた。稲荷たちはとにかく利益をたくさん出そうとしていた。しかし、ガネーシャはお客さんを喜ばせることを第一に考えている。人としてはガネーシャの言っていることが正しいような気がするけど、その考え方で、本当に勝負に勝つことができるのだろうか――。

ただ、今はガネーシャの言うとおりやってみるしか方法がなかった。

ガネーシャは言った。

「ほんなら次の課題はこれや。『一度儲けを忘れてお客さんが喜ぶことだけを考える』」

「儲けを忘れる？」

「そうや。今言うたように儲けも大事やけど、儲けを先に考えてまうと、本来、一番大事にせなあかん『お客さんを喜ばせる』ことから離れていってまう。せやから、まず儲けを思い切って忘れて、お客さんを喜ばせることだけを考えるんや」

そしてガネーシャは言った。

「松下の幸ちゃんがな、大阪万博で松下電器を紹介する『松下館』を出展したときの話や。松下館は連日行列ができる大賑わいやったんやけど、そんとき猛暑でな。炎天下に何時間も並ぶ人らを見た幸ちゃんは、社員と一緒に、日よけ帽子と団扇を無料で配ったんやで。この行動にお金儲けは関係あらへん。ただ『お客さんを助けたい』て思たからしたことや。こういうことをサラッとできるんが、ほんまの商売人なんやで」

ガネーシャの話を聞いたあと、私は稲荷像をつまんで、手のひらの上に置いてみた。そして稲荷像を眺めながら、(お客さんが純粋に喜べる稲荷像はどんなものなのだろう)と考えてみた。

すると、幸子さんがパッと顔を輝かせて言った。

「餅撒きみたいに屋根から稲荷像を撒くというのはどうでしょう？　もちろん無料で！」

幸子さんの言葉に釈迦が返した。

「しかし像が頭に当たったら怪我をさせてしまうので喜ばせていると言えないのでは？」

「あ、そうでした。……えへへ」

(だから「えへへ」じゃねえっ！)

私は幸子さんをにらみつけたが、今度はガネーシャがこんなことを言い出した。

「そうや！　食べられる稲荷像ちゅうのはどうや？」

「なるほど！　稲荷型の稲荷寿司ということですね！」

（いや、だったらもう稲荷寿司のままでいいでしょ！）

あまりのバカげた意見にあきれるしかなかったが、ガネーシャはさらに勢いづいて言った。

「じゃあこういうのはどうや。稲荷像の鼻を押すと『コーン！』て鳴きながら口からコーン・ポタージュが出てくんねん！」

（もはや稲荷と何の関係もないし！）

「では、これはどうですか？　１００円の稲荷像を買ったら、もれなく１００万円がついてくるというのは」

「じゃあこれはどうや？　五体の稲荷像が集まると、合体して一つの巨大な稲荷像になるちゅうのは――」

――こうして「儲けを忘れる」という名目のもと、何の生産性もない「雑談」が延々と繰り広げられていった。

［ガネーシャの課題］

一度儲けを忘れてお客さんが喜ぶことだけを考える

*16*

「儲けを忘れる」と決めて仕事をするのは、かなりの違和感があった。

というのも、私は仕事の中で、いつも売り上げやノルマを意識するように言われてきたからだ。

でも、思い切ってお金のことを考えないで、「お客さんが喜ぶこと」だけを考えて仕事に取り組んでみた。

すると次第に違和感は消え、むしろ心が軽くなるような感じがした。自分のやっていることに後ろめたさがないというか、少し大げさに言うなら、自分の仕事を誇れる感覚が生まれた。

この気持ちを忘れずに仕事を続けていけば、今まで以上にお客さんを喜ばせられそうな気がした。

＊

青山の豪邸で、黒ガネーシャは誇らしげに言った。

「ワテらは、ガネーシャ像を二十体以上さばきましたでおま」

（あんな高いものを、もうそんなに売ってるなんて……）

偵察をかねて稲荷たちに会いに来ていたが、またもや圧倒的な力の差を見せつけられることになった。

ティーカップが受け皿に置かれ、微かに音を立てた。赤城さんは言った。

「モノを売るときはね、『誰に売るか』が大事なのよ」

「誰に売るか……」

「そう。どんな商品だって、それを欲しがる人がいなかったら売れるはずがないから」

黒ガネーシャが言葉を付け加えた。

「まあ、ワテらはそういう人間をすでに集めておりますからなぁ。占いちゅうのは心に不安があって、何かにすがりたい人が来るよってに。ガネーシャ像を売るにはうってつけなんですわ」

黒ガネーシャは、小さなガネーシャ像を手で弄（もてあそ）びながら言った。

「あんさんに、高級なモノを売るコツを教えたげまひょ」

そして黒ガネーシャは手のひらの上にガネーシャ像を置くと、いきなりぎゅっと握り込んだ。

「追い込まれている人間を狙うんや」

「えっ……」

黒ガネーシャは続けた。

「人生で追い込まれている人間は、一気にその負けを取り戻そうとしますよってに。ほんまは少しずつ少しずつ負けを溜めてきたのに、一発逆転なんてムシの良い話ですわ。せやけど、そういう人間やからこそ、現実が冷静に見れんようになって、目の前に差し出された希望に簡単に飛びついてしまいよる」

私は、赤城さんに占ってもらうために、最初にこの部屋を訪れたときのことを思い出した。あのときの私も、人生を一発逆転するためにやってきたのだ。

黒ガネーシャは、私の目の前でゆっくりと手を開いた。手のひらの上に鎮座(ちんざ)している黒ガネーシャ像は、人間の本性をどこかであざ笑っているかのように見えた。

＊

自宅に戻ると、

「ちょうどいいときに戻ってきましたね」釈迦が振り返りながら言った。

テーブルの上には新聞紙が敷かれ、その上に粘土やヘラなどが散乱していた。何か作業をしていたようだ。

幸子さんが言った。

「私たち、稲荷像を作ってたんです」

釈迦が幸子さんの言葉を引き取って言った。

「やはり、既存の稲荷像を仕入れて売るよりも、オリジナルの稲荷像を作った方が良いのではないかという話になりまして」

この人たちにしては、まともなことを言っている。私自身も、世の中で売られている稲荷像には足りない部分が多いと感じていた。

「これ、私が作った稲荷像です」

そう言って、幸子さんが稲荷像を前に出した。

（なんでツギハギだらけなの――。しかも前かけに『貧』って、商売繁盛させる気一切な

い――)

開いた口がふさがらなかったが、釈迦の作った稲荷像はさらにその上をいく酷(ひど)さだった。

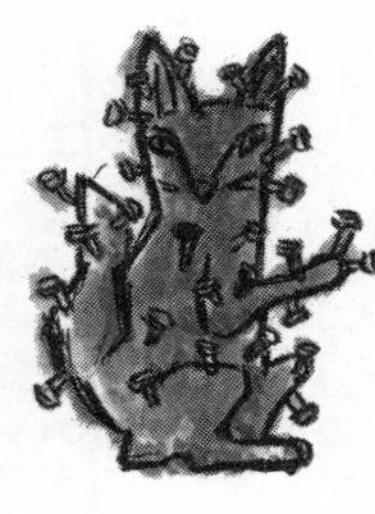

「この、稲荷像に刺さっているのは何?」

私がおそるおそるたずねると、釈迦は言った。

「釘(くぎ)です」

「どうして釘が?」

すると釈迦は落ち着いた声で言った。

「修行です」

(何の修行だよ! ていうかこんな気持ち悪い像、誰が買うのよ!)

私の口からは、もうため息しか漏れてこなかったが、極めつけはガネーシャの作った稲荷像だった。

（ほぼ、お前じゃねえか――）

あまりのクオリティの低さに愕然（がくぜん）としていると、ガネーシャは三つの稲荷像を鼻で指して自信満々に言った。

「一番気に入ったの選んでええで」

「選べるわけないでしょ！」

「やっぱりそうか……どの像にもそれぞれの良さがあるからな。こうなったら三つ同時に売り出すしかないな……」

「なんでそうなるのよ！　だいたいね、あんたたちの作った像は適当すぎるっていうか、ご利益があるように見えないのよ！」

そして私は、それぞれの稲荷像を指差しながら続けた。

「あのね、こういう像はまず何よりもご利益が大事なの。この像を手に入れたら『今よりも人生が良くなる』って思える像じゃないとダメなのよ」

——これは私がずっと考えてきたことだった。なぜなら、これまでパワーストーンを買い集めてきた理由がそれだったからだ。

そういう意味では、私は神様の像を売るのに向いているかもしれない。パワーストーンと神様の像は近いものがあるから、像を買う人の立場で考えることができる。

「なるほどな」

ガネーシャはうなずいて言った。

「確かに自分が言うてることは正しいかもしれへん。でもな、そういう像は、もう世の中にたくさん出回ってるんとちゃうの？」

私はすぐに言葉を返せなかった。確かに、稲荷像はすでに「商売繁盛のお守り」として稲荷神社でも売られている。

するとガネーシャは、何かを思いついた様子で言った。

「ほな自分、この課題やってみいや。『自分の考えを疑ってみる』」

「自分の考えを疑ってみる？」

「そうや」

とうなずいてガネーシャは続けた。

「天才画家のゴッホくんおるやろ？　自分らからしたら、ゴッホくんはすごい絵をサクサク描いてたて思てるかもしれへんけど、全然ちゃうで。あの子はテーマを決めたら、まず最低三枚は絵を描くて決めてたんや。もちろん、三枚描いてもうまくいけへんときはずっと描き直すんやで。『描き直していくと、最後には思いもよらなかった良い作品が生まれることがある』言うて、出来上がった絵を疑い続けたんやな。せやからあんだけすごい作品残すことができたんや」

そしてガネーシャは私を見て言った。

「確かに、稲荷像にご利益がある雰囲気は必要かもしれへん。せやけど自分のその考えが間違うてて、ワシらが作った像の方にヒントがあるかもしれへんやろ」

そしてガネーシャは、幸子さんと釈迦に目くばせして言った。

「まあでも、自分の考え疑うんは難しいことやからな。ワシらが協力したるわ」

ガネーシャの言葉の意味は分からなかったが、突然幸子さんがこんなことを言いだした。

「『気持ち悪い』ですね」

幸子さんの言葉に「え？　どういうこと？」と眉をひそめたが、幸子さんはそのまま続けた。

「『この像で人生を変える』って意気込んでる人って、気持ち悪くないですか」

するとガネーシャは言った。

「せやな。気持ち悪いな」

「気持ち悪いですね」釈迦もすぐさまうなずいた。

それからガネーシャは、私を小馬鹿にするような表情で言った。

「そういえば自分、昔めっちゃパワーストーン持ってたやん。それ見てワシ『こいつ気持ち悪っ』って思てたもん。自分、最初にワシ見て『気持ち悪っ』て言いよったけど、それを遥かに上回る熱量での『気持ち悪っ』やったもん。『気持ち悪っっっっっっっっっっっ！』やったもん」

そしてガネーシャは私を見て、目をキラリと光らせて言った。

「せやから、ご利益を前面に押し出した稲荷像作っても、キツネだけに、キツイネ、ちゅうことや」

——その瞬間、場は静寂に包まれた。

ガネーシャは釈迦に向かって「パオパオ」と鳴いた。釈迦は、

「え、ええ、分かっております。キツネと、キツイネが掛かって……はい、それはもう十分に……」

つらそうに答えていた。

［ガネーシャの課題］

自分の考えを疑ってみる

## *17*

会社の会議に使う資料を作っていて、一通り完成したので別の作業に移ろうと思ったのだけど、

「自分の考えを疑ってみる」

という課題を思い出し、(何か改善点はないだろうか?)と疑いながらチェックしてみた。

すると、作っているときは気づかなかったけど、年配の人にとって分かりづらい表現がいくつかあることが分かった。

私は資料を直しながら、(自分の考えを疑うのは大変だな)と思った。頑張って完成させたものを疑うだけでも面倒なのに、もし大きな問題が見つかってしまったら、直すのには相当な労力がかかる。

でも、だからこそ、多くの人は自分の考えを疑うことができないのだろう。

仕事の質を上げるためにも、完成させた仕事を疑う習慣を身につけていこうと思った。

＊

帰宅途中に携帯電話が震えたので見てみると、思わず、

「あっ……」と声が出てしまった。

園山さんからのメールだった。

どんな内容なのか読む前に見当がついた。園山さんと英会話学校に一緒に行く約束をしていたのに、稲荷との勝負に気をとられてそのままにしてしまっていたのだ。メールを読むと、園山さんは英会話学校に通う手続きを始めたとのことだった。

（ああ……稲荷との勝負なんてなければ、今すぐにでも英会話学校に行って、園山さんと一緒に授業が受けられるのに！）

自宅に到着した私がイライラしながら玄関の扉を開けると、リビングの方からガラガラ……という聞き慣れない音がした。近づいて見ると、リビングの中央になぜか全自動の麻雀卓が置かれ、ガネーシャたちがその前に座って麻雀をしていた。

「これ……どうしたの？」

私がたずねると、ガネーシャの声を釈迦が通訳した。

「いやな、前から気になってたんやけど、やっぱりゾウの前足やと牌がうまく積めへんねん。せやから『全自動麻雀卓買お』ちゅうことになってな、自分が稲荷からもろてきた1

00万円な、あれの一部を使わせてもろたんやけど、いや、もちろん『価格.com』で調べて一番安いのにしたから……パオォッ！」

気づいたときには、ガネーシャの耳を思い切り引っ張っていた。鼻とは違って、耳は普通に痛いようだった。

「こら、おやめなさい！」

止めようとする釈迦を押しのけて、私はさらにガネーシャの耳を引っ張り上げた。

「ふざけないでまじめにやってよ！　このままだと私は稲荷の召使いだし、あんたも一生ゾウのままよ！」

「パオォ！」

私の剣幕に怯えたガネーシャは、

と叫び、そのままフンをした。ガネーシャ専用オムツがふくらむ。オムツは幸子さんに作ってもらったものだった。

「オムツ、お取り替えしましょうね」

幸子さんに優しく言われたガネーシャは、

「パオォン……」

と甘い声を出して幸子さんのところに向かった。

（だめだ……こんなことをやってて稲荷との勝負に勝てるわけない……）

私はがっくりと肩を落としたが、その肩に釈迦が手を置いて言った。

「ご安心なさい」

そして、釈迦は自分が作った稲荷像をこちらに差し出した。

「この像を売れば、最低でも10万円の値がつくはず。そうすれば麻雀卓の損失の穴埋めができますし、稲荷との勝負の突破口も見えてきましょう」

私は改めて釈迦の稲荷像を見た。全身に釘が刺され、ホラーとしか思えない代物だ。

「こんな気持ち悪い像、誰も買うわけないでしょ」

すると、オムツを替えてもらっていたガネーシャが叫んだ。

「やってみな分からへんやろ！」

突然、強気になったガネーシャにいら立ってにらみつけると、ガネーシャは幸子さんの背後にサッと隠れた。

釈迦は言った。

「ガネーシャ様の言うとおりです。とりあえずこの像を売りに行きましょう」

私は大きなため息をついて言った。

「売るっていっても……どこで売るのよ」

するとガネーシャは、幸子さんの身体を盾にしながら顔だけ出して言った。

「どこでもええやろ！　路上で売ってこいや！」

（路上ですって――）

私はキッとガネーシャをにらみつけた。こんな像を路上で売ってたら不審者扱いされるに決まっている。

しかし釈迦も幸子さんも、とりあえず人の集まる場所で売ってみようと言い出した。いよいよ不安になった私は、

「路上で売るくらいなら神社とかに置いてもらった方がいいんじゃないのかな？　そっちの方が買ってもらえる確率は高いと思う……」

そんな提案をした。

すると、ガネーシャが顔を出して言った。

「自分、それ、ほんまにそう思てるか？」

「どういう意味？」

私がたずねると、ガネーシャは幸子さんの背後からゆっくりと前に進み出て言った。

「自分の言うてることは一見筋が通ってるように聞こえるけど、実は、それが一番危ないことなんやで」

「……だから、言ってる意味が分からないんだけど」

「しゃあないなぁ。この分からず屋に教えたるかぁ」

そしてガネーシャは、自動麻雀卓の件は完全に棚上げして堂々と語り出した。

「たとえば『資格を取りたい』て言うてる人がおって、でもそいつは全然、資格試験受けへんねん。そんで、そいつに『何で試験受けへんの?』て聞くとな、『もっとこの分野のことを調べてからにする』とか『今の仕事を一段落させてからにする』て言うねんな。いや、確かにその分野のこと調べるんは大事やし、いきなり仕事を放り出して勉強するんも間違うてる。でもな、もし本音では、ただ資格試験に落ちるのが怖いだけやのに、その怖さから逃げるために『筋の通った話』を作ってたとしたら、それ一番危ないことやで。そうやって逃げたい気持ちを正当化する癖ついてまうと、その人は絶対に成功できへん。成功するために本当にやらなあかんことも、言い訳つけて逃げる習慣ができてまうからな。そんな風になるくらいなら、『資格試験に落ちるのが怖いから受けてない』て正直に言える方がまだましやで」

――ガネーシャの言葉に、私は何の反論もできなかった。

路上で売ればいいと言われたとき、まず最初に私が思ったのは、そんなことをして知り合いに見られたら恥ずかしいということだった。

だから、路上で売らなくてもいいような――理屈をつけた。

ガネーシャは言った。

「自分も今まで成功する方法とか、お金持ちになる方法の一つや二つ聞いたことがあるやろ。でもな、そういう方法の中でほとんど語られてへんことがあんねん」

そしてガネーシャはまっすぐに私を見た。

「成功するために一番大事なことは——『小さな勇気』やねん」

「小さな勇気？」

「そうや。生きるか死ぬかを決断するような大きな勇気やなくてええ。普通の人が不安で避けてまうところを前に進む、小さな勇気が大事なんやで」

そして、ガネーシャは続けた。

「小さな勇気さえあれば、色んな経験ができる。そうすれば何が正しくて何が間違うてるか、理屈やのうて『身をもって』知ることができるんや。それを繰り返していけば、最後は必ず正しい道を選ぶことができるようになんねんで」

そしてガネーシャは言った。

「マリリン・モンローちゃんな。今では伝説の女優て言われる子やけど、舞台に立ったりカメラで撮影されたりするんがめっちゃ苦手やってん。撮影の前に、怖くてパニックになってまうこともようあったわ。せやけどあの子は『自分は才能がないから、とにかく経験を積んで演技を勉強しなければならない』言うてな、舞台やカメラの前に立ち続けたんやで」

そしてガネーシャは、釈迦が作った稲荷像を鼻でつまんで私の手のひらに乗せた。

「自分、この稲荷像売ってみいや。この稲荷像売ることが、自分の人生を大きく変えるはずやで」

私は、ゴクリと唾を飲み込んで稲荷像を見つめた。全身釘だらけの稲荷像は、私を見つめたままその場にたたずんでいた。

［ガネーシャの課題］

自分にとって勇気が必要なことを一つ実行する

## 18

(勇気が必要なこと……勇気が必要なこと……)

ガネーシャの教えを意識しながら仕事をしてみたけど、日常生活で勇気が必要な場面に出くわすことはなさそうだった。

ただでさえ、今日は会社が終わってから「稲荷像を売る」という、とんでもなく勇気が必要なことをしなければならないのだ。だから、この課題は会社ではやらなくていいかなと思い始めたとき、ふとある人が目に留まった。

柿本さんだ。

苦手意識が完全になくなったわけではないけど、最近はそれなりに会話ができるようになってきていた。ただ、相変わらず柿本さんは部内で孤立していた。

(よし、やってみよう……)

決意した私は、柿本さんに近づいて言った。

「お昼、一緒に食べません?」

別に特別な意味があるわけじゃなくて、いつも柿本さんは一人でお昼を食べていたから、

（誘ってあげたら喜ぶかもしれない）と前から思っていたのだ。

柿本さんは少し戸惑っていたが、一緒にランチをすることになった。

食事の席での柿本さんは、意外にも饒舌だった。彼は大学時代に山岳部に所属していて、外国の友人たちと海外での登山にも挑戦したことがあるらしい。

「――てことは柿本さん、英語しゃべれちゃったりするわけ？」

すると柿本さんは照れくさそうに言った。

「ＴＯＥＩＣは９００点です」

「柿本さん、ナイス！」

突然、私から外国人も顔負けのハイタッチを求められ面食らっていたが、今後は仕事のちょっとした合間も英語の勉強に付き合ってもらえるかもしれない。小さな勇気が予想外の幸運を呼び込んだ。

＊

稲荷像を売るために釈迦たちと待ち合わせしたのは、会社から30分ほどの場所にある公園だった。もしかしたら知り合いに見られるかもしれないけど、いつも自作の絵や詩を売っている人たちがいて、稲荷像を売るには格好の場所だと思った。

物を売っている人たちの邪魔にならなそうな場所で、折り畳み式の机を組み立てると、稲荷像を机の上に全部並べてみた。

(いくらで売ればいいんだろう……)

値付けに迷っていると、釈迦がさらりと言った。

「私の稲荷像は、10万円からでお願いします」

「いや、でも10万円は……」

「10万円で」

「でも……」

「10万円で」

「いや……」

「天上天下唯我十万!」

釈迦は「独尊」みたいな感じで「10万」と言い、人差し指を天に向けて鋭い眼光で私をにらみつけてきた。

私は、しぶしぶ釈迦の稲荷像に10万円の値札をつけた。ただ、その隣にある幸子さんの稲荷像は100円で、しかも「値段交渉には前向きに応じます」と注意書きまでついているので、全体としてコンセプトがまったく分からない露天商になっていた。さらに、釈迦と幸子さんには像を売る気がないようで、釈迦はお店の横で坐禅を組み、幸子さんは編み物を始めた。

私は道行く人に向かって、「稲荷像はいかがですか……」と声をかけてみたものの、か細い声しか出すことができず、人を呼び止めることはできなかった。そもそも、この場に立っているだけでもすごく恥ずかしいのだ。

こうして私は像を売ることができないまま、時間だけがどんどん過ぎていった。

（商売繁盛の神様のくせして、全然助けてくれないじゃない！）

挙句の果てには、自分の商品に八つ当たりするほど心が荒んできて、いっそのこと店を閉めてしまおうかと考え始めた、そのときだった。

突然、釈迦が、「悟ったぁ！」と叫んで立ち上がった。

「え？　悟ったって何が？」

しかし釈迦は、私の言葉を無視してそのまますたすたと歩き去ってしまった。

（何なのよ一体……）

釈迦の後ろ姿を目で追うと、突然釈迦は振り返り、こちらに向かってゆっくりと歩いてきた。釈迦は周囲をきょろきょろと見回しながら、ときおり口笛を吹いている。

（何を……しているの？）

あまりの不可解な行動に呆然とするしかなかったが、釈迦は、店の前で立ち止まると稲荷像を眺め始めた。そして、自分の作った稲荷像に目を止めると、口をあんぐりと開いて言った。

「こ、これは……なんと愛らしい姿をした稲荷像なんだ――」

「ちょっと、あんた何してんの……」

私の言葉を無視した釈迦は、私の両手をつかんでゆさぶりながら言った。

「この素晴らしい稲荷像を作ったのは一体どんな職人ですか⁉　いや誰が作ったかなんてこの際どうでもいい！　この像に出会えたというだけで、私は今日という日に感謝しなければならないだろう！」

釈迦は大声で言った。

「これ、おいくらですか⁉」

そして、私の言葉を一切待たずに叫んだ。

「10万円⁉　安い！　安すぎるわ！　重要文化財に指定されてもおかしくないこの像に10万円の値をつけるとは、お前は物の価値が分からぬ大馬鹿者か⁉　もしくは、この素晴らしい像にあえて破格の値段をつける安売り界の風雲児か⁉　いずれにせよ！　この像の値段が後々跳ね上がることは間違いないから､今買っておくのはある意味投資じゃないか！」

そして釈迦は振り返ると、道行く人に向かって叫んだ。

「ある意味、投資じゃないかぁ！」

（こ、こいつ――）

私は、あきれて思った。

（こいつ、自分の像売るためのサクラやってる――）

さらに釈迦は、隣に並べられている稲荷像をかき集めて言った。

「しかも今なら何のご利益もない稲荷像が無料でついてきます！」

（お前は深夜テレビの通販マンか――）

しかし、こんな作戦がうまくいくはずもなく、何人かが珍しそうにこちらを眺めるだけで、稲荷像を買いたいという人は現れなかった。

釈迦は、

「最善は、尽くしました」

そう言って腰を下ろすと、何事もなかったかのように瞑想を始めた。

（だめだこりゃ――）

私が言葉を失って立ち尽くしていると、今度は編み物をしていた幸子さんがすっくと立ち上がって言った。

「私の出番ですね」

そして、つかつかとお店の前に歩み出ると、ちょうど通りかかったカップルに向かって言った。

「おい、幸せそうに歩いてんじゃないよ、この金持ちカップルが！」

カップルは驚いて幸子さんを見た。

幸子さんは、般若（はんにゃ）のような形相（ぎょうそう）で叫んだ。

「公園っていうのなぁ、無料（タダ）で遊べる場所なんだよ！　あんたたちみたいな金持ちがうろついてていい場所じゃないんだ！　ここにある稲荷像全部買うか、持ってる金全部捨てるか、二つに一つにしな！」

――何が二つに一つなのかまったく分からなかった。

当然ながら、カップルは逃げるようにその場を立ち去った。

そのカップルの後ろ姿に向かって幸子さんは、

「死ね！　お前らみたいな金持ちは、温かい家庭で子どもと孫に看取られながら天寿をまっとうして死にやがれ！」と叫んだあと、

「私にできることは、以上です」と言って再び編み物に戻った。

（この人たち、衝撃的な役立たずだわ――）

この二人の行動で私の心は完全に折れ、稲荷像を売るのをあきらめて片づけを始めようとしたときだった。

「あ、そういえば」

幸子さんが、編み物の手を止めて顔を上げた。

「ガネーシャ様から課題を預かっています」

私が眉をひそめると、幸子さんはポケットから紙を取り出した。そこにはガネーシャが鼻を使って書いた文字が載っており、幸子さんは読みづらそうにしながら、なんとか解読して読みあげた。

「『最低一つは稲荷像を売ること。売れへんかったら家には入れへんで』」

「はあ⁉」

私は大声で言った。

「ていうか、あそこは私の家なんですけど！」

幸子さんは言った。

「あ、それとガネーシャ様から稲荷像を売るためのヒントも預かっています」

「ヒント？」

顔をしかめた私に向かって、幸子さんは違う紙を読みあげた。

「『困ったら人に相談せえ』」

（はあぁ⁉　人に相談しなくていいようにあんたが教えてくれなきゃだめなんじゃないの⁉　完全に自分の仕事を放棄してるじゃないの！）

あまりのいい加減さに怒りが湧いてきたが、確かにこの状況を変えるには、他の誰かの助けが必要なのは否定できなかった。

「課題？」

そこで私は店番を釈迦と幸子さんに任せ、路上で物を売っている人たちを観察しに行くことにした。

一番たくさんの人を集めていたのは、その場で絵を描いて売っている人だった。彼はキャンバスにスプレーを使って色を塗り、短時間で絵を描き上げ、その場でお客さんに売っていた。真っ白のキャンバスにどんな絵が描かれるのか知りたくて、つい見てしまう。そして描き上がると、完成度の高さに驚いて買いたくなる。確かにこのやり方ならどんどん売れていくのはうなずけた。

（でも、レベルが高すぎて参考にならないかも……）

そこで次に、自作の詩やイラストを並べて売っている人を見ることにした。お店の形態が比較的私たちに近いので、物を売るためのヒントが見つかるかもしれない。

お客さんのフリをしてお店の前を通りながら観察すると、全然売れていないお店と、売れていくお店にはちょっとした違いがあることが分かった。

売れていないお店の人は、前を通り過ぎる人にやたらめったら声をかける感じで（私も声をかけられた）ほとんどの人がすぐにその場から立ち去ってしまっていた。でも、物が売れていくお店の人は、お店の前に人が立ち止まってもすぐには話しかけなかった。ただ、まったく話しかけないというわけでもなく、たまに会話したり、話すのをやめて自分の作品を作るのに専念したり、自然な雰囲気で物を売っているように見えた。

（あの人に物の売り方を聞いてみようかな……）

そう思ったけど、（でも、売り方のコツを気安く教えてくれるだろうか）とか、（迷惑がられるだけなんじゃないか）とか、そんな考えが思い浮かんできてためらわれた。

――たぶん、今までの自分だったらこの人に話を聞くことはしなかったと思う。私は、そんな面倒なことをするようなタイプじゃなかった。

でも、ガネーシャから「小さな勇気」の大切さを教わり、勇気を出して行動したときに得られる達成感を知っていた。

体を緊張が駆け抜ける。足が少し震えた。

でも、私は気持ちを奮い立たせて絵を売っている人の前に立ち、声をかけた。

「あ、あの……」

「はい？」

男の人は髭（ひげ）をたくさん蓄（たくわ）えた顔をこちらに向けた。私はひるみそうになったが、自分のお店を指差して続けた。

「実は私、あそこで小さな像を売ってる者なんですけど、今日始めたばかりで……物を売るときのコツみたいなのってあるんですか？」

すると男の人は答えた。

「特にないね」

ただ、そのとき口元が笑っていたので、それほど悪い印象は持たれてなさそうだった。

「でもこのお店、すごく売れていたんで……」

私が食い下がると、男の人は、

「しょうがないな。これは企業秘密なんだけど」

おどけた顔でそう言い、他のお店の人を指して言った。

「たとえば、あの人は誰にでも声をかけてるよね。俺も始めたばかりのころはあんな風にやってたんだよ。なんていうか、あれやってると安心するんだよな。『俺、頑張ってる』みたいな感じで」

そう言って男の人は笑った。

「じゃあ声はかけない方がいいんですか？」

私の質問に、男の人は首を横に振った。

「そういうことじゃないよ。お客さんの中には会話したがってる人もいるし、絵を見てるうちに話したいことが出てくる人もいるだろうね」

そして男の人は言った。

「だから、まあ、相手次第だよ」

男の人は、店の前にやってきたカップルに軽く会釈をして話を続けた。

「でも、今の時代はさ、欲しいものはインターネットで買えるわけだし、わざわざこういう場所で買うっていうのは、偶然の出会いとか、先が読めない楽しさみたいなものを求めてるんじゃないのかな」

そして男の人はカップルと会話を始めた。会話は自然な流れで盛り上がっていき、私は（すごいなぁ）と感心した。

男の人にお礼を言い、絵を一枚買って自分のお店に戻った。

改めて眺めてみると、私のお店は稲荷像をただ並べているだけの異様な雰囲気だった。でも、見方によっては面白いような気もしてきた。こんなお店は日本中探しても他に見つからないだろう。

ちょうどそのとき、お店の前にお婆さんが立ち止まった。

声をかけてみようかと思ったけど、しばらく様子を見ることにした。お婆さんは熱心に稲荷像を見ている。なんとなく、この人は話し相手を欲しがっている気がした。

「稲荷像なんです」

私がそう言うと、お婆さんは目を輝かせて、

「やっぱりそうよね」

とうれしそうに言った。

お婆さんは自分からどんどん会話を進めていった。お婆さんが昔住んでいた家の近くには有名な稲荷神社があって、お正月はよく家族みんなで出かけたらしい。でも引っ越しを

してからは家族が集まる機会も減り、稲荷像を見るのは久しぶりだということだった。私も、最近調べた稲荷の知識をお婆さんに披露した。

こうしてひとしきり盛り上がったあと、お婆さんは、

「じゃあ、この小さいのをもらおうかしら」

と500円で売っていた稲荷像を買ってくれたのだった。

「もしよろしければ、こちらの……」

と自作の稲荷像を抱き合わせ販売しようとしてきた釈迦を制し、私は小さな稲荷像を袋に入れてお婆さんに手渡した。

（う、売れた――）

稲荷像が売れた瞬間、私の身体を興奮が駆け抜けた。それは、今まで仕事の中では味わったことのないような快感だった。

［ガネーシャの課題］

優れた人から直接教えてもらう

## 19

社内で一番仕事ができると評判の先輩に、仕事のやり方について質問してみた。質問してみて分かったのは、上司から一方的に教えられるのとは違って興味深く聞けるし、集中力も遥かに増すということだった。私は先輩の話を聞きながら、

（どうして私は今まで、自分より優れた人に質問をしてこなかったのだろう）

と反省した。

よくよく考えてみれば、自分より能力の高い人に直接話を聞くというのは、仕事が上達する最も効率が良い方法だ。でも、なんとなく恥ずかしかったり、迷惑がられるんじゃないかと気おくれしたりして今まで質問してこなかった。改めて、「小さな勇気」が自分にとって大きな成長をもたらしてくれるのだと感じた。

＊

会社の仕事を終えたあと、新しく作る稲荷像について、女性のデザイナーと打ち合わせ

をした。彼女は過去に、神社で販売するお地蔵様の可愛いキャラクターをデザインしたことがあり、思い切って連絡したところ興味を持ってくれた。

色々考えた結果、稲荷像を売る上で大事なのは、やはり「自分が欲しいと思う像を作る」ということだと思った。ガネーシャの言うとおり、自分がお客さんとして感動したものでなければ自信を持って売ることができない。

デザイナーとの打ち合わせはすごく盛り上がり、稲荷像のデザインはかなり期待できるものに仕上がりそうだった。私は、稲荷像を売る作業が正しい方向に進んでいるという実感を持ち始めていた。

ただ問題は、稲荷との勝負の期限が迫っているということだ。

（もっと急がないと……）

そんな焦りを抱えながら帰宅して、玄関の扉を開いたときだった。

騒がしいのはいつものことだが、普段と違う人の声が混ざって聞こえてくる。

リビングルームをのぞくと――ガネーシャとの共同生活であり得ないことが起きるのには慣れていたはずだけど――このときばかりは「えっ⁉」と声をあげてしまった。

麻雀のメンバーが一人増えており、その人はなんと、園山さんだったのだ。

「おじゃましてます」園山さんはこちらを見てにっこりと笑った。

私は園山さんに会釈をすると、あわてて釈迦をキッチンの方に連れ出した。そして、声をひそめながら釈迦を問い詰めた。

「どういうことなのよ！」

釈迦は、特に悪びれる様子もなく言った。

「あなたの帰りが遅いので麻雀の面子を増やそうということになりまして。ガネーシャ様から『園山くん呼ぼうや』というリクエストがありましたので」

そして釈迦は園山さんの方に視線を向けた。私もつられてリビングを見たけど、すぐ釈迦に向き直って言った。

「ていうかガネーシャのことは何て言ってあるの⁉　部屋に本物のゾウがいるだけでもおかしいのに、普通に麻雀してるじゃないの！」

「その点は問題ありません」釈迦は平然とした口調で言った。

「私はサーカス団の団長で、あのゾウには芸を仕込んであり、麻雀もその練習の一環であるという説明で納得してもらえました」

（園山さんも、なんでそんな適当な説明で納得してんのよ――）

私は、まだまだ釈迦に聞きたいことがあったけど、釈迦は、

「すみません、今、大事な局面なので」

と言って自分の席に戻ってしまった。

とりあえず私も釈迦の後ろに座り、様子をうかがうことにした。すると園山さんが私に

話しかけてくれた。

「英会話学校にはいらっしゃらないんですか？」

「それは、その……」

今の状況をどう説明すればいいか分からず言葉に詰まっていると、幸子さんが言った。

「今は稲荷像を売るのに忙しい時期なのです。英会話どころではありません」

心なしか幸子さんの声に棘がある感じがした。釈迦が私の耳元でささやいた。

「幸子さんはお金持ちが大嫌いですから」

しかし園山さんは特に気にする様子もなく、興味深そうな顔で聞いた。

「イナリゾウ？　イナリゾウって何ですか？」

「あ、稲荷像というのは……」

私は園山さんに稲荷像の説明をした。でも、稲荷像を売っている理由に関しては、

「お稲荷さんが地元の名産なので、広めるのを手伝ってるんです」

と言ってごまかしておいた。園山さんは、

「最近は地方特有のキャラクターが人気になってますからね」

そう言ってうなずいた。この人は結構人を信じやすいタイプなのかもしれない。

ただ、稲荷像の話が終わると会話が途切れてしまった。せっかく久しぶりに園山さんと会えたんだからもっと話したいと思うのだけど、緊張して言葉が出てこない。会社帰りで、

あまりお洒落な格好ができていないことも気になっていた。

(どうしよう……何を話そう……)

そんなことばかり考えているうちに時間だけが過ぎていく。部屋には、麻雀牌が台の上に置かれる音だけが響いていた。

こうして麻雀は淡々と進められていったのだけど、あるとき、園山さんの捨て牌に対して幸子さんが言った。

「ロンです」

そして幸子さんは自分の牌を倒した。その牌を見て園山さんは、

「えっ!?」

と声をあげた。

幸子さんは静かに告げた。

「国士無双(こくしむそう)。役満です」

幸子さんは、滅多に出ることのない一番高い点数の役で上がったのだ。

しかし驚きはそれだけにとどまらなかった。

「ロンですね」

釈迦が牌を倒した。釈迦も役満だった。

「パオパオ」

さらに、ガネーシャも役満で上がった。

（こいつら、明らかに神様の力使ってイカサマしてるだろ――）

園山さんも突然の出来事に驚いている。

幸子さんは静かに言った。

「ではこの負け、どうやって支払ってもらいましょうか……」

「支払うって、何も賭けていませんよね？」

すると幸子さんは麻雀台をドン！　と叩いて言った。

「勝負に負けて何も払わないって、お前それでもキンタマついてんのかぁ！」

突然、飛び出した下品な言葉に園山さんが驚いていると、
ガネーシャも何かを言い出した。

「パオパオ」

ガネーシャも何かを言い出した。釈迦は鳴き声に耳を傾けながらうなずいた。そして園山さんに向かって言った。

「園山さん、あなた聞くところによるとインターネットの会社を運営してるらしいですね」

「え、ええ。はい」

「その知識を使って、稲荷像を売っていただきましょう」

「ちょっと、何言ってんのよ」

私は会話に割り込んで、園山さんに言った。

「園山さん、気にしないでくださいね。この人たちちょっとおかしいところがあって……」

しかし私の言葉をさえぎるように、

「パオ！」とガネーシャが吠えた。

すると釈迦が立ち上がり、細い目から怪しげな光を放った。

その光を見ていると、何か温かいものに包まれている気分になった。園山さんは、ぼんやりとした表情で言った。

「稲荷像を売るのは楽しそうですし……協力します……」

（園山さん、大丈夫⁉　何か変なことされてるんじゃないの⁉）

私は不安になったが、園山さんはそのまま話し続けた。

「……それで、売る予定の稲荷像はどんなものなんですか？」

釈迦が自作の稲荷像を見せようとしたのを即座に止めて、私は言った。

「今日、ちょうどデザイナーと打ち合わせをしてきまして……」

私は鞄から試作版の稲荷像のラフ絵を取り出して、園山さんに見せた。

（でも、園山さんを巻き込んでしまっていいのかしら……）

そんな後ろめたさを感じつつも、それ以上に考えなければならないことを思い出した。

稲荷との勝負の期限だ。

もし稲荷像のデザインが決まったとしても、そのデザインを業者に発注して像が完成しなければ販売することができない。明らかに時間が足りないのだ。

そのことをみんなに相談すると、幸子さんが答えた。

「その点に関しては問題ありませんわ」

そして幸子さんはハサミを持ってくると、目の前の麻雀牌を一つつまみあげ、いきなり刃を入れ始めた。その刃さばきはあまりに早く華麗で、私に質問する間を与えなかった。気づいたときには、目の前に一体の小さな稲荷像が完成していた。

「す、すごい……」

幸子さんはハサミを置くと言った。

「私は世の中のほとんどのものを手作りすることができます」

そしてにっこりと笑って言った。

「手作りの方が『節約』できますから」

＊

デザイナーとの打ち合わせを重ね、議論を交わしていくうちに、稲荷像のデザインが徐々に固まってきた。

「ええんやないの」

ガネーシャは、稲荷像のデザインを見て満足そうにうなずいた。

そして、ガネーシャは言った。

「ほな、次の課題はあれやな。『人に楽しく働いてもらう』」

「人に楽しく働いてもらう?」

「そうや。自分一人でできへんことも、誰かと協力したらできるようになる。仕事ちゅうのは、一緒に働く人にいかに楽しく働いてもらうかが大事なんや」

私がうなずくと、ガネーシャは私の肩を鼻でポンと叩いて言った。

「ほんなら質問や。人に楽しく働いてもらうにはどうしたらええ思う?」

「それは……その人の仕事ぶりをホメるとか?」

「まあそうやな。確かに人の仕事をホメることは大事や。でもその言葉が見え透いたお世辞やゴマすりやったら人は動かせへんやろ?」

(確かに……)

私はガネーシャの言葉を聞きながら、職場での会話を思い出していた。表面上は私のことをホメたりねぎらったりしてくれても、その裏側に何か意図があるのが分かったら気持ちが冷めてしまうことがある。

ガネーシャは言った。

「人に楽しく働いてもらうためにはな、まず、その人の存在に対して感謝することが大事やねん。そんで、その感謝の気持ちをできるだけ言葉にしていくんや。そういう言葉をもらうと、自分が人の役に立ってることが実感できるから仕事が楽しくなるんやで」

そしてガネーシャは言った。

「サウスウエスト航空で社長やっとったコリーン・バレットちゃんな、彼女は人を楽しく働かせる天才やったわ。従業員の仕事ぶりを褒めたり感謝したりするために専用のチーム作ってな、みんなに手書きの手紙を送ってたんやで。その数、年に10万通以上や。せやから、サウスウエスト航空の従業員はいつもモチベーションが高かったし、離職率も他の航空会社に比べてめっちゃ低かってん」

（確かに、温かい言葉をかけてもらえたら、その人のためにもっと頑張ろうって思うもんな……）

ガネーシャの話を感心しながら聞いていたけど、ふと、自分の環境に置き換えてみたとき不安に思うことがあった。というのも、社内には仕事を怠けてばかりの人や、人の足を引っ張る人がいる。そういう人たちに感謝することなんてできるのだろうか。

するとガネーシャは言った。

「一見何の役に立ってないような人でも、必ず何らかの役に立ってるもんなんやで」

そして、ガネーシャは遠い目をして言った。

「ワシとかもな、他の神様連中から『神様としての仕事全然してねえじゃん』的なことよう言われんねん。でもな、ワシから言わせてもらえば、ワシはちゃんと仕事してんねん。ワシは、神様になりたてで不安な子らに『こんな神様がいるなら自分もなんとかやっていけそうだ』ちゅう自信をつけさせてんねんな」

そしてガネーシャは、

「その役割、意外としんどいねんで」

そう言いながらタバコを吸って、ブリッとフンをした。

そしてガネーシャはこちらにお尻を向けて言った。

「そろそろオムツ交換してや。感謝しながらな」

私はガネーシャのオムツを取り替えながら思った。

(自分の怠惰さを正当化するようになったら、終わりだわ)

［ガネーシャの課題］

一緒に働いている人に感謝の言葉を伝える

## *20*

この日、会社で一緒に働いている人たちにどんな感謝の言葉をかけられるか考えてみた。

すると、普段は見落としていた色々なことに気づいた。

たとえば朝、早く来てポットのお湯を入れ替えてくれている新入社員の子や、お願いした仕事をきっちりこなしてくれる同僚、毎日会社を清掃してくれている人……。こういう人たちに伝えるべきなのは、「いつもありがとう」ということだ。

少し照れくさかったけど、思い切って感謝の言葉を伝えた。すると胸が温かくなり、私自身が幸せな気持ちになれた。

私はこの日、できるだけ多くの人に感謝の言葉を伝えた。

＊

園山さんが、会社のスタッフを一人連れて家に来てくれた。稲荷像を売るためのウェブサイトを作ってくれることになったのだ。さらに、ウェブサイトで稲荷像を売るための法律知識まで教えてもらい、色々とお世話になってしまった。

「お忙しいのにすみません……」

私が言うと、園山さんはいつもの屈託のない笑顔で、

「いえいえ、なんだか学生時代に戻ったみたいで楽しいですよ」

と言ってくれた。

そして、園山さんは作業をしながら、会社を起業したときの話をしてくれた。園山さんは学生時代に海外を放浪した経験があり、そのとき見つけた面白いものを日本で売れないかと考えたらしい。そして、学生時代の仲間と一緒に今の会社を作ったということだった。

私は園山さんの話を聞きながら、

（すごいなあ）

と感心してばかりだった。私の学生時代なんて、自分で会社を作るなんて発想があるはずもなく、なんとなく過ごしていたらいつのまにか就職活動の時期になっていた。あわてて活動を始めた私は何がやりたいのかも分からず、第何志望だったかも分からない今の会社に入った。もし学生時代に園山さんのような人と出会えていたら、私の人生も変わっていたのだろうか――。

そんな考えが頭をよぎったが、すぐに思い直した。

終わったことを考えるのはやめよう。それに、私の人生はガネーシャと出会ったことで

確実に変化してきている。今は、自分ができることに全力を注ぐべきだ。

そう考えた私は、新しい課題を出してもらおうとガネーシャを探した。するとガネーシャは、なぜかキッチンの奥でボールの上に立とうとしていた。

「あれは……何をしてるの?」
釈迦をキッチンに引っ張っていってたずねると、釈迦は言った。
「そういえば最近、ガネーシャ様は『もし稲荷との勝負に負けたらゾウとして生きていかなあかんから、一芸を身につけなあかんなぁ』ということをしきりにおっしゃっていました」

（なんで負けること想定してんのよ！）

私はガネーシャに近づいて玉乗りをやめさせようとした。するとガネーシャは言った。

「いや、ワシは一芸を身につけるためとかやなくて、楽しいからやってるだけやで」

「そ、そうなんだ」

一瞬、納得しそうになったが、ハッと気づいて言った。

「てことは、あんた遊んでるだけじゃないの！　そんな暇あるなら何か手伝ってよ！」

するとガネーシャは、フンと鼻で笑って言った。

「自分は何も分かってへんな。ワシはただ遊んでるだけやないで。遊びながら、自分にめっちゃ大事なこと教えたってんねや」

「大事なこと？」

（またガネーシャの屁理屈が始まったよ）

とうんざりしつつも、一応話は聞いてみることにした。

ガネーシャは言った。

「今、自分らが稲荷像を売るためにしてる作業は、楽しいか？」

私はすぐに答えた。

「うん、楽しいよ。大変なこともいっぱいあるけど、稲荷像が初めて売れたときは感動したし、サイトを作る作業もすごく楽しい」

「せやけど、なんで楽しいんや？　言うても自分がやってることは会社の仕事とそんなに変わらへんやん」

一瞬（そうかな？）と思ったけど、少し考えてみるとガネーシャの言葉の意味が理解できた。サービスを作ってお客さんに提供するという点では、会社の仕事も稲荷像を売る作業もそれほど大きな違いはない。

それなのに、楽しさが全然違うのはどうしてなのだろう？

するとガネーシャは言った。

「それはな、今自分がやってるんは、人から押しつけられた作業やないからや。自分たちで自由に考えて工夫できるから楽しいんやで。今こうしてワシがやってる玉乗りかて、無理やりやらされたらただの罰ゲームやしな」

――確かにそうかもしれない。会社の仕事はやるべきことがあらかじめ決められていて、それをこなすことが日々の業務になっている。

ガネーシャは言った。

「人間にとって、自分で考えて工夫していくんはめっちゃ楽しい作業なんや。それはゲームしたりテレビやネット見たりする以上に楽しめるんやで。せやけどほとんどの人は、仕事をそういう形まで持っていけてへん」

そしてガネーシャは言った。

「ほんなら次の課題はこれや。『自分で自由にできる仕事を作る』」

「自分で自由にできる仕事を作る？」

「そうや。自分、アンドリュー・カーネギーくん知ってるか？」

「安藤……ネギ？」

「もう何も言わんでええ。カーネギーくんは、鉄鋼事業で成功収めて『鉄鋼王』て呼ばれた実業家や。カーネギーくんは幼いころ、電信局で電報を配達する仕事しとったんやけどな。電信技士が来るまでの空いた時間使て、電信技術を練習してたてん。他の局におる子どもらと通信したりして楽しんどったで。しかも電信技士が怠け者でな、自分がサボるためにカーネギーくんに仕事やらせ始めてん。そしたらカーネギーくんは電信技士の仕事どんどんこなしてな、しかも新しい電信の方法まで考え出して、あっちゅう間に出世したんやで」

「へぇ……」

「ええか？　どんな分野にも、自分で工夫できる仕事ちゅうのはあるもんや。そういう仕事見つけて頑張り始めたら、仕事はめっちゃ楽しくなんねんで」

（なるほど……）

私はガネーシャの話を聞きながら思った。

今、会社の仕事は自分で決められることはほとんどないけど、業務が終わってからの空いた時間なら自分だけの仕事を作れるかもしれない。

(仕事って、楽しめるものなんだなぁ)

そう思って感心していると、ガネーシャがボールの上でバランスを崩して尻もちをついた。と同時に、「パオパオッ!」と悲鳴をあげた。ガネーシャのお尻の下に何か落ちていたらしい。

見ると、それはガネーシャが作った稲荷像だった。

ガネーシャは、自分の稲荷像を鼻でつかんでプルプルと震えると、「パオ!」と叫んで稲荷像を投げ捨て、ボールを思い切り蹴とばした。

そして、ふてくされたようにその場で横になった。その姿を見て、私は思った。

(仕事を楽しめるか楽しめないかは、本当にその人の心次第なんだな……)

[ガネーシャの課題]

自分で自由にできる仕事を作る

## 21

会社の業務をできるだけ早く終わらせて、自分で自由にできる仕事を探してみた。

そのとき、昔、上司から言われたある言葉を思い出した。それは、

「仕事は自分で作れ」

だった。上司に「次に何をやればいいか」を聞きに行って言われた言葉だけど、あのときの言葉と今の自分の行動は違うものに思えた。

「自分で仕事を作れ」と言われると、「作らないとだめだ」というプレッシャーで動くから結局は押しつけられている気がする。しかし、ガネーシャが言っていたのは、もっと自由に楽しく仕事をするための方法だ。

私は、自分主導で進められる仕事を増やしていこうと思った。すぐに作るのは難しいかもしれないけど、そういう仕事を作るための工夫も楽しむことができるはずだ。

*

園山さんは、どれだけ遅い時間になっても会社の仕事が終わってから家に来て、稲荷像を売る作業を手伝ってくれるようになった。

稲荷像を売るためのウェブサイトも出来上がり、幸子さんが作ってくれた試作品の写真をサイトにアップした。

私自身も、ずっと試行錯誤を続けていた。

自分の考えを何度も疑い人の意見も聞いてみたけれど、やはり神様の像だから「ご利益」は外せないと思い、稲荷神社公認のグッズを目指すことにした。日本各地の稲荷神社に電話をして、日本古来の文化である稲荷を広めたいということを伝えた。それは稲荷像を売るための言葉でもあったけど、本当に考えていたことだ。稲荷について知れば知るほど、この興味深い存在を色々な人に知ってほしいと思うようになった。そして粘り強く交渉した結果、協力してくれる稲荷神社を見つけることができた。

――こうして完成した稲荷像だったが、注文はまだ一つも入っていなかった。

(やっぱり稲荷像を売るのは難しいのかも……)

そんな考えが頭から離れなくなり、いよいよ焦り始めたときだった。

キッチンで釈迦が手招きしていたので(なんだろう?)と思って向かうと、そこには険しい表情のガネーシャがいた。

ガネーシャは言った。

「稲荷像、全然売れてへんようやね」

そして長い鼻をゆらしながら言った。

「なんで売れへんか分かるか？」

私は改めて自分の作った稲荷像を思い返してみた。デザイナーと議論を繰り返し、できるだけ多くの人に見せて感想を聞き、何度も作り直した。こうして完成した稲荷像には自信があった。ウェブサイトも、園山さんたちのおかげで素晴らしい完成度のものになっている。

私は首を横に振って言った。

「分からないわ……」

するとガネーシャは、目をキラリと光らせて言った。

「ワシも、分かれへん」

そしてガネーシャは、床に置いてある雑誌に目を向けた。それは、日本全国の動物園が載った雑誌だった。

「やっぱ『上野』かなあ。上野は動物園界のブロードウェイ的なとこあるからな」

すると釈迦が口を挟んだ。

「先日は『富士サファリパークがええんちゃうか』とおっしゃっていましたが」

「いや、確かに自由にのびのび生活できる環境は捨てがたいんやけど……他の動物と一緒くたにされんのはなんかテンション下がんねんな。言うてもワシ、元神様やし」

（だめだ――こいつ、完全に神様に戻るのあきらめてる――）

私はガネーシャの身体をゆすりながら言った。

「ちょっと、しっかりしてよ！　この勝負に負けたら私、一生稲荷の召使いなんだからね！」

するとガネーシャが笑い出した。

「冗談やがな」

「何が？」

「自分があんまり焦ってるから、ちょっとからかったったんや」

ガネーシャの行動に頭にきた私は言った。

「こんな忙しいときにふざけないでよ！」

するとガネーシャは、「自分はほんまに分かってへんなぁ」とあきれた様子で言った。

「どんな物事にも必ずうまくいけへんときはあんねん。そんとき余裕を持ってられるちゅうのは、めっちゃ大事なことなんやで」

「でも……」

私はガネーシャの言うことを素直に受け入れられなかった。理屈は分かるけど、こんな状況で余裕を保つなんて無理だと思う。

するとガネーシャは言った。

「まあ今の自分にちょうどええ課題があるわ。それは『余裕のないときにユーモアを言う』や」

「余裕のないときにユーモアを言う?」

「そうや。心に余裕がなくてもな、ちょっとしたユーモアを口にすることで気持ちが軽なったり、その場の空気が和(なご)んだりするもんやで」

そしてガネーシャは続けた。

「アメリカ大統領やったロナルド・レーガンくんな、ホワイトハウスのすぐ外で暴漢にピストルで撃たれたことがあんねん。重傷を負ったレーガンくんはそのまま病院に担(かつ)ぎ込まれたんやけど、周りに若い女の看護師がぎょうさんおるのを見てこう言ったんや。

『Does Nancy know this?(妻のナンシーはこのことを知っているのかな?)』

若い女の子に囲まれてる状況が奥さんにバレたら怒られるちゅうギャグやったんやけどな、この一言で側近たちの心が一気に和らいだんやで。しかもこの言葉が新聞に載ってな、心配してたアメリカ中の人らを元気づけたんや」

「なるほど……」

私はガネーシャの話をうなずきながら聞いた。確かに、焦ったり余裕がなかったりするときほど、ちょっとしたユーモアが持つ意味は大きくなるように思う。

（よし、やってみよう）

私は園山さんが作業をしている机に向かった。そして、園山さんにたずねた。

「稲荷像、売れました?」

「いえ、まだですね……」

園山さんは険しい表情でパソコンを見つめながら答えた。その姿を見て、私はわざと明るい口調で言った。

「ここまで売れないということは……思い切って店じまいセール始めちゃいますか！　余った稲荷像は世界中の子どもたちに無料で配りましょう！」

そして私は園山さんの顔をチラリと見た。

園山さんは——ぴくりとも笑っていなかった。

（だめだ、完全にスベった——）

私は余裕を持つどころかますます焦ることになったけど、園山さんがぽつりと口を開いた。

「そうか……」

そして園山さんは続けた。

「この稲荷像——海外に売ってみましょうか」

「え?」

園山さんは目を輝かせて言った。

「日本古来の神様っていうのを逆手に取るんですよ。正直、稲荷より可愛いキャラクターは日本にたくさんいますよね。でも、この稲荷の凛(りん)とした雰囲気は日本独自のものだから、外国人に気に入ってもらえるかもしれない」

そう言うと園山さんはすぐに電話をして、英語バージョンのウェブサイトを発注し始めた。

予想もしなかった展開に驚いたけど、冗談を言った効果はあったのかもしれない。少なくとも、不安になって場の空気を重くするより、楽しく考えている方が新しいアイデアも生まれやすいはずだ。

そのことをガネーシャに報告しようとキッチンに向かったところ、釈迦とガネーシャは奥の方でこそこそと話をしていた。

耳をすまして聞くと、どうも釈迦がガネーシャを慰めているようだった。

「ガネーシャ様、ご安心ください。万が一動物園に入ることになっても、ガネーシャ様ならきっとうまくやっていけます。まず、集団のボスを見抜いて、そのボスに取り入るのです」

「パオパオ!」

「いえ、私は決してガネーシャ様を見捨てたりはしません!　必ず毎日エサを差し入れますから！」

釈迦と話すガネーシャは真剣そのもので——その姿には余裕の欠片もなかった。

［ガネーシャの課題］

余裕のないときにユーモアを言う

## 22

会社の同僚が急に体調を崩して休むことになり、その人の作業を誰かが引き継がねばならなくなった。でもみんな自分の仕事で手いっぱいで、部内に少し重い雰囲気が漂った。

そこで私は、

「みんな忙しそうなんで、しょうがないですね。ここは一つ……」

そして、その後に「私がやります」と言うとみせかけて、

「柿本さんお願いします！」

と言った。意表を突く人の名前を出したことで、みんながどっと笑った。柿本さんも「なんで僕が！」とツッコミながら笑っていた。

結局、作業は数人で手分けしてやることになったのだけど、部内の雰囲気が明らかに良くなっていた。「楽しいから笑うのではなく、笑うから楽しいのだ」という言葉を聞いたことがあるけど、ユーモアと雰囲気の関係もそれに近いと感じた。

＊

私は黒ガネーシャたちに呼び出され、青山のマンションにやってきていた。

「大事な用って何なの？」

部屋に着くなり、ぶっきらぼうにたずねた。稲荷像を売るための時間が惜しく、油を売っている暇はなかった。

そんな私の様子を楽しむように、黒ガネーシャは言った。

「まあまあ、そない焦らんでもよろしいがな」

そして黒ガネーシャは稲荷寿司を差し出してきた。海苔巻じゃなくて稲荷寿司をよこすなんて珍しいこともあるものだ。でも、私は稲荷寿司を受け取らずに言った。

「要件は何？」

すると黒ガネーシャは「せっかくのお稲荷さん断るとは、あんさん相当追い込まれておますなあ」と薄笑いを浮かべながら、稲荷寿司をわしづかみにして口の中に放り込んだ。

「いや、そろそろ期限も迫ってますよってに、最後に一つ、とっておきの商売の秘訣教えたろかと思いましてん」

黒ガネーシャの、あまりの余裕ぶりにカチンときた私は言った。

「そんなことしてる暇あったら、偽ガネーシャ像売った方がいいんじゃないの？」

するとと黒ガネーシャは言った。

「いや、あんさん言いましたやろ。ワテよりも『ガネーシャの教えの方が正しい』て。勝負はワテが勝つに決まってまんねやけど、そこをはっきりさせとかんと腹の虫が収まらんのでおます」

そう言うと、黒ガネーシャは引き出しから何かを取り出して机の上に置いた。

それは、銀色、金色、紫色……様々な色のガネーシャ像だった。

値段を聞いてびっくりした。黒ガネーシャ像でもとんでもなく高いのに、新しいガネーシャ像はさらにそれの上を行く値段だったのだ。紫色のガネーシャ像にいたっては、値段が一桁違っていた。

並べられたガネーシャ像を指しながら、黒ガネーシャは言った。

「なんでこないな商品作るか分かりまっか？」

「……儲かるからでしょ？」

「そのとおりでおま！」

黒ガネーシャは、パン！　と膝を叩いて言った。

「ま、細かいコツは言い始めたらキリないでっせ。一つの商品の値段をとんでもなく高くすることで他の商品をお買い得に見せるとか、色々な種類を用意することで全部集めとうなるようにするとか……せやけど、今日あんさんに教えたいのはそんな小さい話やおまへん。商売する上での最強のコツですわ」

「最強のコツ……」

黒ガネーシャの言葉に警戒しつつ、一方で興味を持ってしまう私がいた。

そんな私の心境を察したのか、黒ガネーシャは目を細めていやらしい笑みを浮かべた。

「商売ちゅうのは、いわばお金の流れを作ることでおます。そんで、一度作ったお金の流れをいかに絶やさんようにしていくか、これこそが商売のキモなんでおます。じゃあ、どないしたらお客はんを逃がさへんようにできるかちゅうと……」

そして、黒ガネーシャは十分に間を取ってから言った。

「『中毒』ですねん」

「中毒⁉」

不穏な響きの言葉に眉をひそめた。黒ガネーシャは楽しそうに続けた。

「中毒ちゅうのは、一度その商品を買うてまうと、その次も、またその次も欲しゅうなるちゅうことですわ。これこそまさに究極の商売法でっせ」

「究極の商売法って……そんなの間違ってる」

すると黒ガネーシャは、ひょひょひょひょひょ！　とひときわ大きな笑い声をあげた。

「何言うてまんのや！　あんさんは世の中をもっと冷静に見なあきまへんで！　儲かってる商売は全部お客はんを『中毒』にしてますがな。流行ってる食べもんは『砂糖』や『油』を大量に使てる。この二つこそは、まさに人間を中毒にするもんなんでっせ。ギャンブルやお酒、ゲームやテレビ、携帯電話かてそうでっせ。儲かるのは全部、お客はんを、それなしでは生きていかれへんような『中毒』にしてまうことなんですわ！　ひょひょひょ！」

「で、でも」私は黒ガネーシャに向かって言った。

「それはお客さんのためになってるとは言えないでしょ」

「何言うてまんねん！」

黒ガネーシャは、一段と声を大きくして言った。

「喜んでますがな！　お客はんはそれで喜んでますがな！　中毒ちゅうのは、めちゃめちゃ気持ちええもんなんでっせ！　ウチにガネーシャ像を買いに来るお客はんの顔見てみなはれ！　みんながみんな、それはそれは幸せそうな顔してまっせ！」

私は……黒ガネーシャにどう反論していいか分からなかった。

確かにお客さんがそれで良いと思っているなら、とやかく言う筋合いはないのかもしれない――。

私は、「お客さんを喜ばせる」ということの意味がよく分からなくなってきた。

そんな私の様子を見て、黒ガネーシャは口元のひげをなでながら勝ち誇るように言った。

「さあ、あんさんがどうやって稲荷像売るか、楽しみですなぁ」

そして黒ガネーシャは、口の中に稲荷寿司を放り込んでひょひょひょ！　と高笑いした。

［黒ガネーシャの教え］

客を中毒にする

――ただ、黒ガネーシャが話している間、赤城さんはずっと考えごとをしているようだった。会うたびに腹黒さが増していく黒ガネーシャとは違って、赤城さんは商売を楽しんでいるようには見えなかった。赤城さんが黒ガネーシャと同じ考えなのか聞いてみたかったが、何も言わずに青山の家を後にした。

今の私にできるのは、勝負の期限が来るまで稲荷像を精いっぱい売ることだけだ。

＊

部屋に戻ると、園山さんはすでに到着していてパソコンの前で作業をしていた。

「海外向けのサイト、完成しましたよ」

私は「本当ですか⁉」と言ってワクワクしながら画面を見た。ほとんど時間がなかったはずなのに、ウェブサイトは見事に完成していた。

画面を見ながら、私は改めて、稲荷像を売る作業は自分一人ではできなかったことを痛感した。稲荷像のデザイナーさんや、幸子さん、釈迦、そして園山さんと園山さんの会社のスタッフさんが助けてくれたから今の形にたどりつくことができた。

協力してくれている人たちへの感謝が胸に込み上げてくるのと同時に、私は申し訳ない気持ちでいっぱいになった。みんながこんなに頑張ってくれているのに、まだ全然結果を出せていない。相変わらず、稲荷像の注文は一つも入っていなかった。

不安を胸に抱えたままパソコン画面を見ていると、園山さんが言った。

「とりあえず、やれるだけのことはやりましたから。今は様子を見ましょう」

「はい……」

園山さんの気持ちは有難かったけど、とにかく何かしていないと落ち着かないので自分にできることを探し始めた。

しかし、しばらくすると、

ぐるるる……

お腹が鳴ってしまった。大きな音だったたから、園山さんにも聞かれてしまっただろう。

（こんなことになるなら、稲荷寿司もらっておけばよかった――）

恥ずかしくなってうつむいていると、園山さんは笑いながら言った。

「もしご飯まででしたら、食べに行きましょうか」

＊

園山さんと私は近所の居酒屋に入った。今の状況でお酒を飲むのは控えた方がいいかなと思ったけど、ここは園山さんと仲良くなるチャンスだと思って少しだけ飲むことにした。

園山さんと長い時間一緒に過ごしてきたけど、こうしてお酒を飲むのは最初に出会ったとき以来だ。

園山さんはグラスを傾けながら、私に向かって言った。

「今まで会った女の人の中で、一番面白い人かもしれません」

（えっ⁉）

私は驚いてグラスを手から滑らせそうになった。

（こ、これってかなりのホメ言葉よね⁉）

舞い上がった自分を悟られないように、ゆっくりとグラスに口をつけてお酒を喉の奥へ流し込んだ。

園山さんは言った。

「だって、部屋に本物のゾウがいる人なんていませんよ」

(そこかい――)

飲んでいたレモンサワーが、瞬(またた)く間にやけ酒に変わった。

ただ、園山さんは晴れやかな顔で話し続けた。

「稲荷像を売る作業は本当に楽しいです。なんていうか、文化祭の延長みたいな雰囲気があって、僕にとって理想の仕事ってこういう感じなんですよね」

それから園山さんは、稲荷像を売るために今後どういうことができるかを話してくれたけど、ふと表情を曇(くも)らせてつぶやいた。

「会社の仕事も、こんな風に進められたらいいんですけど……」

それから園山さんは、最近は起業したころのように仕事ができなくなってきたことを残念そうに語った。それは愚痴(ぐち)というより、自分を責めているようだった。

そんな園山さんを見て、私はなんとか勇気づけたいと思った。

「大丈夫ですよ」

私は言った。

「一緒に作業をしていれば分かりますけど、園山さんは仕事に対して本当に誠実だし、行動力もあるし……どんなマイナスの状況も変えていくことができる人です。今はたぶん、園山さんが次のステップへ進むための待ち時間なんですよ」

そして私は付け加えた。

「……ってこれは全部、園山さんが私にアドバイスしてくれたことですけど」

私がそう言うと園山さんは笑ってくれた。園山さんの笑顔が見られて私もうれしくなった。

それからしばらく話したあと、私はふと思い出して言った。

「すみません、稲荷像を売るのに付き合わせてしまったから、英会話学校へ行けなくて」

「あ、その件なんですけど……」

園山さんは少しうつむきがちに言った。

「やっぱり英語はやめようかなって」

「どうしてですか⁉」

思わず大きな声が出てしまった。園山さんは苦笑いして言った。

「海外で会社を作るのは色々問題があって……それに、海外に憧れるのも、目の前の仕事から逃げようとしているだけなのかも……」

そして園山さんは静かにグラスを傾けた。

私は、園山さんの横顔を見つめて言った。

「それは、本心ですか？」

「え？」

こちらに顔を向けた園山さんに向かって、私は続けた。

「もし本心でそう思っているのなら、今の仕事を頑張るべきだと思います。でも、本当はやりたいことがあるのに、その気持ちをおさえるために目の前の仕事を頑張ろうと自分に言い聞かせているのなら、それは違うと思います」

園山さんは沈黙したまま私の話を聞いていた。

私は園山さんと交わした言葉を思い出しながら言った。

「園山さんは、海外で仕事をするのが夢だって言ってました」

そして私は、はっきりとした口調で言った。

「本当にしたいことをしなきゃだめです」

園山さんは、考えごとをするように目の前のグラスを見つめていた。

(あー、何言っちゃってんだろ私……)

勢いで言ってしまったけど、すぐ自己嫌悪に陥った。そもそも私みたいな普通のＯＬが、会社を経営する園山さんに意見できることなんて何もないのに。

(ああ、もう今日は飲むしかないわ！)

私のやけ酒がいよいよ本格化しそうになったときだった。園山さんが口を開いた。

「僕が本当にやりたいことは――」

それから園山さんは顔を上げ、昔を振り返るようにして言った。

「僕が学生時代に世界を旅していたとき、すごく感動したものがあるんです。いや、もちろん見たことのない景色や触れたことのない文化にも感動したんですけど、僕が一番感動したのは――お寿司屋さんなんです」

「お寿司屋さん？」

「はい。日本の寿司屋というのは、アメリカだけじゃなくて、南米やアフリカ……もう、世界中にあるんですけど、僕は最初、そういう海外にある寿司屋っていうのは好きじゃなかった。なんというか、邪道な感じがしませんか？」

「そうですね。私も詳しくは分からないですけど……なんとなく本物のお寿司じゃない気がします」

「僕もそう考えていたんです。でも、たまたま知り合った現地の人に勧められて入った寿司屋が、本当に素晴らしかったんです」

「へぇ……」

「その寿司屋の大将は日本人だったんですけど、そのお店で出すお寿司は日本のものとは少し違っていて、ネタも日本では見ないものもあったんですけど……すごくおいしかったんです。そしてネタ以外でも、外国の人が食べやすいように箸(はし)に補助がついていたり、色々な工夫がしてありました。もちろんお店はすごい人気でした」

少し頬を紅潮させた園山さんは、グラスを見つめながら言った。

「確かに、そのお店で出しているお寿司は日本のものとは少し違う。でもそれは、外国の人を喜ばせようとして変化していったんだと思います。そうやって、日本の文化を出発点にして外国の人を喜ばせることができれば、日本は世界で愛されるようになります。実際にその土地の人たちが僕に優しかったのも、寿司屋の大将が頑張ってくれていたお陰なのかもしれません」

そして園山さんは続けた。

「今、僕は海外の商品を輸入して日本で販売していますが、本当は、日本の文化やサービスを使って外国の人を喜ばせたいんです。だから、稲荷像を売る作業も楽しめているんだと思います」

そこまで言って、園山さんは照れるように笑った。

「……すみません。なんだかしゃべりすぎちゃいましたね」

私は首を横に振った。

「もっと話してください。私、感動しました」

それは嘘偽りのない言葉だった。園山さんが海外に行きたい本当の理由を聞けたのがうれしかったし、何より、夢を語る園山さんはすごく素敵だった。

興奮する私を見て、園山さんは楽しそうに笑った。そして、冗談ぽく言った。

「じゃあ僕が海外で会社を作ることになったら、一緒に働いてもらっていいですか」

「ぜひお願いします！」

少しお酒が回っていたこともあって、かなり声を張ってしまった。

他の席に座っている数人のお客さんがこちらに顔を向ける。

私は恥ずかしくなってうつむきながらも、心の中で、

（園山さんと一緒に働けたらどんなに楽しいだろう……）

と思った。そして、園山さんと働きながら、海外を飛び回っている自分を想像してうっとりしていたのだけど、テーブルの上の携帯電話が震え出したのでハッと我に返った。

画面を見ると、幸子さんからの着信だった。

電話に出ると、幸子さんは言った。

「稲荷像、売れましたよ」

そして幸子さんは続けた。

「すごく売れています」

私は思わず「本当ですか⁉」と驚きの声をあげた。さっきから大声を出しすぎだけど、周囲の目なんて気にしていられなかった。私は驚いた顔をそのまま園山さんに向けた。

「園山さん、稲荷像が売れてるみたいです！」

園山さんも顔を輝かせて言った。

「やりましたね！」

「はい！」

あまりのうれしさに興奮した私は、そのまま園山さんに抱きついてしまった。

「す、すみません」

すぐに謝って体を離すと、園山さんは照れた様子で、

「と、とりあえず部屋に戻りましょう」と言って席を立った。

私たちはお会計を済ませ、急ぎ足で部屋へと向かった。

その帰り道、興奮して園山さんと話しながらも、私の頭の中では居酒屋で聞いた言葉が何度も繰り返されていた。

それは、園山さんが言ってくれた、「一緒に働きませんか」という言葉だった。

私にとって、あの言葉は本当にうれしくて、このとき私は園山さんと一緒に働くことが、今の自分の一番の夢であることに気づいた。

私は心の中で誓った。

（もし稲荷との勝負に勝つことができたら——そのことを思い切って園山さんに伝えてみよう）

辺りはもう真っ暗だったけど、私たちの周りだけ、光で照らされているような気がした。

# 23

稲荷像が売れるきっかけになったのは、海外の有名サイトが私たちのウェブサイトを面白おかしく取り上げてくれたことだった。

そして、この日を境に、堰(せき)を切ったように稲荷像の注文が入り出した。幸子さんはとてつもないスピードで稲荷像を作ってくれたけど、それでも注文に間に合わないほどだった。

本来は稲荷像の製造を専門の業者に頼むべきなのだろうけど、稲荷との勝負の期限を考えると断念せざるを得ない。

(どうすればいいんだろう……)

せっかく稲荷像が売れ始めたのに、新たなトラブルで頭を抱えることになった。

しかし、そのトラブルを解決してくれたのは、意外にも釈迦だった。

注文が入り出してからしばらく姿が見えなかったが、部屋に戻ってきたとき見知らぬ人を何人か連れてきた。

釈迦は言った。

「彼らに稲荷像作りを手伝ってもらいましょう」

釈迦の話では、彼らは手芸学校の生徒たちで、みんな手先が器用だということだった。

釈迦は言った。

「全員お金はいらないと言っているんで、コキ使ってください」

「でも……」

「問題ありません」

釈迦はにっこり笑って言った。

「皆、私の説法が聞きたくて集まった者たちですので」

そして、釈迦は生徒たちの中央に腰を下ろして坐禅を組むと、

「ヒマーラヤ山のふもとのある竹やぶに……はいそこ、手を止めない！」

説法しながら彼らを監督し始めた。これまで一切役に立っていなかった釈迦だったが、これは大きな助けとなった。


商品に対するクレームが入ったり、ウェブサイトが見られなくなったり、トラブルの連続だったけど、私は稲荷像を売ることを通して「物を売る」こと——もっと言えば、「仕事」の楽しさの本質に触れることができた。

それはきっと、商品を企画し、作り、売るというすべての過程に関われたからだと思う。

会社の仕事は、商品開発も営業も広報もすべて「分業」だから、自分の作業がお客さん

をどういう風に喜ばせているのか実感することができない。

もし仕事に関わる人全員が、サービスを作ってからお客さんに提供するまでのすべての過程を経験できたとしたら、もっと自分の仕事を楽しむことができるようになるはずだ。

こうして、稲荷像を売る作業に没頭していたのだけど、唯一惜しまれたのは「時間」だった。

稲荷像の販売がやっと軌道に乗ってきたのに、私たちに残された日数はほとんどなかった。

しかし、私は一度、稲荷との期限を忘れることにした。

この作業から学べることは本当に多く、私はその一つも見逃さないように、目の前の作業に集中し続けた。

*

「儲かってまっか?」

黒ガネーシャは、私の部屋に来るなりわざとらしく声を張り上げた。右手には相変わらず助六寿司のパックを持っている。

勝負の期限の日、黒ガネーシャたちの到着を部屋で待っていたのは私とガネーシャと幸子さんだった。　釈迦は稲荷にペンダントを使われるのを避けるために、外で待機することになった。黒ガネーシャが一人で来たのを見て、私は言った。

「赤城さんは？」

　すると黒ガネーシャは、

「途中寄るところがあって遅れてまんねん」

　そしてソファに乱暴に腰を下ろすと、ふんぞり返って言った。

「ほんなら早速、あんさんの売り上げ見せてもらいまひょ」

　私は黒ガネーシャの言葉に挑むように、銀行から下ろしてきたお金の全額をテーブルの上に置いた。

「んん……？」

　出されたお金を見て、黒ガネーシャの表情からみるみるうちに余裕が消えていった。黒ガネーシャは焦った口調で言った。

「これはこれは……どこぞのサラ金から借りてきた銭でっか？」

「バカにしないで」

　私は銀行の預金通帳を取り出しながら言った。

「これは真っ当な商売でお客さんからいただいたお金よ」

　そして私は通帳を開き、お金の流れを説明した。

通帳をじっと見ていた黒ガネーシャだったが、

「よろしゅうおま」

通帳をパン！　と閉じた。

「信用しまひょ。あんさんよう頑張りはった」

そして黒ガネーシャはわざとらしく拍手をした。あまりにも長い間拍手を続けるので、私はいら立って言った。

「それで？　あなたたちの売り上げは？」

すると黒ガネーシャは時計を見ながら言った。

「もうそろそろ来てもええころや思うんでっけど」

それからしばらくすると、部屋のインターホンが鳴らされた。扉を開けると、そこにいたのは赤城さんだった。

旅行帰りなのだろうか、キャリーバッグを引いている。

赤城さんがリビングにやってくると、黒ガネーシャが言った。

「ほな、見せたってや」

「はい」

赤城さんはうなずくと、キャリーバッグを横に倒しファスナーに手をかけた。

（まさか……）

私の背筋が凍りついた。

ファスナーがゆっくりと移動していく。そして、バッグの中身が露わになったとき、私は驚きのあまり言葉を失った。

キャリーバッグの中身は、すべて一万円札だったのだ。

「オエェエエエ！」

幸子さんはそう叫ぶと、トイレに駆け込んだ。お金嫌いの幸子さんにとっては、とてつもなく気持ち悪いものだったのだろう。

私は生まれて初めて見る大量の札束に、ひたすら目を奪われていた。

黒ガネーシャが得意げに語り出した。

「まあ、ほんまはここまで稼ぐ必要あらへんかったけど、途中から熱うなってもうて。いけるだけいったりましたわ」

そして黒ガネーシャは、バッグの中の札束をつかむと空中にばらまきながら叫んだ。

「商売繁盛！　千客万来！　これが稲荷様の実力でおま！」

――部屋の中をひらひらと舞うお札を眺めながら、私はぼんやりと思った。

（園山さんと一緒に海外に行くことができなくなっちゃったな……）

私はその場に、崩れるようにしゃがみ込んだ。と同時に、いつものあの感情が私の心を覆い始めた。

（やっぱり世の中には、頑張ってもどうしようもないことがあるんだ……）

稲荷像を売るために、私は精いっぱい頑張ったと思う。人生でこんなに頑張ったことはないと言い切れるくらい、ありとあらゆる努力をしてきた。

でも――結果は、稲荷たちの足元にも及ばなかったのだ。

黒ガネーシャは私の手をつかんで言った。

「ほな行きまひょか。あんさんにはこれからボロ雑巾のように働いてもらうことになりますさかい」

抜け殻のようになった私は、黒ガネーシャに手を引かれて歩き始めた。

ばらまかれた札束をキャリーバッグに詰め終わった赤城さんも、後からついてきた。

そして、私が黒ガネーシャに連れられて部屋を出ようとしたときだった。

パオーン！

突然、ガネーシャが大きな声で鳴いた。

私たちが驚いてガネーシャに顔を向けると、

「パオパオパオ！　パオーン！　パオパオパオーン！」

ガネーシャは大声で鳴き続けた。

しかし、ただ鳴いているだけで何が言いたいのかまったく分からない。

「パオ……」

そのことにガネーシャも気づいたようで、しばらく考えてから、突然お尻をこちら側に向けた。

そしてお尻を縦に、横にと動かし始めた。

「こいつは何をしてまんねや？」

黒ガネーシャが聞いてきたが、私は首を横に振ることしかできなかった。

最初は、自暴自棄になったガネーシャがオムツをはいていることも忘れ、稲荷にフンを撒き散らそうとしてお尻を向けてきたのかと思ったけど、そういうわけではなさそうだ。

ガネーシャは何かを訴えるように、必死にお尻を振っている。

すると赤城さんが、ガネーシャのお尻を指して言った。

「もしかして……尻文字じゃないかしら」

「ああ――」

私と黒ガネーシャは同時にうなずいた。

それから私たちは協力して、ガネーシャの尻文字を読み解いた。ガネーシャが私たちに伝えようとしていたのは、次の言葉だった。

まだ　しょうぶは　おわって　へんでぇ

「何、わけの分からんこと言うてんのやこのゾウは！」

解読が終わった瞬間、黒ガネーシャが怒りの声をあげた。

私は――黒ガネーシャが怒るのも、もっともだと思った。

というのも、尻文字の解読のために「今のは『お』でいいの？」といちいちガネーシャに確認しなければならず、しかもガネーシャは最後の小さい「ぇ」にこだわっていてほとんどお尻を振らなかったので、その一文字の解読にかなりの時間を要した。

「勝負はもう終わったんでおま！　お前は一生ゾウのままや！」

そして黒ガネーシャは、

「ほら、さっさと行くで」

と私の手を強く引っ張った。

私は手を引かれながら、ガネーシャに視線を送った。ガネーシャは何かを訴えかけるような表情をしていたけど、どうすることもできなかった。黒ガネーシャの言うとおり、もう勝負は終わってしまったのだ。

私が今度こそ観念して部屋を出ようとすると、

「待ってください……」

か細い声が聞こえてきた。

声の主は、幸子さんだった。

トイレから出てきた幸子さんの顔は青白く、足元はふらついていたが、芯のある口調で言った。

「私が、ガネーシャ様の言葉を通訳いたします」

「できるんですか？」

すると幸子さんは、うなずいて言った。

「麻雀をしているとき、お釈迦様が通訳するのを隣でずっと聞いていましたから」

そして幸子さんはガネーシャのそばに行き、ガネーシャの鳴き声に対して何度もうなずいた。そして黒ガネーシャに向き直ると言った。

「『おいキツネ』」

幸子さんは続けた。

「『その無駄に長い耳かっぽじってよう聞いとけや。今までのは全部前フリや。こっからが本番やで！』とおっしゃっています」

黒ガネーシャはあきれて言った。

「せやから、何べん言わすねん。勝負の期限は今日までや。もう勝負は終わったんや」

「──この台詞を受けて、ガネーシャは不敵な笑みを浮かべた」

と幸子さんが言った。

「え？　どういうこと？」

幸子さんにたずねると、幸子さんはガネーシャの言葉を通訳した。

「『ゾウの顔やとうまく笑えへん。せやけどここで不敵な笑みを浮かべるんは、絵的に重要なポイントやから』とおっしゃっています」

「いいかげんにせんか！」

怒り狂った黒ガネーシャは、稲荷の口調になって言った。

「ワシらはお前の悪ふざけに付き合っている暇はないんじゃ。この女はもうワシらの召使いじゃ」

するとガネーシャは、

「せやからまだ終わってへんちゅうねん」

と言い、目の奥を光らせて続けた。

「実はな……自分らに買うてもらいたいもんがあるんや」

「はあ？　何を言っておるんじゃ。ワシがお前から買うものなど何もないわ」

「ええんかそんなこと言うて。自分らが喉から手が出るほど欲しいもんやで」

そしてガネーシャは言った。

「まあ、自分らはそれが何なのか分からんやろな。自分らにとって商売は『できるだけ多くのお金を奪うこと』やからな。ただワシらはちゃうねん。ワシらにとっての商売は『できるだけ多くの人を喜ばせること』やねん」

そしてガネーシャが幸子さんに合図をすると、幸子さんは何かを持ってきてテーブルの上に置いた。

それを見た黒ガネーシャは、口を大きく開けて言った。

「な、なんじゃこれは――」

幸子さんが持ってきたのは、私たちが作った稲荷像だった。

私にとっては見慣れた物だけど、そういえば稲荷たちに実物を見せてはいなかった。

黒ガネーシャは切れ長の目を大きく見開いて、口から泡を飛ばしながら叫んだ。

「可愛さの中に漂う凛とした稲荷感！　稲荷本来の持ち味を殺すことなく、新たな魅力を開花させる形でマスコット化させておる――」

隣の赤城さんも食い入るように稲荷像を見ていた。

ガネーシャは言った。

「旧来の稲荷が持つ歴史的背景とご利益、様々な要素を取り入れながら、かつ、現代人に受け入れられるにはどうしたらええか――徹底的な試行錯誤を経て、この稲荷像にたどりついたんや」

ガネーシャは、まるで自分が稲荷像を作るために苦労したかのような口ぶりで語った。

幸子さんは、稲荷像の隣でノートパソコンを開いた。すると、そこには園山さんが作ってくれたウェブサイトが現れた。

ガネーシャは言った。

「自分らかて見たら分かるやろ。いかにこのサイトが精魂込めて作られたもんなんかを」

稲荷たちは何も答えなかった。ただ、私たちの作ったサイトを真剣な表情で見つめていた。

ガネーシャが幸子さんの耳元でささやくと、幸子さんは部屋の奥から何かを持ってきた。

それは、ファイルされた書類だった。

「見てみい」

ガネーシャに言われて稲荷はファイルを開いた。その瞬間、稲荷が息を呑むのが分かった。

ガネーシャはファイルを鼻で指して言った。

「そこにはな、どうして稲荷は日本の若者に人気がないのか、そんで、どうしたら外国人に稲荷像を売ることができるのか、さらにはどうしたら日本で再び稲荷ブームを作れるのか、そのヒントが全部書いてあんねん」

稲荷たちは、一心不乱に書類を読んでいった。

しかし、その途中で幸子さんはファイルをパタンと閉じた。

稲荷たちが同時に顔を上げると、ガネーシャは言った。

「お客はん、これ以上はお見せできまへんで。商売あがったりになってまうさかい」

ガネーシャは偽関西弁を真似て言った。

「ワテらが作った、稲荷像の設計図、稲荷像を売るためのウェブサイト、さらに稲荷像を売るためのノウハウ、これらをすべて合わせて……」

そしてガネーシャは、赤城さんの持ってきたキャリーバッグを鼻で指して言った。

「あの金額でお譲りするでおま！」

その言葉を聞いた稲荷たちは、ぽかんとした顔になった。しかし黒ガネーシャの稲荷はハッと我に返り、

「な、何をバカなことを……！」

しかし赤城さんは、黒ガネーシャを諫（いさ）めるように言った。

「あなた……私たちの負けですわ」

しかし黒ガネーシャは声を荒げて反論した。

「バ、バカなことを言うな！　こ、こんなものはあの女を召使いにしてから全部聞き出せばええんじゃ！」

すると赤城さんは有無を言わさない強い口調で言った。

「あなた！」

普段の温厚な赤城さんではなく、鬼のような形相になっていた。

黒ガネーシャは、しゅんとなって黙り込んだ。

それから赤城さんは大きく息を吐き出すと、私たちの方を見てゆっくりと語り出した。

「……昔は、私たちもこんな風ではなかったんですよ」

赤城さんは静かに続けた。

「私たち稲荷は、稲がどのようにして育ち、収穫されるかを誰よりもよく知っています。種籾（たねもみ）を残らず食べてしまえば次の年の稲は植えられません。収穫してもよい稲の量には限りがあります」

赤城さんは大きくため息をついた。

「でも、人々が少しずつ私たちを忘れ、軽んじていったことで、神社の稲荷像につもる埃（ほこり）のように、私たちの心も荒（すさ）んでいきました。そして、商売繁盛の知恵を間違った方向に——人間からお金を奪うために使ってしまったのです」

「怒りやね」

ガネーシャは言った。

「心の根っこに、愛やのうて、怒りを持ってもうたんやな。稲荷だけに、怒りを」

――部屋は完全な静寂に包まれた。

ガネーシャはパオッ……と咳払いをして続けた。

「これは、商売する上で一番気いつけなあかんことや。そんで、ほとんどの人間が見過ごしてることでもあんねん。それは、心の根っこんとこで他人を愛しているか、憎んでいるかちゅうことや」

そしてガネーシャは私に顔を向けた。

「自分らが思てる以上に、他人を憎んでる人間は多いんやで。いや、『憎んでる』ちゅう言葉が強すぎたら、こう言うた方が分かりやすいかもしれへんな。ほとんどの人間は『他人に優越したい』て思てる」

「他人に優越したい……」

「そうや。他人に勝ちたい、他人を踏みつけて自分が上になりたい……多くの人が心の中でそう思てるんや。せやから、他人からお金を奪ったときに、気持ちええと思てまうんやな」

そしてガネーシャは言った。

「たとえば、自分がある人と売買の契約を交わすとするやろ。自分は100万円で売るんが妥当や思てたのに、150万円て言われた。自分はどう思う?」

「それは……うれしいけど」

「せやろ。でも、それってほんまに喜んでええことなんかいな?」

「どういうこと?」

私が首をかしげると、ガネーシャは続けた。

「自分が得したちゅうことは、その分相手が損してるわけやろ。しかも、ほんまは100万円の価値しかあれへんのに150万円もろてもうたら、相手から奪ってることになるやん。でもな、ほとんどの人間が、100万円の価値しかないものが150万円で売れたら『うれしい』思てまうねん」

ガネーシャの言わんとしていることが、なんとなく分かってきた。

自分と同じくらい相手を大事にするとしたら、契約ではお互いにとってベストな金額を考えるべきだろう。でも、たとえば買い物をするときも、売り手のことなんて気にせず、自分が少しでも得することを考えてしまう。

「みんな、勝ちたいんやな。他人に勝ちたいんや」

そしてガネーシャはタバコを取り出すと、器用に火をつけて言った。

「せやけど、サービスちゅうのはな、他人に勝つためのもんやないねん。むしろサービスの本質は『他人に負けること』やねん」

「サービスの本質は、他人に負けること……」

私がガネーシャの言葉を繰り返すと、ガネーシャはうなずいて言った。

「人はみんな誰かに勝ちたい思うてる。せやから他人をうまく勝たせて、気持ち良くさせられる人間は、間違いなく成功するで」

そしてガネーシャは言った。

「戦国時代に天下取った豊臣秀吉くんな。あの子は人に負ける天才やったわ。他の武将たちから『猿』てバカにされても、猿のモノマネして笑わしたりしてな。あと、秀吉くんは、足軽たちからめちゃめちゃ慕われててん。その理由はな、他の武将たちは身分の低い足軽を見下してたんやけど、秀吉くんは優しく接して面倒見てたからやねん。せやから秀吉くんが城の塀の修復工事任されたときも、秀吉くんを助けるために足軽たちみんなが協力してな。通常の三分の一の納期で仕上げることができたんやで。そうやって秀吉くんは人の下になることで、最後は天下人になったんや」

ガネーシャがそう言うと、赤城さんもうなずいた。

私はしばらく考えてから、ガネーシャにたずねた。

「……じゃあ、私が稲荷から教えてもらったことは全部ウソだったたっていうこと？」

するとガネーシャは言った。

「自分は稲荷からどんなこと聞いたんや？」

私は稲荷から教わったことを思い出しながら、ガネーシャに伝えていった。

希少価値を演出する
あえて自分の不利益になることを言って信用してもらう
周囲の人間関係を断つ
　客を中毒にする……

　ガネーシャは、ふんふんとうなずいたり、考えごとをしたりしながら私の話を聞いていた。

　そして、ガネーシャは感心するよう言った。

「さすがは稲荷や。やり方が巧妙やね」

　その言葉を聞いた赤城さんの表情に変化はなかった。ガネーシャの言葉の意味が分かっているからなのだろうか。

　ガネーシャは言った。

「稲荷はな、一言で言うと、『人間の脳の錯覚を利用してる』んや」

「人間の脳の錯覚?」

「そうや。人間の脳みそちゅうんは、もちろん優れたとこもいっぱいあるんやけど、ちょくちょく間違い犯すねんな。その間違いをうまく利用して商売に結び付けてんねや」

　そしてガネーシャは言った。

「まず、『希少価値』な。人間ちゅうのは、物の価値を見極めるよりも、それが『残り少ないか』で判断してまうんや。そっちの方が楽やし早いからなんやけど……自分かて経験あるやろ？　バーゲンとかで別にそんなに欲しいもんやないのに、他の人が持っていったら急に欲しなるちゅうこと」

ガネーシャに言われて思い当たることがたくさんあった。確かに他人が欲しがっているというだけで、必要ないものまで欲しくなることがよくある。

「他の教えも全部、錯覚を利用してるの？」

するとガネーシャは「せやで」と言って話を続けた。

「『自分の不利益になることを言う』ちゅう教えも、人間は知らん人と会うたとき、まず最初に『この人は信用できるかどうか』を見極めようとすんねや。でもいったん『信用できる』と思てまえば、その後の言葉は全部信用してまうんやな」

そしてガネーシャは言った。

「『客を中毒にする』ちゅうのは、錯覚の最たるもんやろ。本当はお客さんにとってマイナスになってるもんやのに、お客さん自身がそのことを判断できん状態にしてるわけやから」

ガネーシャの話を聞いているとき、私は稲荷から言われた言葉を思い出した。私が反論できなかった稲荷の言葉について、ガネーシャにたずねた。

「でも、中毒になることでお客さんが喜んでいたらどうするの？」

するとガネーシャは真剣な表情で言った。

「『お客さんを喜ばせる』んと、『お客さんが求めるものを、何も考えず与える』んはちゃうんやで」

ガネーシャは続けた。

「たとえば、子どもが『甘いものが欲しい』言うから甘いものを与え続けたら、その子どもは虫歯になってもうたり、身体が丈夫になれへんかったりするやん。それは長い目で見たら、その子を喜ばせることになれへんやろ」

そしてガネーシャは言った。

「自分の仕事がほんまに人を喜ばせるためのものかどうかは、『そのサービスを自分の子どもに買ってほしいか』が一つの基準になるかもしれへんな。もし自分の子どもに自分の売ってるものを買ってほしないなら、人を喜ばせるために仕事をしてへんのかもしれへんで」

（なるほど……）

私はガネーシャの話に深く考えさせられた。本当に相手のことを大事に思うのなら、自分の売っているものでも「これ以上は買ってはダメだ」と言うべき場面もあるのかもしれない。しかし、儲けを増やすことだけを考えていたら、そういう発想は生まれないだろう。

（あ……）

そのとき私は、あることを思い出した。それは、赤城さんがお客さんに対して言っていた、

「ガネーシャ像を買ってはいけない」

という言葉だ。赤城さんは相手の信用を得るためのテクニックとして使っていたけど、相手のためを思っても出てくる言葉だ。この二つの違いは一体何だろう？

この疑問に対して、ガネーシャはこう答えた。

「稲荷の使てたテクニックちゅうのはな、相手を喜ばせることを突き詰めていったら、結果的にそうなることも多いんやで。相手のためを思った結果、自分の不利益になることを言う場合もある。そんときはお客さんの信用を得ることができるやろ。また、お客さんが本当に喜ぶ商品作ったら、その商品はどんどん売れるから品薄になる。そしたら別にウソついて希少価値を演出せんでも、物は少なるからみんな欲しがるようになるんや」

すると赤城さんが「そのとおりです」と言って会話に加わった。

「今、ガネーシャ様がおっしゃった考えで商売をするのが、長く繁栄するために必要なことなのです。でも、私たちは表面的な部分だけをテクニックとして使ってしまいました。この二つの違いを見分けるのは難しいですが、相手をだますのと、相手を喜ばせるのとでは、天と地ほどの差があります」

そして、赤城さんは、「周囲の人間関係を断つ」という教えについても話してくれた。

「周囲の人間関係を断ちなさい」ということは、つまり「あなたが成功していないのは、周りの人のせいなんですよ」ということを暗に言っているらしい。そう言われると「今の人間関係をなくしてしまえば、すべての問題が解決する」と錯覚してしまう人もいるという。

その感覚は——なんとなく分かる気がした。うまくいかない原因を自分に求めるより他人に求める方が楽だから、そちらに飛びつきたくなるのだ。

ガネーシャは言った。

「でもな、成功するために大事なんは、あくまで『人を喜ばせる』ことや。せやったら、今まで仲良うしてくれた人をいきなり断てるはずないやん」

「確かに……」

「『葛藤』から逃げたらあかんねん。友達から誘われたけど、他にやりたいことがある。せやったら、友達を傷つけんように気い遣いながら断ろうとかな。もしくは、やりたいことを頑張って早よ終わらせて、少しだけでも会える時間作ろうとかな。そういう葛藤の中でなんとか答えを見つけてくことで、人は成長するんやで。せやけど、みんなそうするのが嫌やねん。なんでかっちゅうと……それはもうワシが言わんでも分かるやろ？」

「面倒だから？」

「せやねん。せやから稲荷の教えみたいな――成功の特効薬に飛びついてまうねんな」

ガネーシャの話を聞きながら、稲荷の教えを聞いていたときの自分を思い出した。確かに、私はあのときとてつもなく人生が変わるような期待を抱いていた。それは、私が占いや神秘的な力を信じるのにも似ていたと思う。

ガネーシャは言った。

「もし、そうすることで一生幸せなんやったらそれでもええねんけどな。残念ながら、成功の特効薬に飛びついた人間が成功し続けることはできへんから、後から不幸になってまうねん」

それからガネーシャは、赤城さんが運んできたキャリーバッグに視線を移した。

「自分ら、こんな荒稼ぎして大丈夫なんか」

すると、赤城さんは沈んだ口調で言った。

「最近、日本橋のビルに警察が来ました。被害届が出てると言って。ガネーシャ像を買った人の家族が訴えたみたいです」

すると黒ガネーシャは「ふん」と鼻を鳴らして言った。

「あの場所はもう稼ぎ終わったんじゃ。次の場所に行けば問題ないんじゃ」

「あなた……」

赤城さんは、悲しみのにじんだ顔を黒ガネーシャに向けた。

「私たちは、稲荷よ。稲の神は、同じ田畑を何度も実らせるのが仕事じゃないの」

するとガネーシャは顔をそむけて黙り込んだ。

「ガネーシャ様」

赤城さんは、ガネーシャに向き直って言った。

「このたびは本当にご迷惑をおかけしました。これからは心を入れ替え人々を支えていきますので、どうぞお見逃しください……」

するとガネーシャは、稲荷たちの心を見通すような目で見つめたあと、鼻でキャリーバッグを指した。

「このお金も、ちゃんと元の人らに返すんやで」

「はい」

赤城さんはそう言って頭を下げると、黒ガネーシャを肘でつついた。黒ガネーシャもしぶしぶ頭を下げた。そして赤城さんがもう一度強く肘で突くと、黒ガネーシャは「分かっておるわ」と首からぶら下げていたペンダントを外してガネーシャに渡した。

そして、稲荷の夫婦はキャリーバッグを引きながら部屋を出ていこうとした。

すると、その背中に向かってガネーシャが声をかけた。

「待ちいや」

稲荷たちが振り返ると、ガネーシャは言った。

「自分ら、ワシらが作った稲荷像、これから売ってくつもりあるんか？」

稲荷たちはうなずいた。すると、ガネーシャは言った。

「せやったら先立つもんが必要やろ」

そう言ってガネーシャは、私が持ってきた売上金を鼻でつかんだ。

（ちょ、ちょっと、それ私のお金よ！）

私は止めようとしたが、幸子さんはにっこり笑って言った。

「あんなものは綺麗さっぱり渡してしまいましょう」

赤城さんは驚いた顔で言った。

「い、いいんですか？」

するとガネーシャは穏やかな表情で答えた。

「これはまっとうに稼いだお金や。綺麗なお金から商売始めたら、綺麗なお金が集まってくるもんやで」

「すみません……」

赤城さんは目に涙を浮かべ、頭を深く下げた。

そして稲荷たちは、何度も振り返って頭を下げながら、部屋を去っていった。

＊

部屋に戻ってきた釈迦がペンダントを開くと、強い光が放たれてゾウの姿のガネーシャを包み込んだ。あまりのまぶしさに手で目を覆った私は、しばらくしてからおそるおそる手をどけて前を見た。

するとそこには、四本の手を持ち大きなお腹をした、最初に出会ったときの姿のガネーシャが立っていた。違いといえば、オムツを穿(は)いていることくらいだった。

釈迦が叫びながらガネーシャの元に駆け寄った。するとガネーシャは、釈迦を迎えながら大声で叫んだ。

「ガ、ガネーシャ様！」

「不安やったやろ！」

ガネーシャは猛烈にテンションを上げて言った。

「万が一ワシがゾウのままやったら、世界はどうなんねんて不安やったやろ⁉　神様界最大のカリスマが失われたら、世界は暗黒の闇に支配されてまうて不安やったやろ⁉　な⁉　そうやろ⁉　そうなんやろ⁉　な⁉　な⁉」

そしてガネーシャは私の肩を叩いて言った。

「自分、よう頑張ったで！　ワシちゅう、かけがえのない、唯一無二の存在を取り戻すためによう頑張った！　必死やったやん！　自分、めちゃめちゃ必死やったやん！　いや、正直、自分の実力やったら無理かもなぁなんて思て見てたけど、やっぱり自分の『ガネーシャ様にもう一度会いたい』ちゅう思いが奇跡を生み出したなぁ！」

そしてガネーシャは私の肩を叩きながら、

「ようやった、ようやった！　自分みたいなもんが、ようやったぁ！」

と言い続けた。

そんなガネーシャの態度によって猛烈にテンションを下げた私は、嫌味っぽく言った。

「……でも、お金も全部稲荷に渡しちゃったし、結局、最初と何も変わってないんだけど」

そして私は部屋を見回した。

ガネーシャと出会ってからほとんど何も変わっていない部屋は、そのまま私自身の変化のなさを表しているように見えた。

しかし、ガネーシャは言った。

「自分もこんな言葉聞いたことあるやろ。『本当に大切なものは目に見えない』てな。目に見える部分は変わってへんでも、自分はちゃんと変わってるで」

（そうかなぁ……）

それでもガネーシャの言葉を信じることができず、ぼんやりと部屋を眺めていると、携帯電話が鳴った。

着信を見ると、園山さんからだった。

（あ……）

そのとき、私は思い出した。

そうだった。もし稲荷との勝負に勝ったら私は——。

緊張と不安で携帯電話を持つ手が震え出した。でも、私は、自分が何をすべきなのか分かっていた。

園山さんと、カフェで待ち合わせをしたときのことを思い出す。

あのとき私は、私に変身したガネーシャを代わりに行かせてしまった。

私は――怖かった。

嫌われたり、恥ずかしい思いをしたり、傷つくのが怖かったのだ。

だから私は、逃げた。

でも、目の前の困難から逃げるということは、同時に、自分の「成長」からも逃げるということ。そのことを、稲荷像を売ることを通じて理解することができた。

私にとって何よりも必要なもの。それは、小さな勇気だ。そしてその勇気こそが、私にもう一つの人生を切り拓いてくれる。

私は、震える指を通話ボタンに向かって伸ばした。

携帯電話を耳にあてると、園山さんの声が聞こえてきた。

園山さんは言った。

「あの、どうしても伝えたいことがあって……」

そして園山さんは続けた。

「僕、海外に行くことにしました」

園山さんの声は弾んでいた。

「あれからずっと考えていました。それでやっぱり思ったんです。僕は、海外に行きたい。

今行かないと、きっと後悔します」

園山さんの言葉を聞いて、自分の胸が熱くなるのを感じた。人が本当にしたいことに向かって進み出す瞬間は感動的だった。

私は、震える唇を動かした。

「実は、私も……」

そして私が言葉を続けようとしたとき、園山さんが私の声にかぶせて言った。

「彼女も一緒に行ってくれることになりました」

え……。

沈黙する私に対して、園山さんは話し続けた。

「ずっとそのことで悩んでたんです。でも思い切って説得してみました。そしたら彼女もついてきてくれるって」

そして園山さんは言った。


「僕たち、結婚することになりました」

――それから、私は園山さんと何を話したかほとんど覚えていない。ただ、「おめでとうございます」という言葉を繰り返して、電話を切った。

## 24

放心状態のまま部屋を出て、行くあてもなく歩き続けた。

気がついたら駅前まで来ていた私は、おぼつかない足取りで改札口をくぐり、目の前に停まった電車に乗り込んだ。

進んでいる方向は気にしなかった。

ただ、一人になりたかった。

電車にゆられながら、ふと顔を上げて路線図を見ると、ある駅が目に留まった。

それは、私が人生で初めて一人暮らしを始めた駅だった。

私は電車を乗り換えて、その駅へ向かうことにした。


各駅停車の電車しか止まらない駅は、私が住んでいたころとほとんど変わっていなかった。私は駅から10分ほど歩いた場所にあるアパートまでやってきた。

(懐かしいな……)

私の住んでいたアパートは、当時と同じようにその場所にたたずんでいた。ただ、真っ白だった壁についた傷や汚れが時間の流れを感じさせた。

私は自分が住んでいた２０２号室を見た。窓際に置かれた花瓶に花が生けてあり、他の誰かが住んでいるのが分かる。

あのときは――。

私は思った。

私がここに住み始めたときは、それ以降の人生で、自分がどれだけ傷つくことになるかなんて考えてもみなかった。

自分は何でもできると思っていた。何にでもなれると思っていた。

でも、年齢を重ね、経験を重ねていくたびに、自分にできることはほとんどないことが分かって、でも、それでも求めることをやめられなくて、私は希望を与えてくれるものに、必死にすがりつくようになっていった。

世の中は、不公平だと思う。

私が人生でこんなにも多くのものを求めてしまう人間なら、どうして、誰もが振り向くような美人に生まれたり、人とは違う特別な才能が与えられていないのだろう。

逆に、そういうものが与えられていないのなら、どうして私には、夢や願望だけが与えられているのだろう。

何かを手に入れたいと夢見さえしなければ、傷つくこともなかったのに――。

顔に何か冷たいものが触れた。小雨が降り出したようだ。空はいつのまにか灰色の雲に覆われていた。

顔についた細かい水滴を押しのけるように、私の瞳からこぼれ落ちた涙が頬を伝った。

泣いてしまったらきっと止まらなくなるだろうから、ずっと我慢してきたけど、もう、こらえることができなかった。

（また、だめだった……私はまた、夢をかなえることができなかった）

ガネーシャが現れて、もしかしたら夢がかなうんじゃないか、ずっと夢見てきた場所に行けるんじゃないか、そんな希望を持ってしまった。

でも、現実は——やっぱり現実のままだった。

私はきっと、パワーストーンを信じていたときと同じように、現実から目を逸らしていたのだろう。

『パワーストーン』が、『課題』や『努力』に置き換えられただけだったのだ。

私が鼻をすすりながら泣いていると、人影がこちらに近づいてきた。

顔を少し上げると、ピンク色のスウェットが目に映った。

ガネーシャだった。

私は、目の前に立つガネーシャに向かって言った。

「——神様は、どうしてこんなに不公平な世界を作ったの？」

ガネーシャは答えなかった。黙ったまま、じっと私を見ていた。

「ねえ、どうして?」

私がもう一度聞くと、ガネーシャは静かに語り出した。

「自分、ワシが前に話した『誰もが二つの人生を持ってる』ちゅう話覚えてるか?」

私が小さくうなずくと、ガネーシャは続けた。

「頑張った経験がない人間は、頑張ることで得られる喜びを知らへん。せやから、自分の中に眠ってるもう一つの可能性を経験できへん。自分が世界を不公平やと思てまうのも、それと同じことや。まだこの世界で経験してへんことがあるから不公平やと……」

「私、頑張ったよ!」

私はガネーシャの言葉をさえぎって叫んだ。

「私、すごく頑張ったよ。一日中英語を勉強したし、勇気を出して知らない人に声かけて物を売ったし、会社の仕事でへとへとになって、でも部屋に戻ってきてから課題をこなして、もう、毎日毎日、一日も休まず頑張った。私、人生でこんなに頑張ったことない。あんただって見てたでしょう?」

「ああ、見とったで」

「じゃあ!」

私はガネーシャに向かって言った。

「なんで私の夢はかなわないのよ！　どんな夢でも頑張ったらかなうって、あんたそう言ったじゃない！」

そして私はうつむいた。泉から湧き出る水のように、涙は流れ続けた。

いっそのこと大雨でも降って、私の涙も何もかも流し去ってくれればいいのにと思ったけど、雨は相変わらずぽつり、ぽつりと、私の身体を申し訳なさそうに濡らすだけだった。

「もう、これ以上頑張れないよ」

私は泣きながら言葉を続けた。

「別に頑張らなくたって、普通に生きてるだけで……園山さんと付き合える人はいるでしょ？　贅沢な部屋に住める人もいるし、お金に不自由しない人もいる。それなのに、なんで私だけ、こんなに頑張らないといけないの？」

ガネーシャはしばらくの間、私の顔を見つめていた。

そして、ガネーシャは言った。

「その理由はな、世界を知ろうとした者だけに分かんねん。でもな……」

ガネーシャは続けた。

「ワシ、何べんも言うてるやろ。成功するだけが人生やあれへん。夢かなえるだけが人生やあれへん。自分は別にここで頑張るのやめたってええんやで。誰も自分のこと責めへん。いや、責める人間はおるかもしれへんけど、少なくともワシは責めへんで。この世界はな、自分がどこまで『知る』かを、自分で決められるようにできてんねん。自分はこの先の世界をもっと知りたいんか、それともここで止めるんか。それを決めることができるんは──自分だけや」

そう言い残すと、ガネーシャは私に背を向けてゆっくりと歩き出した。

雨足が少しずつ強くなり、その雨の向こうへと、ガネーシャの姿は消えていった。

*

それから数日後。ガネーシャと出会ってから目まぐるしく起きた出来事がウソだったかのように、私は元どおりの、普通の会社員に戻っていた。

通勤電車の中での英語の勉強はやめ、携帯電話をいじって過ごすようになった。

昼休みも自分の食べたい物を好き勝手に食べ、ゆっくりと過ごしていた。

「英語は、もういいんですか?」

柿本さんに聞かれたけど、

「ええ。また挫折しちゃいました」

そう言って笑った。

こういう言葉が簡単に出てくるのが今までの私だったし、それは、きっとこの先も変わらないのだろう。

久しぶりに女の子の友達と集まって一緒にお酒を飲んだ。最近ずっと会えていなかったのに、彼女たちは快く私を迎え入れてくれた。

独身アニバーサリーパーティの後に開かれたのは、失恋アニバーサリーパーティだった。

園山さんとのことをお酒を飲みながら彼女たちにぶちまけ、泣いて、そして大笑いした。

彼女たちがいてくれて本当に良かったと、心から感謝した。

そして、私がそういう生活に戻ってからも、ガネーシャはずっと部屋で麻雀を打っていた。


「ねえ、いつまでここにいるの？」

私が牌を切ると、ガネーシャはタバコをふかしながら答えた。

「いや、ほんまは帰らなあかんねんなー。ペンダント取られたことオトンにバレてもうて。『ワシのペンダント、どんな管理状態やねん』てキレとって、たぶん帰ったらめっちゃ怒られんねん。せやから『今、こっちでどうしても手が放せへん案件があって取り込んでんねん』言うて帰るの遅らせてんねんな。でも、そろそろ限界やねん」

そしてガネーシャは釈迦に顔を向けた。

「やっぱ怒られるかな」

「ええ。怒られるでしょうね」

「めっちゃ怒られるかな」

「めっちゃ怒られるでしょうね」

「むっちゃ怒られるかな」

「はい?」

「いや、『めっちゃ』か『むっちゃ』やとしたら、どっちやろね?」

「それは……ガネーシャ様の中で『めっちゃ』と『むっちゃ』はどちらが激しい状態なんですか」

「『むっちゃ』やね」

「じゃあ……むっちゃ怒られるでしょうね」

「そっか。ほんならしゃあないな。あのペンダントの件、全部釈迦がやったちゅうことにしようや。ワシはそんなことしたないけど、ワシを救うにはこの方法しかあれへんわ」

「そんなウソをついたら、いよいよ、むっちゃ怒られることになりますよ」

「やっぱそうなるか……」

そしてガネーシャはため息をつき、自分の牌を一つ手に取って捨て牌の位置に並べた。

そのまましばらく麻雀を続けてから、私は言った。

「ねえ、あんたが帰ったら私と交わした契約はどうなるの?」

するとガネーシャは興味なさそうに言った。

「あれは課題をこなさんかったらアカンちゅうことやから、課題出さへんかったらええんちゃうか」

「そっか……」

「お、ツモや」

そう言ってガネーシャは牌を倒した。

私たちから点棒を受け取ったガネーシャは、立ち上がって言った。

「ほな、帰る前にオトンに土産でも買いに行くか」

「お土産？　何を買うの？」

「そうやなあ」

ガネーシャは考えごとをするように宙を見つめると、ぽつりとつぶやいた。

「パワーストーンでも買うてこか」

「え？　神様にパワーストーン？」

私が首をかしげると、ガネーシャは、

「そこが狙いやがな」

と言ってニヤリと笑った。

「普通、神様にとって一番いらへんもん、それがパワーストーンや。それをあえて買うてったら間違いなく――爆笑やで」

何を言っているかまったく理解できなかったが、ガネーシャの父親というくらいだから常識は一切通じないのだろう。

「ええ店紹介せえや」

と言われた私は、ガネーシャに付き合ってあげることにした。

＊

ガネーシャとやってきたのは、最近話題になっているパワーストーンアクセサリーのお店だった。

値段も良心的で、若い子をはじめ幅広い世代で人気になっているという話だ。

私もパワーストーンを見るのは久しぶりで、店に着く前からワクワクしていた。

やっぱり私には、こういう生活が合っているのだ。

神秘的な力を頼りにしながら、ささやかな希望を胸に生きていく。それは少し寂しい気もするけど、自分らしいとも思う。

そんなことを考えながら、店内に陳列された商品を見始めたときだった。

（あ……）

私が目を奪われたのは、なぜか、パワーストーンではなかった。

私が気になったのは、パワーストーンの手前にある広告文だった。丁寧な手書きの文字からは商品に対する愛情が伝わってくる。お店によっては手書き文字をコピーした広告文を使っている場合もあるけど、このお店のものは一つ一つ手書きで書かれてあった。

しかもその文章を読んでいくと（これ、私のことかも）と思わされたりする。パワーストーンは個人的な悩みを解消するためのものでもあるから、こういう文章を書けるというのは素晴らしいことだ。

でも、このお店の魅力はそれだけではなかった。私がこれまで行ったことのあるパワーストーンのお店では（ここは空気が重いな……）と感じることもあったけど、このお店の空気は軽やかだった。普通に服を買いに来ているような雰囲気でショッピングできるのだ。

（なぜだろう……）

お店をじっくり観察してみたところ、あることに気づいた。それは、このお店にはパワーストーン以外の商品もたくさん置いてあり、全体の雰囲気がお洒落な雑貨店のようになっていたのだ。

（すごいなぁ……）

そうやって、お店の素晴らしさを一つ一つ見つけて感心していたときだった。

（え……）

突然、私が予想もしていなかったことが起きた。

胸のあたりが温かくなり、目にうっすらと涙が溜まってきたのだ。

最初は、自分がなぜこんな状態になっているのか理解できなかった。

でも、しばらく経ってからその理由が分かった。

私は――感動していたのだ。

私は、このお店を作っている人が、お客さんを喜ばせるためにとてつもない努力をしていることに、感動していた。

それはきっと、私が稲荷像を売る「経験」をしたからだと思う。

稲荷像を売ることは決して楽ではなかったけど、だからこそ、このお店がお客さんを喜ばせるためにどれだけ苦労しているのかを感じ取ることができる。この感覚は、私がお客さんだったときには決して分からないものだった。

私が目に溜まった涙をぬぐったとき、隣にガネーシャが立っていた。

ガネーシャは言った。

「自分は、頑張ることで今まで知らへんかった世界を知ったんや。せやから、今まで気づけへんかった世界の素晴らしさにも、気づけるようになったんやで」

私は静かにうなずいた。

「この世界はな、自分が力を尽くした分だけ、必ずそのお返しを用意してくれるもんなんやで」

私はもう一度うなずいた。

ガネーシャは言った。

「自分の夢、何やった？」

私は、この問いにすぐに答えることはできなかった。

それは、今、私にとって夢というものが遠い存在になってしまっているからだ。

でも私は、もう一度、自分が求めていたものを丁寧に思い出すことにした。

理想の恋人を作って、何不自由なく暮らせるお金があって、世界一周旅行に行って……

それが、私の夢だった。

でも、今、私は新たな夢を持っていることに気づいた。

それは、自分が心からやりたいと思える仕事を見つけること。

稲荷像を売っていたときのような、時間が経つのを忘れるくらい没頭できる仕事がしたい。

そんな思いを、ガネーシャに向かってゆっくりと伝えていった。

真剣な表情で聞いていたガネーシャは、私の話を聞き終わると言った。

「もし自分が、まだ夢をかなえたいて思てるなら、その方法、教えてやれんこともないで」

私は一瞬、ガネーシャの言葉に胸を躍らせたが、すぐに肩を落として言った。

「それはやっぱり……つらいんでしょ」

「まあな」

ガネーシャは顔を上げ、遠くを見るような目でつぶやいた。

「今までの課題の中で、一番つらいもんになるかもしれへんな」

そして、こう付け加えた。

「しかもこの課題は、クリアしただけでは終わりやのうて、自分が夢をかなえるその日まで、ずっと続けていかなあかん課題やからな」

ガネーシャはそう言うと、目の前に陳列されていた青色のパワーストーンを手に取って眺めた。

——私は、園山さんから電話を受け取った、あの日のことを思い出した。

希望が絶望に変わり、頭の中では警報器が壊れたみたいな音が鳴り続け、身体が鉛のように重くなり、自分の存在をこの世界から消してしまいたくなるようなあの感じを、私はもう一度味わうことになるのだろうか。

ただ、そう思いながらも、ガネーシャの新しい課題に挑戦してみたいと考え始めている自分をはっきりと感じた。

どうしてなんだろう。

あんなつらい思いをしたのに、どうして私はまた、頑張ろうとしてるんだろう。

その理由は、きっと――「知って」しまったからだ。

ガネーシャの課題を必死にこなしていくうちに、今まで自分にできなかったことができるようになったり、勇気を出して行動することに達成感を覚えたり……頑張ることをしなければ、決して味わうことのできなかった喜びを、知ってしまった。

私は、ガネーシャの言う「もう一つの人生」を、すでに歩み始めていたのだ。

――この日、私はこのお店でパワーストーンを一つ購入した。

でもそれは、自分のために買ったものではなかった。

私は、この素晴らしいお店を応援したくて、パワーストーンを買ったのだ。

＊

「ほんまに、やるんやな」

部屋に戻ると、ガネーシャは私の前に立って言った。

私はゆっくりと、力強くうなずいた。

「しんどいで」

ガネーシャの重い声が部屋に響いたが、私はその声を吹き飛ばすように笑った。

「つらいのは、当たり前でしょ」

そして私は言った。

「私の夢はあり得ないほど大きいんだから、その分大変なことが待ってるに決まってるわ」

するとガネーシャは満足そうにうなずいて言った。

「よう言うた。それでこそワシの教え子や」

そしてガネーシャは宙に向かって鼻をまっすぐに伸ばし、

パオーン！

と吠えた。

するとガネーシャの身体は白い煙に包まれた。そして煙が晴れたとき、私の目の前に立っていたのは——ブラックガネーシャだった。

## 「最後の課題」の前に

今、この文章を読んでいるということは、あなたはブラックガネーシャとの契約を交わしてしまっているということです。

つまり、あなたは夢をかなえる方法の「真実」を知ってしまいました。

夢をかなえる方法の「真実」とは何か?

それは、夢をかなえるためには「つらいことや苦しいことは、決して避けられない」ということです。

もちろん人にはそれぞれの夢があり、夢の定義も人によって異なるでしょう。

しかし、この物語の主人公のように、多くの人が望む一般的な夢や成功を手に入れようとするのなら、それ相応の魅力や価値を身につけなければなりません。そのためには、多くの人が避けて通ったり、途中で引き返してしまう苦しい道のりを進み続ける必要があります。ガネーシャは、その道を行くあなたをサポートすることはできますが、苦しい道のりを「楽(らく)」にすることはできません。

しかし、多くの人は目の前の苦しみを避けようとします。

だからこそ、世の中には、

「努力しなくても成功できる」

「自分が働かなくてもお金持ちになれる」

などという、魔法のような成功法則があふれることになるのです。

しかし、こうした「偽りの希望」に飛びついてしまうと、最初は心地いいかもしれませんが、後から大きな苦しみを味わうことになります。

「結局、その方法では夢はかなえられない」という現実を、後から突きつけられることになるからです。むしろそちらの方が、本当の意味で「苦しい道」を選んでいると言えるかもしれません。


ガネーシャは言いました。

「誰もが二つの人生を持っている」と。

夢をかなえるためには、つらいことや苦しいことを乗り越えねばなりません。しかし、ひとたびその苦しみを乗り越えれば、その向こうには、最初のころには想像できなかった大きな喜びが待っています。そして、その喜びを知った者だけが進むことのできる人生があるのです。

――今から、ブラックガネーシャの課題が出されます。

この課題は、ブラックガネーシャが言うように、今まで以上に困難なものになるでしょう。

しかし、乗り越えるのが苦しいからこそ、あなたの夢を本当にかなえてしまう力があるのです。

ぜひ、課題をクリアしてください。

そして、ガネーシャの言う、

「もう一つの人生」

を経験してみてください。

そのときあなたは、あなたがまだ知らなかった世界と――知らなかった自分と――

出会うことになるでしょう。

## 最後の課題　1

「ほんなら、始めよか」

そう言って仁王立ちするガネーシャの筋肉隆々の身体からは、異様なまでの威圧感が放たれていた。

（一体どんな課題が出されるのだろう……。そして、私はその課題をクリアすることができるのだろうか……）

次から次へと不安が思い浮かんできたけど、

（夢をかなえるために一番大事なのは、目の前の困難から逃げない勇気なんだ）

そう自分に言い聞かせ、決意に満ちた目をガネーシャに向けた。

ガネーシャは、しばらくの間私の両目を見つめたあと、重々しい口調で言った。

「自分――ワシがこれまで出してきた課題、覚えてるか？」

私は手帳を取り出して、ガネーシャの課題を確認した。

・自分の持ち物で本当に必要なものだけを残し、それ以外は捨てる

・苦手な分野のプラス面を見つけて克服する
・目標を誰かに宣言する
・次の順序で一つの分野のマスターに挑戦する
　1．うまくいっている人のやり方を調べる
　2．一度自分のやり方を捨て、うまくいっている人のやり方を徹底的に真似る
　3．空いた時間をすべて使う
・合わない人をホメる
・気まずいお願いごとを口に出す
・今までずっと避けてきたことをやってみる
・お客さんの目線で自分の仕事に感動できるところを見つける
・一度儲けを忘れてお客さんが喜ぶことだけを考える
・自分の考えを疑ってみる
・自分にとって勇気が必要なことを一つ実行する
・優れた人から直接教えてもらう
・一緒に働いている人に感謝の言葉を伝える
・自分で自由にできる仕事を作る
・余裕のないときにユーモアを言う

（こんなにたくさんの課題を乗り越えてきたんだ……）

苦しい課題を乗り越えてきた日々を思い出し、自分を誇らしく思った。

ガネーシャは言った。

「ワシが出してきた課題には共通点があるんやで。何か分かるか？」

「共通点……」

私は目の前に並んでいる課題を見て、思ったままを口にした。

「実行するのが大変だってこと？」

するとガネーシャは、

「そのとおりや」

とうなずいて話を続けた。

「ワシの出してきた課題には、必ず『痛み』が含まれるんや。たとえば、人をホメるだけやったら難しないけど、『合わない人』をホメるんはしんどいやろ。でも、その痛みを乗り越えるからこそ、人間は成長するんやで」

私はガネーシャの話をうなずきながら聞いていた。成長には痛みが伴うというのは、ブラックガネーシャの教えに一貫していたことだ。

「でもな」

ガネーシャは私の手帳をそっと閉じると、遠くを見るような目で言った。

「誰かて痛いのは嫌や。そもそも、ありとあらゆる生き物は、『苦しみから逃げ、楽しみに向かう』ちゅうシステムで動いとる。せやから痛みを我慢し続けてても、いつか限界が来てまうわな」

「……じゃあどうすればいいの？」

するとガネーシャは言った。

「それを言葉で教えるんは簡単やけど、これは、自分が夢をかなえるその日までずっと続けなあかん課題やからな。理屈やのうて身体で覚えといた方がええやろ」

そしてガネーシャは、その場に腰を下ろしてタバコに火をつけた。

ガネーシャの吐き出した煙が部屋にゆっくりと広がっていく。

しばらく宙を見ていたガネーシャは、ぽつりとつぶやいた。

「……勝負してみるか」

「えっ」

言葉の意味が分からなくて、ガネーシャの顔をうかがい見た。

ガネーシャは続けた。

「いや、自分が稲荷と勝負してるの見て思たんやけどな。自分は何かと競い合うてるときが一番成長するんちゃうかなって。ほら、自分は負けん気が強いとこあるやん。その少ない色気と反比例するかのように負けん気が強い……痛たただだ！」

気づいたときには、私はガネーシャの耳を引っ張っていた。

「こういうとこ！　こういうとこぉ！」

私が手を放すと、ガネーシャは自分の耳をさすりながら言った。

「それにワシ、あんま時間あれへんから」

そうガネーシャが口にしたとき、私は「あっ」と声をあげた。

ガネーシャの身体が、いつのまにか透け始めていたのだ。

私は、ガネーシャがこの部屋に現れたときのことを思い出した。突然現れたガネーシャは、私に散々文句を言うと「ほな帰るわ」と言って立ち去ろうとしたのだ。

そのときガネーシャの身体は、今のようにどんどん薄く透き通っていっていた。

ガネーシャは言った。

「このへんか？」

「え？」

「いや、あんまり薄なりすぎても見づらいやろうし、かといって薄くなれへんとワシとの別れが近づいていることが演出できへんし、ちょうどええ加減の薄さになろ思て」

そしてガネーシャは「このへん？」「このへん？」濃くなったり薄くなったりした。

「ふざけてないで早く課題出しなさいよ！」

ガネーシャにからかわれていたのが分かり、もう一度耳を引っ張ってやろうと手を伸ばした。しかし、ガネーシャは素早く身体をひねると鼻を差し出してきた。私が思わず鼻をつかんでしまうと、ガネーシャは「キクッ」と言って恍惚の表情を浮かべた。さらに私が力を込めると「キクッ！　キクゥッ！」と言って悶えた。

私はあきれながらガネーシャを見ていたが、こういうやりとりができる時間も残り少ないと思うと、本当に胸が締めつけられた。ガネーシャは、その時が来たら何事もなかったかのようにあっさりと姿を消してしまって、もう一生会うことはできない――そんな確信にも近い予感があった。

私はガネーシャの鼻から手を放して言った。

「それで、何の勝負をするの？」

鼻をつかんでもらえなくなったガネーシャは不満そうな顔をしていたが、振り返って言った。

「釈迦」

テレビで囲碁の番組を見ていた釈迦が「なんでございましょう」と立ち上がってこちらにやってきた。

ガネーシャは私をアゴで指して言った。

「こいつと勝負したってや」

「え？　釈迦と勝負するの？」

私が驚くとガネーシャは言った。

「自分、せっかく稲荷と勝負したんやから、釈迦やワシとも勝負してったらええやん」

すると幸子さんが興奮して言った。

「こんなチャンス滅多にありませんよ！　神様、仏様の胸を借りて修行ができるなんて！」

ガネーシャも笑いながら言った。

「こんなに神々と勝負した人間、歴史上おれへんやろな」

笑っているガネーシャを見ていると、私もなんだかおかしくなってきて一緒に笑った。

最後の最後まで、本当にふざけた神様だ。

それからしばらく笑い合ったあと、ガネーシャは言った。


「ほな、釈迦との勝負は『断食』やな」


（え――）

予想もしなかった言葉に、一瞬で自分の顔が引きつるのが分かった。

ガネーシャは肩をすくめて言った。

「何驚いてんねん。釈迦いうたら断食やがな。断食の代名詞やがな」

釈迦は得意げに言った。

「通常、三週間が限度だと言われている断食を、私の場合は二か月間行いましたから」

そして釈迦は言った。

「ただ、ガネーシャ様。断食勝負でこの私に勝てる人間がいるとは思えませんが」

するとガネーシャは言った。

「甘いで、釈迦」

そしてガネーシャは不敵な笑みを浮かべた。

「自分が修行してたときは邪魔が入らんかったけど、今回はワシがあの手この手で誘惑させてもらうからな」

しかし、ガネーシャは思い直したのか、私を見て言った。

「ただ、ワシあんまり時間あれへんし、ワシとの勝負もせなあかんから……せやな、三日にしよか。もし、釈迦も自分も三日間一口も食べへんかったら、自分の勝ちにしたるわ」

そしてこう付け加えた。

「ただ、もし自分が釈迦よりも先に一口でも食べてもうたら、その時点で勝負は終了やで」

すると幸子さんが、目を輝かせて楽しそうに言った。

「だとしたら、負けた場合はガネーシャ様から『将来の希望を奪われる』という契約を改めて結んではどうですか？　緊張感が出て良いと思います」

何をサラッとめちゃくちゃなこと言ってんのよ――。

私は幸子さんをにらみつけたが、ガネーシャは、

「それええな」

とうなずくと、鼻を宙に向けパオーン！　と吠えた。

すると前と同じように、一枚の紙切れが現れてひらひらと舞い落ちてきた。

「サインして」

目の前に差し出された契約書を見たとき、ブラックガネーシャと最初に契約を交わしたときのことを思い出した。突然、手をつかまれ強引に契約させられたあのとき、私の身体を恐怖が駆け抜けた。

――そうだった。今、私の目の前にいるのは、あのブラックガネーシャなんだ。本当に何をしでかすか分からない、傍若無人（ぼうじゃくぶじん）の神様。

私はゴクリと唾を飲み込んだ。不安と緊張でペンを握る手が汗ばむ。

でも、ここで引き返すわけにはいかない。

この勝負に勝つことができれば、私は夢をかなえるための、本当の力を手に入れることができるんだ。

私は一度大きく深呼吸をしてペンを持ち直し、契約書にサインをした。

＊

断食勝負が始まると、釈迦は部屋の隅に腰を下ろして坐禅を組んだ。

相変わらず釈迦の坐禅には厳かな雰囲気があり、近寄りがたいオーラを放っている。

その釈迦の前に、エプロン姿のガネーシャがやってきて言った。

「おかゆできましたけどぉ?」

お鍋からスプーンで一口分をすくうと、釈迦に向けて言った。

「はい、アーンして、アーン……」

スプーンを釈迦の口に近づけたが、釈迦は完全に無視している。

するとガネーシャは鍋を床に置き、「アーン、アーン」と言いながら釈迦の頬を手でつかみ、無理やり口を開けてスプーンをねじ込んだ。しかし、釈迦は口の中に含まされたおかゆを「喝(かつ)!」と叫びながら、ブバッとガネーシャの顔面に吐きつけた。

「……さすがは、釈迦や。見事な防御やで」

ガネーシャはそう言いながら、おかゆでべちゃべちゃになった顔を手でぬぐった。

それからガネーシャは、そのままおかゆを持って私のところに来て「アーン」をやり始めたが、すかさずおかゆの中にハバネロを入れると、ガネーシャは「ハバネロ先生ェ!」と叫んでガツガツと食べ始めた。

こんなやりとりを繰り返しながら、一日目はお水だけでなんとかしのぐことができた（私はお水を飲むことを許されていたけど、釈迦はお水にも一切口をつけようとしなかった）。

しかし断食二日目に入ると、色々な問題が起きてきた。

断食勝負のために有休を取って部屋にいたのだけど、空腹で頭が朦朧（もうろう）とし、立つのもつらくなってきた。極度の空腹感は胃痛へと変化しつつある。

私がソファに座ってじっと痛みに耐えていると、ガネーシャがやってきてカップラーメンにお湯を注いで蓋を閉じ、話を始めた。

「自分知ってるか？　百（もも）ちゃんは な……百ちゃんいうんは安藤の百福（ももふく）くんなんやけど、彼は『食がなければ、衣も住も芸術も文化もない』言うてな。安くて長持ちして栄養のある食べ物作ろう思て、47歳んとき、無一文の状態から365日休まず研究してカップラーメン発明したんやで」

そしてガネーシャはカップラーメンの蓋を開いた。

「ここにはな、百ちゃんの人類に対する愛が詰まってんねんで」

白い湯気が立ち、ラーメンのおいしそうな香りが鼻いっぱいに広がる。

ぐるるる……私のお腹が一段と大きな音を立てた。

私はチラリと釈迦の方を見た。釈迦は相変わらず涼しい表情のまま坐禅を組んでいる。

「ほな、いただくとするかぁ」

ガネーシャは箸で麺をつかんでこれみよがしに高く持ち上げると、わざわざ私の目の前までもってきてフーフーッと息を吹きかけた。ガネーシャの息に乗って、ラーメンの香りが飛んでくる。

（も、もう我慢できない……！）

私はガネーシャに向かってある物を差し出した。

それを見たガネーシャは、舌打ちするように言った。

「なんや、もう使うんかいな」

私が手に持っていたのは、ガネーシャからもらった、

『教え券』

だった。食券ならぬこの教え券は、断食勝負が始まる前にガネーシャから三枚渡されていた。困ったときに差し出すと、教えをもらえるとのことだ。

「しゃあないな、ほんなら教えたるか」

ガネーシャはそう言うと、カップラーメンの中に黒コショウを一瓶(びん)丸々ぶちまけた。カップラーメンを発明した安藤百福への完全なる冒涜(ぼうとく)だった。

ガネーシャは言った。

「ワシ、この前言うたやろ。すべての生物は『苦しみから逃げて楽しみに向かう』て。せ

やから面倒なことを避けようとしたり、お腹が減ったらご飯食べたなるんは当然のことなんや」

そしてガネーシャは、ズズッとラーメンをすすって言った。

「でもな、その本能に従うて生きてたら、努力できへんようになるわな。そもそも努力ちゅうのは面倒なことやから」

そしてガネーシャは言った。

「せやから大事なんは、自分にとっての『苦しみ』を、できる限り『楽しみ』に変えてくことやねん」

「でも……そんなことできるの？」

私はガネーシャのカップラーメンを見ながら言った。こんなにお腹が減っていてつらいのに、この苦しさを楽しくする方法なんてあるのだろうか——。

ガネーシャは、豪快な音を立ててラーメンを食べながら言った。

「まず、自分に知っといてもらいたいんは、今からワシが話す方法は、世の中に存在するすべての成功法則の中で一番根本的なものやっちゅうことや。偉大な業績を残した子らは、みんなこの『苦しみを楽しみに変える方法』を実践しとった。仕事や勉強、ダイエット、美容への努力……自分の行動をコントロールするために避けては通れん道や」

そしてガネーシャは続けた。

「なんでワシがこんなことをくどくど言うかっちゅうとな、人間ちゅうのはつらいことが続くと『教え』の方を疑い始めんねん。でもな、自分はこれから先どんだけつらいことがあっても、今からワシが言う方法を信じて実行し続けてほしいねん。それが自分の夢をかなえるための――一見、遠回りに見えるかもしれへんけど――一番の近道やからな」

私が真剣な表情でうなずくと、ガネーシャはラーメンのスープを飲み干して言った。

「ほな、まず紙とペンを用意せえ」

私は、言われたとおり紙とペンを用意してガネーシャの言葉を待った。

ガネーシャは鼻で紙を指して言った。

「ほんならそこに、『断食に成功したら何が得られるか』を書き出してみい。思いついたこと全部書けたら見せてや」

空腹に苦しめられていた私は集中して考えられなかったが、それでもなんとか断食に成功したら得られるものを書き出していった。

・痩せられる
・自制心が身につく
・デトックス効果で身体が健康になる
・断食が終わったあとに食べるご飯がおいしくなる

私が書いた紙を見せると、ガネーシャは言った。

「自分この紙見て、今の苦しさがなくなるくらいワクワクするか？」

ガネーシャにそう言われて、改めて自分が紙に書いた内容を見た。気持ちが少し軽くなった気はしたが、依然として空腹の苦しさはなくならなかった。

ガネーシャは言った。

「全然足りへんねん」

ガネーシャは続けた。

「苦しみを楽しみに変えるにはな、苦しみを乗り越えたとき手に入れられる『楽しみ』を考え尽くさなあかん。そんで、苦しみを超える量の楽しみを見出したとき、苦しみは楽しみに変わんねんで」

そしてガネーシャは、私の書いた一行を指差した。

「たとえば、ここに『痩せられる』て書いてるけど、『痩せる』こと一つとっても、もっと他に得られるもんがあるんちゃうか」

私がすぐに答えられずにいると、ガネーシャは続けて言った。

「自分、痩せたら何ができる？」

「うーん……。今まで着られなかった服が着られるとか？」

「お、ええがな。それ書いてみいや」

私は紙に新しい言葉を書き込んだ。

・今まで着られなかった服が着られるようになる

少し気持ちが高揚するのが分かった。思い切って服を新調したときの、自分に自信が生まれた感覚を思い出した。

「苦しみを乗り越えたとき手に入れられるもんをぎょうさん想像すんのには、コツがあんねん」

「コツ?」

ガネーシャはうなずいて言った。

「『ストーリー』にすんねん」

「ストーリー……」

「そうや。たとえば今まで着られへんかった服が着られるようになったらどうなる? 服選んだり化粧するんが楽しなるやろ。そしたら今まで以上に人に会いたなる。色んな人と出会うことになる。そうやって出会う人の中には、自分の新しい可能性を引き出してくれる相手もおるかもしれへん。そういうストーリーを想像していくねん」

「ストーリーか……」

私がつぶやくと、ガネーシャは続けた。

「自分らは努力を始めるとき、『我慢』から入るやろ。痩せるためには食べたい気持ちを我慢せなあかんとか、勉強するときには、遊びに行きたいのを我慢せなあかんとか……でもな、自分の行動をコントロールするために必要なんは、楽しいことを我慢するんやのうて『もっと楽しいことを想像すること』やねん」

ガネーシャの話を聞きながら、私は何度もうなずいた。確かに私は努力を始めるとき、何かを我慢しなければならないと思って憂鬱になることが多かった。そして結局、我慢できない自分に対して「意志が弱い」と思って自信を失ってきた。でも本当は、私に足りなかったのは——夢をふくらませることだったのだ。

私は色々なことを楽しく想像しながら、紙に書き込んでいった。

断食に成功したら……

・「自分をコントロールできる」という自信がついて、仕事や英語の勉強、美容やファッションの研究、色々なことが今まで以上に頑張れる。

・今後、健康に気を遣った生活ができるようになり、長生きができる。もし自分の本当にやりたいことが人生の後半で見つかったとしても、そのことに費やせる時間が長くなる。
・断食の苦しさを乗り越えれば、今後、苦しいことがあっても乗り越えられる力が身につく。その力は、自分の夢をかなえる大きな助けになる……

私は次から次へと紙に書き込んでいった。いつのまにか紙は文字でいっぱいになり、私は新しい紙を使って書き進めた。

その様子を見ていたガネーシャは、

「ええ感じやんか」

と微笑んだ。

そして私が書き終わったのを見ると、ガネーシャは紙を指して言った。

「ここに書いとるのが、自分が断食をすることで手に入れられるもんや」

そしてガネーシャは言った。

「ただ、もし自分が断食できへんかったらそんときは――」

ガネーシャは紙を手に取ると、サッと裏返した。

「これは全部手に入らへんようになる。……今、どんな気分や」

ガネーシャからそう言われたとき、心がどんよりと曇るのを感じた。すごく大事にしていた宝物を取り上げられたような気分だった。

するとと、ガネーシャはもう一度紙をひっくり返し、私が手に入れたいものを見えるようにすると、真剣な表情で言った。

「これが、『苦しみを楽しみに変える方法』や」

ガネーシャは続けた。

「苦しみを乗り越えたとき手に入れられるもんを、できるだけたくさん紙に書き出す。そんで、それを手に入れてる自分を想像するんや。そうすれば、今の苦しみは、将来の楽しみを手に入れるための必要な条件になる。また逆を言えば、もし目の前の苦しみから逃げてもうたら、将来欲しいもんが手に入らんようになってまうから、今の自分はもっと苦しまなあかんようになるわけや」

「なるほど……」

私はガネーシャの言葉を聞きながら、どうしてガネーシャがすぐに教えを言わず、わざわざこんな勝負を選んだのか分かった気がした。理屈で納得できたとしても、現実の苦しさを前にしたら考えは変わってしまうかもしれない。実際に苦しみを体験しながら聞いたからこそ、ガネーシャの教えは深く心に刻み込まれた。

そして、このとき私は、三日間の断食を乗り越えられると思っていた。

――しかし、最終日。

自分の考えがいかに甘いものだったのか、思い知らされることになった。このときまで空腹感は波のように盛り上がったり収まったりしていたのだけど、引くことのない大洪水が襲ってきた。その強烈な空腹感は、やがて吐き気となって私を苦しめた。

そんな私の前で、ダシ汁の入った鍋がぐつぐつと煮立っていた。

ガネーシャが――今まさに私の目の前で――しゃぶしゃぶを始めようとしていたのだ。

ガネーシャは菜箸を手に取ると、こちらに向かって差し出して言った。

「しゃぶしゃぶ、してみるか?」

――は?

「いや、食べるのはあかんけど、しゃぶしゃぶする分には大丈夫やから。自分がしゃぶしゃぶしたいんやったら、その点に関しては全然ウェルカムやで」

言っていることが完全に意味不明だった。

しかし、あまりの空腹で頭が働かなくなっていた私は、無意識のうちに菜箸を手に取っていた。そして、肉をつまんで鍋の中に入れ、右へ左へとゆらした。

「おお、強すぎず、弱すぎず、のええストロークや」

わけの分からないコメントに頭が煮立ちそうだった。やっぱりこいつは私のことなんてどうでもよくて、ただ遊んでいるだけなんじゃないの――。

私は乱暴に菜箸を手放すと、ポケットから『教え券』を取り出した。

心と身体が限界に達していた私は、ここで二枚目の教え券を使わざるを得なかった。

ガネーシャは鍋から肉を取り出すと、皿の上に置いて言った。

「しんどいか」

言葉を返す気力もなく、小さくうなずいた。

ガネーシャは、唐辛子を肉でくるんでアスパラ肉巻きのようにして口の中に放り込んだ。

「まあ、しんどいやろな。自分は、今、生物にとって最も楽しい『食べる』ちゅう行為と真っ向から対立してるわけやからな」

そしてガネーシャは言った。

「どうしたらええんやろねぇ」

それからガネーシャは、鍋の中で次の肉をしゃぶしゃぶさせ始めた。

私はガネーシャの言葉を待ったが、ガネーシャは延々と鍋の中で肉をゆらしているだけだった。その姿にいら立った私は声を荒げて言った。

「教えてくれないなら返してもらうわよ！」

しかし、私が教え券を取り返そうと手を伸ばすと、ガネーシャは教え券をサッと菜箸でつまんだ。

そして、私の目の前でひらひらさせながら言った。

「自分はほんまに分かってへんなぁ。今ワシは、自分にめっちゃ大事なこと教えてんねんで」

そしてガネーシャは、私が書いた「断食に成功したら手に入るもの」を書いた紙をテーブルの上に載せた。

「『苦しみを楽しみに変える方法』は、ワシが自分に教えたとおりや。でも、自分はその方法を使てるにもかかわらず、挫折しそうになってるわけや。せやったら、どうしたらええ?」

私は投げやりに答えた。

「やり方を変えるとか?」

「ワシ、この前教えたったやろ。人は追い込まれると『教え』の方を疑うてまうて。今の自分は、まさにその状態ちゃうのん?」

「ぐ……」

私が言い返せないでいると、ガネーシャは続けた。

「『苦しみを楽しみに変える方法』は、最も根本的な成功法則や。でも、それでも行き詰まってもうてるなら、自分がやれることは一つしかあれへん」

そしてガネーシャは、私のこめかみをポンポンと叩いた。

「自分の頭を使うんや」

ガネーシャは続けた。

「自分はこれまでワシの教えを聞いてそのまま実行してきた。それは間違ったことやないで。『ブラックガネーシャ三大法則その2——一度自分のやり方を捨て、うまくいっている人のやり方を徹底的に真似る』これはめっちゃ大事なことやねん。でもな、自分は今から、さらにその先のステージに進まなあかん。それは——自分だけのやり方を作るちゅうことや」

(私だけのやり方……)

ガネーシャの話を聞いて、私は不安になった。教えをそのまま実行するだけでも大変だったのに、自分だけのやり方を作ることなんてできるのだろうか……。

するとガネーシャが、私の不安を見透かすかのように言った。

「やれるかどうかちゃうで。やらなあかんのや」

そしてガネーシャは、今までにない強い口調で言った。

「先人たちが見つけた方法を素直に学ぶことも大事や。せやけど自分が先人たちと同じことをしてるだけやったら、人間は発展していかへん。先人たちがやってきたことに何か新しい価値を加えること。それが、『今』を生きてる自分らのせなあかんことやで」

ガネーシャの言葉は厳しかった。ただその厳しさの中に、正しさがあることを認めないわけにはいかなかった。

ガネーシャは、私が書いた「断食に成功したら手に入るもの」の紙を指差して言った。

「さあ、どうすんねや？　こっからは先の答えは教えられへんで」

私は——空腹のあまりほとんど集中できない頭で——それでも自分の書いた紙を、じっと見つめた。空腹の苦しさを乗り越えられるくらい、将来の楽しい想像をふくらませるにはどうしたらいいんだろう。

（だめだ……やっぱり何も思い浮かばない……）

私はうつろな目をしゃぶしゃぶの鍋に向けた。ああ、もう、食べてしまいたい。食べて、この苦しみから解放されたい。

（どうして私だけこんなに苦しまなくちゃいけないの——）

また例の、鬱屈とした感情が頭をもたげてきた。苦しまなくたって、頑張らなくたって、望みをかなえている人がいる。それなのにどうして私だけ……。

「やめるか？」

——目の前に、肉があった。まだゆでられてない生の肉だ。

その生肉を菜箸でつかんだガネーシャが、私の目の前で左右にひらひらさせていた。

「エア・しゃぶしゃぶやで」

その瞬間、私の中で感情がすっと抜け落ちた気がした。

こいつにだけは――

こいつにだけはバカにされたくない――！

「やめないわよ！　やめるわけないでしょ！」

びっくりするくらい大きな声が出た。自分の中に、まだこれだけの気力が残っていたことに驚かされた。

私はテーブルの上に置かれた「断食に成功したら手に入るもの」が書かれた紙を手に取ると、ゴロリと横になって眺めた。

（いっそのこと、ここに書いてある『着てみたい服』が、しゃぶしゃぶの肉みたいに目の前でひらひらしてたら頑張れるんだろうけど……）

「あ！」

そのとき、私の頭の中を電流が走り抜けた。

目の前にあったら――。

それは全然、できないことじゃない。

私はパソコンを開いて、痩せたら着てみたい服の、ありとあらゆる画像を集めてプリントアウトしていった。普段だったらこんなものをプリントアウトするなんて恥ずかしくてできないかもしれないけど、なりふりかまっていられなかった。

懸命に作業する私の様子を見て、ガネーシャは言った。

「ハリウッド映画史上、最も美しい女優と言われたエリザベス・テイラーちゃんな。あの子、ストレスで体重が81キロになってもうた時期があんねん。そんで、なんとかせなあかん言うて、まず自分の最悪の状態の全身写真を冷蔵庫に貼ったんやな。そしたら冷蔵庫から食べ物取り出せへんやろ？　さらにあの子は、痩せて美しい体型に戻ったら写真撮って飾ろう思て、新しい写真立てを買うて置いといたんや。そうやって自分で工夫しながらダイエットして、体重を50キロ台まで減らしてな。世紀の美女として復活したんやで」

ガネーシャは続けた。

「問題を乗り越えるための方法を『自分で思いつく』ちゅうのが大事やねん。人間ちゅうのは、人から教えてもらうより、自分で思いついた方法やアイデアを試したくなるもんやからな」

私はガネーシャの言葉にうなずいた。確かに自分で閃（ひらめ）いた発想を行動に移したとき、教えをそのまま実行するのとは違う興奮を感じた。

ガネーシャは言った。

「これからはな、優れた人のやり方を実行した上で、さらに自分で工夫するようにしてみいや。そんとき自分は、他の誰にも真似できんような魅力や価値を手に入れることができるんやで」

ガネーシャの言葉に耳を傾けていると、自分の身体に驚くべき変化が起きていることに気づいた。

あれほど私を苦しめていた空腹感が、ほとんどなくなっていたのだ。

そして、私の心と身体には、断食を乗り越えられるという自信と喜びが満ちあふれていた。

（これが、『苦しみ』を『楽しみ』に変える方法なんだ……）

それは私がこれまでの人生で経験したことのない感覚で、この方法を使って色々な分野に挑戦していけばどんな存在にもなれる気がして、昂ぶる気持ちをおさえられなかった。

――こうして私は、三日間の断食を成功させたのだった。

［ガネーシャの課題］

『苦しみを楽しみに変える方法』を使って、仕事、勉強、スポーツ、ダイエット、健康、美容、禁煙などの分野に挑戦してみる

『苦しみを楽しみに変える方法』

1. 目の前の苦しみを乗り越えたら手に入るものをできるだけ多く紙に書き出す
2. 欲しいものが手に入っていく「ストーリー」を考えて、想像をふくらませる
3. 手に入れたいものを「目に見える形」にして、いつでも見れる場所に置く
4. これらのやり方を自分流にアレンジする

## 最後の課題　2

「ワシが人間と勝負するんはいつぶりやろなぁ」

ガネーシャは、タバコの煙を吐き出して目を細めた。

「そういや、エジソンくんとも勝負したなぁ。エジソンくんの工場が火事になったとき『どっちがポジティブなこと言えるかで勝負や』言うて、消火活動一切せんと燃える工場に向かってポジティブなこと言い合うたもんな。エジソンくんは『花火みたいで綺麗だから家族にも見せてあげよう』て言うてたけど、完全に涙目やったからな」

そしてガネーシャはこちらに顔を向けた。

「自分、覚悟できてるか」

ガネーシャはギラリと目を光らせて言った。

「ワシとの勝負は、釈迦とは比べもんにならんほど――ブラックやで」

ガネーシャとの勝負を想像すると、全身を寒気が駆け抜けた。断食はとてつもなく苦しい戦いだった。それ以上に苦しいことって、一体何が始まるんだろう――。

でも、ここで引き下がるわけにはいかなかった。

私はもう決めたのだ。自分の中でずっと眠り続けていたもう一つの人生を進み続けるということを。

――断食勝負を終えた釈迦は「囲碁大会に出場しに行きます」と言って部屋を去り、幸子さんも「夫が寂しがっていますので」と部屋を後にしていた。

今から始まる勝負を終えたら、ガネーシャも私の前から姿を消すのだろう。

（残り少ない時間の中で、できる限り教えを学びたい）

そんな思いを込めた眼差し（まなざ）をガネーシャに向けると、ガネーシャは大きく両手を広げ、身体の前で交差した。

するとガネーシャの筋肉隆々とした黒い身体は光に包まれ、私はまぶしさに目を閉じた。

そして、私が目を開けたとき現れたのは――真っ黒に日焼けした肌の女の子だった。年齢は20代前半。ガネーシャは、一昔前に流行（はや）った『黒ギャル』に変身していたのだ。

ガネーシャは私のクローゼットを勝手に開けると、

「超ダサいんだけどー。マジあり得ないんだけどー」

と文句を言いながら服を選び、着替えるとすぐに玄関に向かって歩き出した。

「どこに行くの？」

ガネーシャの背中に向かってたずねたが、

「ついてくれば分かるんじゃね？」

と言って扉を開け、そのまま外に出ていってしまった。

＊

ガネーシャに連れて来られたビルの前に立った私は、思わずつぶやいた。

「え？　ここって……」

しかしガネーシャは何も言わず、すたすたと中に入っていく。

（どういうことなの？）

わけも分からないままガネーシャの後についていき、エレベーターを降りて扉を開くと、部屋の奥に赤城さんの姿が見えた。

――ここは、赤城さんが占いをしていた日本橋のビルの一室だった。

赤城さんはギャルになったガネーシャを見て言った。

「今日はまた、珍しい姿をしていらっしゃいますね」

するとガネーシャは、ポケットからタバコを取り出して火をつけた。

「私が『ガネギャル』になった以上、落とせない男なんていないしー。ていうか、赤城（アッキー）、今日はあんたにかかってっからマジ頼むしー」

すると赤城さんは不安そうに、

「本当によろしいのでしょうか……」

とつぶやいた。

しかしガネーシャは態度を崩さず、

「アッキーは私の言うとおりやってくれれば問題ないしー」

と言ってタバコをふかした。

「ねぇ、今から何の勝負するの？」

二人の会話に割り込んで質問したが、ガネーシャは時計をチラリと見て言った。

「もうそろそろ来るころっしょ」

それからしばらくすると、背後で扉の開く音が聞こえた。何気なく振り向くと、その瞬間、驚きと緊張のあまりその場に固まってしまった。

扉から顔を出したのは、園山さんだった。

園山さんは「すみません、少し迷ってしまって」と頭を下げ、こちらに近づいてきた。

私は園山さんとまともに会話をする余裕もなく、ギャル姿のガネーシャを引っ張って部屋の外に出た。そして扉を閉めると、声を押し殺しながらガネーシャを問い詰めた。

「一体どういうことなのよ！」

私の様子を見て、ガネーシャは楽しそうな笑みを浮かべて言った。

「この人、超焦ってんですけどー。超ウケるんですけどー」

私はガネーシャの頬を張った。渾身の力で張った。

「いい加減そのしゃべり方やめなさいよ！　どういうことかちゃんと説明して！」

ガネーシャは赤くなった頬をさすりながら「キクゥ……」とつぶやき、いつもの調子に戻って言った。

「どういうことって、今から勝負するんやがな。ワシと自分で園山くん取り合うんや」

「はぁぁ⁉」

思わず大きな声が出てしまい、あわてて口を手でふさいだ。ガネーシャをにらみつけた私は、なんとか声をおさえながらたずねた。

「あんた何言ってんの？　園山さんは結婚するんだよ？」

しかしガネーシャは新しいタバコを取り出すと、火をつけて言った。

「そんなん関係あれへんがな。『恋と戦争ではあらゆる戦術が許される』てジョン・フレッチャーくんも言うてるで」

(でも……)

結婚が決まっている園山さんを彼女から奪うなんて、到底できるとは思えなかった。そもそも彼女がいなかったとしても、私に振り向いてもらえるかどうかも分からないのに……。

「まあ、自分が何もせえへんのならそれでもええけど」

ガネーシャは天井に向かって煙を吐き出しながら言った。

「勝負はもう始まってんねやから。ワシはワシのやり方でやらせてもらうで」

そしてガネーシャは扉を開けて部屋の中に戻った。

私は、どうしていいか分からないまま、その場に立ち尽くすしかなかった。

＊

結局、答えは出なかったけど、このまま外にいるわけにもいかず、おそるおそる部屋の扉を開けて中をのぞいた。

園山さんは、赤城さんの前に座って話を聞いている。机の上に占いの道具が並んでいるのを見ると、どうやら赤城さんに占ってもらっているようだ。

私はそっと部屋の中に入り、園山さんたちに近づいていった。

赤城さんは筮竹(ぜいちく)を手に取りながら言った。

「園山さんは、普段は占ってもらったりすることはあるんですか？」

「実は……占いってほとんどしたことがないんですよ。僕自身、あまり信じていないというか」

すると赤城さんは「それはもったいないですね」と筮竹を振りながら言った。

「世界的な経営者で、占いを活用している人はたくさんいるんですよ」

「へぇ……そうなんですね」

「有名なのはJ・P・モルガンです。彼は『資産1億円の人間は占いを信じないが、資産10億円の人間は占いを活用する』と言っています。もともと占いの起源である占星術は、天体の出現や運動について天文学上のデータを計算したものですからね。情報の一つとして、大いに参考にすべきだと思います」

そう言うと、赤城さんは真剣な表情になった。

「それでは」

そして、慣れた手つきで筮竹を操（あやつ）りながら言った。

「今年の園山さんの会社の運気を調べてみましょう」

それから赤城さんは丁寧に筮竹を見ると、園山さんの会社の毎月の実績を言い始めた。

すると、園山さんの表情が少しずつ真剣になっていった。

すべての数字を言い終えた赤城さんは言った。

「どうですか？」

「……当たってます。全部」

そう言ったとき、園山さんの表情は蒼（あお）ざめていた。

赤城さんは、筮竹を元の位置に戻しながら言った。

「そういえば、園山さん、近々海外に行かれるとか」

「ええ、そうなんです。今の会社は一緒に始めた友人に代表になってもらって、僕は海外でゼロから会社を立ち上げようと考えています」

「その運勢、占ってみましょうか」

「よろしくお願いします」

園山さんが畏(かしこ)まって言うと、部屋には緊張感が漂った。沈黙に包まれた部屋の中で、シャン、シャン、という筮竹を振る音だけが響いている。

赤城さんは、今までとは少し違った動きを加えて占うと、園山さんに視線を向けた。

「園山さん、あなた——成功するわ」

「ほ、本当ですか?」

園山さんの顔が輝いた。赤城さんはうなずいて続けた。

「園山さんの運気の流れも、海外に行くタイミングも完璧です。この機会を逃してはだめですよ」

園山さんの顔が紅潮していくのが分かる。

しかし、赤城さんは、そんな園山さんに冷や水を浴びせるように言った。

「ただ、一つ問題があります」

「問題?」

赤城さんは静かにうなずいた。それから、まっすぐに園山さんを見つめて言った。

「あなた、今、付き合っている女性がいますね。その人と一緒に海外に行こうとしてる」

「は、はい」

赤城さんは一呼吸置いてから、園山さんに向かって言った。

「別れなさい」

「え⁉」

驚く園山さんの前で、赤城さんは冷静に続けた。

「海外でビジネスを始めたら、毎日のように問題が起きるわ。でも、あなたの交際相手は、その問題を一緒に乗り越えられる人じゃない」

赤城さんの言葉を聞いて、園山さんは一瞬、信じられないといった表情をしたが、そのまま押し黙った。

部屋は静寂に包まれた。長い沈黙のあと、赤城さんは口を開いた。

「彼女、海外に行くのを反対してたでしょう」

園山さんは、うなずいて言った。

「……ええ。そうなんです」

赤城さんは、園山さんを問い詰めるように言った。

「それを強引に説得したのね」

無言でうなずく園山さんを見て、赤城さんは続けた。

「でも、そうやって無理やり海外に連れていったら、何か問題が起きたとき、彼女はいつもこう思うわよ。『本当はこんなところに来たくなかった』って。そして、連れてきたあなたを責めるでしょうね。そんな関係は、決して長続きしないわ。もし仮にあなたが日本から誰かを連れていくのだとしても、本人が海外に行きたいと思っている人じゃないとだめよ」

そして赤城さんは、優しい口調で語りかけた。

「彼女を連れていかないことが、彼女のためなのよ」

園山さんは沈黙していた。赤城さんの言葉について真剣に考えているようだった。

すると、突然ガネーシャが、園山さんの腕に自分の身体を巻き付けて言った。

「園ちゃんさあ、もう一回ちゃんと考えた方がいいんじゃね？　海外行ったら何が起きるか分からないしー。新しい恋が生まれちゃうかもしれないしー。ていうか、もう生まれてるかもしれないしー」

「あなた……誰ですか？」

「私？　私はガネ子。ちなみにガネ子、海外超好きだから。この肌もインド焼けだしー。インド超暑いしー。二つの意味でアツいしー。ていうか、今から一緒にインド行かねえ？　ガンジス川でシュノーケリングしねえ？」

そしてガネーシャは「私、あんたとタージ・マハりたい！」と言って園山さんの腕に胸を押しつけた。しかし、園山さんは心ここにあらずといった感じだった。優しい園山さんのことだから、「彼女のためにならない」という言葉を重く受け止めてしまっているのだろう。

そんな園山さんを見ていると、私の心にある考えが浮かんできた。

（もしかしたら、これはチャンスかもしれない。赤城さんの占いには魔法みたいな説得力がある。もし、このまま園山さんが彼女と別れたら、私に振り向いてくれる可能性が出てくるのかも――）

でも……私は、園山さんの思い悩む表情を見た。

私は、園山さんをこんな状態にしておいていいのだろうか。園山さんは、何の見返りもないのに稲荷像を売ることに協力してくれた。いや、それだけじゃない。園山さんは私の大切な人だ。その大切な人を喜ばせるのではなく、惑わせるようなことをしていいのだろうか――。

「園山さん」

園山さんがこちらに顔を向けた。改めて見る園山さんは、本当に素敵な人だった。こんな人と付き合えたら、夢のようなことだと思う。でも、私は言わなくてはいけない。

「この占い、信じたらだめですよ」

「え?」

園山さんは不思議そうに私を見た。赤城さんとガネーシャは目を丸くしている。

私は静かな口調で続けた。

「赤城さんは、園山さんと彼女さんを別れさせようとしてウソをついたんだと思います」

園山さんは戸惑いの表情で言った。

「どうしてそんなことを……」

「それは——」

私は、すぐに答えることはできなかった。その言葉を口に出すことは、私にとって大きな勇気を必要とした。でも、私は園山さんに向かって言った。

「それは、私が——園山さんのことが好きだからです」

そして私は言った。

「赤城さんはそのことを知っていて……きっと、私のためにこんな占いをしたんです」

私の言葉を聞いて、赤城さんは言った。

「あなたは、それでいいの?」

私は赤城さんにうなずくと、園山さんをまっすぐ見て言った。

「園山さんは好きなことをするって決めたんだから、人の意見に惑わされる必要はありません。本当に好きなことを好きなようにしたらいいんです。それに——」

私は涙を見せないよう、必死にこらえながら言った。

「園山さん、女っていうのは、自信を持って『ついてこい』って言われたら、どんな問題でも乗り越えられるんです」

園山さんは、しばらく視線を落として考えていた。それから、顔を上げて言った。

「僕は、あなたに助けられてばかりですね」

そして園山さんは微笑んだ。

私は、精いっぱいの作り笑いを園山さんに返した。

*

「ええ加減、泣きやまんかい」

ガネーシャが面倒くさそうにティッシュをよこして言った。

「だって……」

私は目と鼻から大量の水分を垂れ流しながらティッシュを受け取って、鼻をチーンとかんだ。ガネーシャは一瞬顔をしかめたが、私を慰めるように言った。

「まあ、でも、良かったやんか。ワシとの勝負は引き分けに終わったわけやし、何より——園山くんに自分の気持ち伝えることができたんやからな」

園山さんのことを思い出すとまた涙があふれてきて、私はティッシュに手を伸ばした。

――「園山さんの家まで一緒に行く」と言い張るガネ子の頬を張り、私はガネ子を連れて部屋に戻ってきた。なかなか元の姿に戻ろうとしないガネ子と格闘し、なんとかガネーシャの姿に戻したころ、園山さんから電話があった。

園山さんは彼女と話し合い、改めて結婚の意思を確認し合ったということだった。園山さんは「彼女を不安にさせないためにも、自信を持って彼女を引っ張っていく」と言っていた。そして「大事なことに気づかせてくれてありがとう」と感謝の言葉をくれた。

でも、園山さんはもう自分の手の届かないところへ行ってしまったと思うと、悲しくて悲しくて涙が止まらなかった。

ガネーシャは、泣き続ける私の肩に、ぽんと鼻を置いて言った。

「今回の自分みたいにな、最後までやりきるちゅうのはめちゃめちゃ大事なことなんやで。ほとんどの人間は、自分の好きなことや、やりたいことを最後までやりきってへん。せやからずっと未練を持ち続けてまうねんな。でも、自分みたいに最後までやりきったら、自然と次のステップに向かえるもんやで」

そしてガネーシャは言った。

「自分、園山くんが結婚するって分かったあとすごかったやん。自分、泣きながら『じゃあ男友達紹介してください！』て言うてたやん。『一番カッコいい友達紹介してください！』て言うてたやん。『一番カッコよくてお金持ちの友達紹介してください！』て言うてたやん。『一番カッコよくてお金持ちで絶対に浮気しない友達紹介してください！』て言うてたやん。言うたびに条件上がっていってたやん。あんときワシ、『こいつ、どんだけハングリーやねん』て衝撃受けててんで。あんときの自分、スティーブ・ジョブズくん以上の『ステイ・ハングリー』やったで」

園山さんとの電話でのやりとりを思い出し、顔が赤らんでいくのが分かった。

私としてはフラれた照れ隠しみたいなところもあって、無我夢中で口にした言葉だったけど、園山さんは男友達を紹介すると約束してくれた。

ガネーシャは言った。

「みんな、『夢』ちゅう山の頂上に向かう道は一本や思てる。――自分が園山くんのことだけ追いかけとったみたいにな。でも、ほんまはちゃうねん。それ以外にも、山頂に至る道はたくさんあんねん。一つの道を行ってみて違うて分かったら、他の道が見えてくる。それを繰り返しながら登って行けば、最後は必ず山頂にたどりつけるんやで」

ガネーシャは続けた。

「そんで、山頂に立ったとき初めて分かんねん。『自分が来るべき道はこれだったたんだな』て。『無駄な出来事なんて一つもなかった。この場所に来るために、全部必要なことだったんだな』てな」

そう言ってガネーシャは微笑んだけど、私は笑顔を返すことはできなかった。

まだ何も夢をかなえていない私は、ガネーシャの言うような未来にたどりつける自信は持てなかった。

そんな私の気持ちを察したのか、ガネーシャは言った。

「何、しょぼくれた顔してんねん。安心せえ。自分は必ず山頂まで行けるで。なんちゅうても、ブラックガネーシャの課題を全部クリアしたんやからな」

そしてガネーシャは、私の肩をぽんと叩くと言った。

「ほな、ワシそろそろ行くわ」

それからガネーシャは数歩歩いて立ち止まり、不思議な言葉を唱え始めた。

すると、ガネーシャの身体が徐々に薄くなっていった。今度は薄くなったり濃くなったりとふざけたことをする様子はなかった。

ガネーシャの身体が徐々に透き通り、向こう側にある物が見え始めた。

（本当に帰っちゃうんだ……）

消えていくガネーシャの姿を見ていると、悲しさと不安が急激に込み上げてきた。まだ帰らないでほしい。もっと色々なことを教えてほしい。私が夢をかなえるその日まで、ずっとそばにいて見守ってほしい。

でも、私は、どうやってガネーシャを引き留めたらいいのか分からなかった。

「あっ!」

突然、ガネーシャが叫んだ。何事かと思って見ていると、ガネーシャは部屋の隅にある棚に向かって歩き出した。そして、棚の上に置いてあったパワーストーンを手に取って言った。

「危なかったわ。オトンへのお土産忘れるとこやった」

そしてガネーシャはパワーストーンのブレスレットを腕に巻き、「頼むで。お前がウケるかウケへんかで、ワシの運命決まるからな」そう言って祈りを込めた。

その姿を見て、私はガネーシャがこの部屋に現れたときのことを思い出した。あのときはパワーストーンに頼っている私をバカにしていたのに、最後は自分の方がパワーストーンに頼っている。

(やっぱりガネーシャは、最後までガネーシャだなあ)

そんなことを考えながらこれまでの日々を思い返していると、私はあることを思い出した。

私はガネーシャに近づくと、一枚の紙を手渡した。

それは、最後の『教え券』だった。

ガネーシャは、片方の眉を持ち上げて紙を受け取ると言った。

「ワシ、ほんま時間ないねんで。オトンから『早よ帰ってこんと、ゾウの頭をウーパールーパーにすげ替えるで』て言われてんねん」

そして、小さくため息をついて言った。

「で？　何を教えてほしいんや？」

私は、ガネーシャに向かって言った。

「私の……」

そう言いかけて口をつぐんだ。（こんなことを聞いても意味ないんじゃないか）そんな思いが湧き上がってきた。しかし、私は、そのことを知りたい衝動をおさえることはできなかった。

私はガネーシャにたずねた。

「私の夢は……本当にかなうのかな」

するとガネーシャはしばらく沈黙したあと、私の顔を見て言った。

「不安か？」

私がうなずくと、ガネーシャは続けた。

「自分が不安を感じてるちゅうことはな――夢がかないかけてる証拠やねんで」

そしてガネーシャは言った。

「夢ちゅうのはな、まず『思い込み』から始まんねん。『自分の夢はかなうはずだ』て思い込むからエネルギーが湧いてくんねんな。せやけど思い込んでる状態ちゅうのは、同時に、現実を冷静に見てへん状態でもあるわけや」

ガネーシャの言葉を聞きながら、私は、ガネーシャと出会ったばかりのころの自分を思い出していた。確かにあのころの私は、少しの課題をクリアしただけで「これで私の夢はかなうはずだ！」と興奮していて、現実を冷静には見ていなかった。

ガネーシャは言った。

「せやから夢を追い始めた人間は、現実の壁にぶつかることになんねん。つまり、失敗するんやな。そんで失敗して、失敗して、失敗し続けると『自分の夢はかなわないんじゃないか……』て不安になんねん。でもな、失敗するちゅうことは、その分だけ現実を学んでるちゅうことやねん。夢を現実にするには――実現するには――何が必要なのかを、身をもって学んでんねん。いや、そもそも自分らが『失敗』て呼んでることは、単に『現実を知る過程』にすぎへんのやで。エジソンくんが言う『失敗は存在しない。うまくいかない方法を学んだのだ』ちゅうのはまさにそういう意味やねんな」

そしてガネーシャは言った。

「でも、失敗するんはしんどいねんな。せやからほとんどの人間が、夢を追うのを途中でやめてまう」

そして、ガネーシャは遠くを見たあと、私に顔を向けた。

このときのガネーシャの表情は、優しさに満ちあふれていた。

「でも自分は続けることを選んだやん。園山くんに『新しい男紹介せえ』言うたやん。あんとき自分泣いてたけど、実は、ワシも少し泣きそうになってってんで。『ああ、この子はこないしんどいことあったのに、それでも夢をかなえる道選ぶんやなあ』て感動しとったんやで」

そのとき、ガネーシャの目が少し潤んでいるように見えた。ただ、それは消えかけているガネーシャの目がぼやけて見えただけなのかもしれないけど——。

そんなことを考えていると、メールの受信音が鳴った。

ガネーシャがアゴで指したので、携帯電話を手に取った。

見ると、柿本さんからのメールで、今度一緒に映画に行こうと書かれてあった。最近、柿本さんと一緒に食事をしていたとき、新作映画のタイトルで盛り上がったのを思い出した。

——私が声をかけたのをきっかけに、柿本さんとはよく一緒にお昼を食べている。彼にとって、私は社内で一番話しやすい同僚だろうし、私は他の人が知らない柿本さんの魅力を知ることができた。

でも——柿本さんは、異性として見れないというのが本音のところだ。

すると、ガネーシャがこんなことを言い出した。

「最後に一つ、自分にアドバイスしといたるわ」

そしてガネーシャは、咳払いをして続けた。

「ちなみにこれは教えやないで。あくまでアドバイスやで」

なぜかガネーシャは言葉を濁(にご)しながら話を続けた。

「自分、もっと色んな男と仲良うなりや」

「どういうこと？」

ガネーシャの言葉の意味が分からなくて首をかしげた。ガネーシャは、ゴホッゴホッと何度か咳払いをした。何か言いづらいことを口にしようとしているようだ。

ガネーシャは言った。

「いや、なんちゅうか……ほら、ワシは自分と長いこと一緒におったわけやん？　そんで、まあ、なんちゅうか、ほら、こっちの世界で言うところの、あれやな、一つ屋根の下で男女が暮らすあれな、まあ、その、いわゆる『同棲(どうせい)』ちゅうやつをな、しとったわけやん？　いや、自分、ワシと同棲したことは、絶対誰にも言うたらあかんで。このことがバレたら世界中におるワシのファンから血祭りにあげられるからな」

「それが最後のアドバイスなの？」

「いや、そういうわけやないけど」

「もう、何なのよ。はっきり言ってよ」

するとガネーシャは、言葉を選ぶようにして少しずつ話し始めた。

「ワシ、自分と長いこと一緒におったから分かんねん。自分はほら、がさつなとこもいっぱいあるけど、意外に優しいとこもあるやん？　たとえば、ワシ、この部屋に来てからずっとベッド使わせてもろてたけど、いやワシかてレディーファーストちゅう言葉は知ってんねんで？　知ってんねんけど、それ以上に『睡眠ファースト』な神様やねんな。せやけど自分はワシのそんな部分を理解してくれとって、ベッドを自由に使わせてくれたやん。自分、ワシとどんだけケンカしても、一度も『ベッド返せ』とは言わへんかったやん」

――まあ、確かにガネーシャは、いつも飼い猫みたいに気持ちよさそうに寝てたから、ベッドは好きに使わせてあげてたけど。

ガネーシャは言った。

「あと、自分の料理、めっちゃうまいで。実はワシ、自分の手料理食べとうてこんなに長居してもうたみたいなとこあんねんな」

「でも、あんた私の作った料理にめちゃくちゃ香辛料入れてたじゃん」

「そこやねん。ほとんどのやつは、あれやられたら料理作るとき気持ちが入らへんようになんねん。でも自分は違てたやん。ワシにドバドバ香辛料入れられるの分かってても、ちゃんと料理作ってくれてたやん」

そしてガネーシャは続けた。

「あと麻雀もな、最初はルールもろくに知らへんかったのにすぐルール覚えて、最終的には『雀鬼(じゃんき)か』ちゅうくらい強なってたやん。ああやってぐいぐい向かってくる感じ、ワシめっちゃ好きやねん。だいたい、普通、教え子がワシの鼻ギューッとかしたりせえへんで。そこはみんな『バチ当たる』て二の足踏むとこやねん。それを自分は、なんら躊躇(ためら)うことなく全力でワシの鼻をしばきにきよった。せやからワシも、自分にはあんま気い遣わんと好き勝手やれたんや」

そしてガネーシャは言った。

「あと、笑顔な。ワシ、自分の笑った顔好きやねん。そんで、やっぱり笑顔がええとな、こっちも笑わそう思てはりきってまうねんな。自分は気づいてへんかったやろうけど、自分の笑顔がワシのお笑い魂に火いつけたみたいなとこあんねんで」

——私が笑ってたのはガネーシャのギャグじゃなくて、もっと違うところだった気もするけど。

ガネーシャは、また一つ咳払いをして言った。

「せ、せやからな。自分の魅力ちゅうのは、ワシみたいに長い間一緒におったら分かんねん。そんで、その魅力が伝わったら、どんな男かて自分のこと好きになる思うで。ワシ、この前、園山くんに会うたとき直接言うたろか思たもん。『こいつと一緒におったらめっちゃ楽しいねんで』て。『こいつと一緒になった方が幸せやねんで』て」

それからガネーシャは「なんで園山くんは自分を選べへんかったんやろな。やっぱりあいつ、変わってもうたんやなぁ……」と遠い目をして言った。

私はガネーシャの言葉がうれしくて、また泣きそうになってしまったけど、涙をこらえてガネーシャに微笑みながら言った。

「もしかしてあんた――私にホレた？」

するとガネーシャは、

「はぁ!?　はぁぁぁぁ!?」とわざとらしい大声を出して言った。

「な、な、何言うてんねん！　なんでワシが自分みたいな下々の者にホレなあかんねん！　ワシのこと誰や思てんねん。ガネーシャやで？　神様なんやで！　ワシはむしろ地球上のすべての人間からホレられる立場の存在やっちゅうねん！」

――しょうがないわね。

私は、両手を振りながら必死に弁解するガネーシャに近づいて、頬にキスを――すると見せかけて鼻を力いっぱい握りしめてやった。

「キクゥ！」

とガネーシャは悶えた。

私は笑いながら思った。

やっぱり私とガネーシャの別れは、こっちの方が似合ってる。

私はガネーシャに向かって言った。

「ガネーシャ、ありがとうね。あんたと一緒に過ごした時間、すごく楽しかったよ」

そして、こう付け加えた。

「会ったばかりのとき、『最低の神様』なんて言ってごめんね。私、神様の中で、一番ガネーシャが好きだよ」

するとガネーシャは、口ごもった声で言った。

「な、な、何を、何を今さら言うてんねん。あ、当たり前や。みんなそうやねんで。みんな神様の中で一番ワシのことが好きやねん。そ、それが普通やねんで！」

ガネーシャはそう言ったけど、ほとんど消えかかっている顔の中で、頬だけが赤らんでいるのが分かった。

私は――その頬にキスをしてあげた。

するとガネーシャの頬は真っ赤になり、赤いお椀(わん)が二つ、宙に浮いているみたいな状態になった。

ガネーシャはお椀をゆらしながら言った。

「そ、そんなに嬉(うれ)しないからな！　ワ、ワシは、こ、こういうのはいつもしてもろてんねん！　慣れっこやねん！」

そしてガネーシャは言った。

「ワ、ワシもう行くからな！　オトンがめっちゃ怒ってんねんから！」

そして、ガネーシャは恥ずかしさから逃れるように、姿を消し始めた。

真っ赤に染まっていた頬も、徐々に色が薄くなっていく。

（ああ……本当にガネーシャはいなくなっちゃうんだ）

そう思うと、私はずっと我慢してきた涙をこらえることができなくなった。

瞳からあふれ出た涙が、ぽたり、ぽたりと床にこぼれ落ちた。

すると、ガネーシャの――その姿はもうほとんど見えなくなっていたけど――こんな声が聞こえてきた。

「ほ、ほんまは、こういうのはしたらあかんのやけど。特別やで。これほんま特別やから、誰にも言うたらあかんで」

ガネーシャはしつこく前置きしてから、小さな声で言った。

「自分の夢がかなったとき、会いに来たるわ」

「本当⁉」

私が目を輝かせて顔を上げると、ガネーシャは言いわけするように言った。

「べ、別にワシが自分に会いたいわけやないからな！　ほら、自分は夢をかなえられるかどうか不安みたいやから、『夢をかなえたらまたガネーシャ様に会える』思たら頑張れるやろ？　せやからこれは自分のためやで！　決してワシのためやないで！」

そしてガネーシャは言った。

「ワシは自分にはホレてへんからな！　ギリギリ、ホレてへんからな！」

ほとんど見えなくなったガネーシャの身体が、ふっと宙に浮かび上がるのが分かった。

私はどんどん浮かび上がっていくガネーシャに向かって叫んだ。

「ねえ、約束だよ。私、必ず夢をかなえるから、そのときは――」

しかし私が言い終わる前に、ガネーシャの姿は完全に消え去ってしまった。


――こうして私の部屋は、また元どおりの、ガネーシャと出会う前の状態に戻った。

しんと静まり返った部屋を、ゆっくりと見回した。

ここには、私が望むような高級家具も、食器も、アクセサリーも何も存在していない。

ずっと私が暮らしてきた、何の変哲もない一人暮らしの部屋だ。

でも、私はもう「何も変わっていない」とは思わなかった。

この部屋にいる私自身が、過去の自分とは違うという確信がある。

私は、涙をぬぐい、手帳を取り出した。

私には、ガネーシャとの別れを悲しむ前に、やるべきことがあった。

それは、ガネーシャが私のために出してくれたすべての課題を、もう一度最初から実行することだった。

——ガネーシャが去ってから一年と九か月後。

――どこから話せばいいだろう。

ガネーシャが部屋を去ったあと、私の生活には本当に色々なことが起きた。そのことを全部話したら本一冊じゃ収まりきらないくらい長い話になってしまいそうなので、それをぎゅっと短縮して話すとしたら、まず最初に伝えておくべきは園山さんのことだろう。

園山さんは相変わらず優しくて誠実な人で、彼は本当に約束どおり男の人を紹介してくれた。園山さんの友人だけあってみんな紳士的で、しかも本当にお金持ちだったりして、私にはもったいないくらいの素敵な人たちばかりだった。でも、結局、私はその中の誰とも付き合うことはなかった。

どうしてかと聞かれたら、これはもう本当に縁がなかったとしか言いようがない。

ただ、誤解のないように言っておくと、私はガネーシャの課題をずっと続けていて、最初に園山さんと会ったときとは別人のようにうまく立ち振る舞うことができていたと思う(これは本当に！　だって実際に園山さんの友人の一人から正式に告白されたのだから！)。

私はガネーシャの課題を実践していく中で、自分の生活が目に見える形で変化していくのを実感した。

私は六キロのダイエットに成功した。ファッションやメイクを褒められる機会も増えた。仕事の成績も、以前とは比べ物にならないくらい良くなった。

ガネーシャから教えてもらった、

「どんな分野もマスターする方法」

あのときガネーシャがいちいちボディビルのポーズをしてきたのは今思っても意味不明だけど、

「一度自分のやり方を捨て、うまくいっている人のやり方を徹底的に真似る」

これは成長する上で本当に大切な習慣だと思った。人は、自分の考えと違うやり方に対してつい批判的になってしまう。その理由は、今の自分のやり方を変えるのは、すごく面倒なことだからだ。でも、思い切って自分の考えを捨てて新しいやり方を取り入れると、最初のころは想像もしなかったような大きな成長を手にすることができる。

もちろん、こうした習慣を続けていく過程では大変なこともたくさんあったけど、それを乗り越えたときには、必ず大きな喜びを感じることができた。それは、努力を避けて夢をかなえようとしていたときには、決して味わうことのできなかった充実感だった。

そして、私はこうした経験を通じてガネーシャが――ブラックガネーシャが――私に伝えようとしていたことの本質を理解することができた。

ガネーシャは、「生きる喜び」は、苦しみの向こう側にあることを教えてくれていたのだ。

多くの人は（私を含めて）、目の前に苦しいことがあると、ついそれを避けようとしてしまう。すると、その向こうにある喜びをも遠ざけることになってしまう。

だからガネーシャは、私を苦しめようとしていたのではなく、その向こうにある喜びを経験してほしくて、あえて大変な課題を出していたのだ。

特に、最後の課題、

「苦しみを楽しみに変える方法」

は、ガネーシャの教えの本質を表していると感じた。

――話を元に戻そう。結局のところ、私はどうなったのか。

私は、結婚することになりました。

その相手は柿本さん――ではなく、柿本さんの友人の、シモンという名前のフランス人だ。

――びっくりしたでしょう？

でも、びっくりしているのは誰よりも私自身だ。ガネーシャと会ったころの私に「あなたは将来この人と結婚することになるよ」と告げたとしても、絶対に信じないと思う。それくらい、昔の私には想像できないことだった。

きっとガネーシャが言っていたように、山の頂上に登る道は無数に存在していて、その道はときに、私たちの予想を裏切る場所に現れたりするのだと思う。

いや、もしかしたら山を登り始めたときは、本当の行くべき道は隠されているのかもしれない。なぜなら、もし最初から行くべき道が分かってしまっていたら、私たちが経験できたはずの、多くの失敗が失われてしまうから。

つまり、この世界を「知る」機会が失われてしまうのだ。

だから神様は、山頂に至る最短距離とは違う道を行くように私たちを仕向けている――。

色々な出来事を経た今、そんな気がしてならない。

私は、長年勤めた会社を辞めた。

カメラマンをしているシモンのアシスタント兼マネージャーになったのだ。

彼の被写体は主に動物で、彼は動物を撮るために世界中を旅している（柿本さんから紹介されたときも、彼は小笠原諸島にだけ生息する珍しい動物を撮影するために日本に来ていた）。

だから、今後、私は彼と一緒に世界中を旅することになる。

そう——世界一周旅行をするという夢は、こんな形でかなうことになったのだ。

ただ、私のもう一つの夢である「お金持ちになる」に関しては、正直まったく実現していない。でも、私はそのことに関してはむしろワクワクしている。シモンの撮る写真は本当に素晴らしくて私は彼の才能に惚れ込んでいるのだけど、ビジネスに関しては無頓着だ。これから彼の才能を世界中に広めていくこと——ガネーシャたちと一緒に稲荷像を売ったときのように——それが、今の私の夢だ。

そう。私はまた、新しい山を登り始めている。

この山を、私はどのようにして登るのだろうか。どんな道を行くのだろうか。

それは、今の私には分からない。

この山を登り切って山頂に立ったとき、（ああ、あの出来事にはこういう意味があったんだな……）と気づくことになるのだろう。それは、園山さんと交際したくて英語の勉強を始めたことが、シモンとの出会いにつながっていたように——。稲荷像を必死に売った経験が、シモンの写真を世界中に広めたいという情熱につながっていたように——。

こうして、私の人生は、ガネーシャが去り際に残した言葉どおりに進んでいるのだけど、唯一、まだ実現していないことがある。

それは、

「私の夢がかなうとき、ガネーシャが会いに来てくれる」

という言葉だ。

ガネーシャが私の部屋を去ってから二年近くの月日が経ったけど、私はあの言葉を忘れた日はなかった。

ガネーシャがいなくなって、

「今日からガネーシャの課題をこなすわよ！」

と張り切ったものの、最初の一か月くらいは泣いてばかりだった。一緒にいるときはあんなに憎たらしかったのに、いざいなくなってみると寂しくて寂しくて、私はこの状態を密かに『ガネーシャロス』と名付け、関西弁が恋しいあまり、普段はあまり見ないお笑い番組を見たり、好きでもない辛い食べ物をヒーヒー言いながら食べたりした。

ガネーシャは、

「ワシに会いたいちゅうモチベーションで頑張れるやろ」

なんて冗談ぽく言ってたけど、それは、本当に、私が頑張ることのできた大きな理由だった。

でも――。

私には、分かっている。

ガネーシャはきっと、私のところには来てくれない。

だってやっぱり、あのガネーシャが、私との約束を律儀に覚えているとは思えないから。

私のことなんてとうの昔に忘れてしまって、今ごろどこかでブラブラ遊んでいるに違いない。

でも、私はそれでいいと思う。

だって、そっちの方がよっぽどガネーシャらしいから——。


「そろそろよろしいですか？」

結婚式場のスタッフに声をかけられ、私は頭の片隅に残っていた期待を追い払った。

私がうなずくと、スタッフは教会の大きな扉の前に立った。

私の隣にいるお父さんは、もうすでに泣き始めていて、それは泣くというより号泣に近くて、前を見て歩くことすら難しそうだった。

「お父さん大丈夫？」

私が声をかけると、お父さんは鼻をすすりながら何度もうなずいた。

私はお父さんの手を引くようにして、一歩前へと進んだ。

——こんな話を聞いたことがある。

「結婚式で、新婦だけが経験できる幸せがある。それは、自分が会場に入った瞬間の、新郎の顔を見ることができること」

ウェディングドレス姿の新婦が会場に登場したとき、参列者は美しい花嫁を一目見ようと一斉に視線を向ける。だから、そのとき新郎の顔を見ているのは新婦だけだ。そして、人生で一番美しい花嫁の姿を見たときの新郎は——今まで見せたことのないような、素晴らしい表情をするという。

（シモンはどんな顔をしてくれるのだろう）

想像すると胸が高鳴る。この扉の向こうに待つその顔を見るのが私の夢であり、そして新たな夢の始まりでもある。

教会の扉が開かれ、パイプオルガンの盛大な音楽が流れ始めた。

私は慎重に足を踏み出し、バージンロードの上を歩き始めた。

参列者の視線とカメラのレンズが、一斉にこちらへ向けられる。

フラッシュのまぶしさに一瞬目を閉じた私は、顔を上げ、シモンの立つ祭壇に視線を向けた。

その瞬間、胸が熱くなり、涙があふれ出した。

私は、もう、我慢することができなかった。私は新婦にふさわしくない鼻水を流しながら、全身を震わせ、声をあげて泣いた。

その理由は——私に向けられたシモンの顔が素晴らしかったということもあるけれど——

彼の向こうに見えた神父の顔が、ゾウに変わっていたからだ。

# ガネーシャの教え

「自分がなんとなく見てるテレビ番組、なんとなくやってるゲーム、ほんまに欲しいもんなんか？　自分の収納やパソコンの中には、ほんまに欲しいもんだけが入ってんのか？もし、そうやないんやとしたら、自分が本当に欲しいと思てるもんは一生手に入れられへんで。部屋の大きさが限られてるみたいに――自分が持てるもんも、生きてる時間も、全部限られてるんやからな」（P．56）

**自分の持ち物で本当に必要なものだけを残し、それ以外は捨てる**

「嫌なもんや苦手なもんを遠ざけるんやのうて、そういうもんの中に自分にとってプラスになる面を見つけるんや。そしたら自分の中に眠ってる可能性が引き出されるんやで」（P．72）

**苦手な分野のプラス面を見つけて克服する**

「できるできないを判断するんやなしに、やりたいことを口に出してまうんがポイントやねん。そしたら後に引けんようになって頑張るから、今まで眠ってた力が発揮されんねんで」（P．82）

## 目標を誰かに宣言する

「自分らは何かを始めるとき、いきなり自己流でやろうとするやろ。せやからうまいこといかへんねん。まず最初にせなあかんのんは、本でもインターネットでも何でも使て『うまくいってる人のやり方を調べる』ことや。自分が思てるほど、自分と他人に違いはあれへん。みんな同じようなもん手に入れようとして、同じようなとこでつまずいて、同じような方法で乗り越えてるんや。せやから、何よりもまずうまくいってる人がどうやったのかを学ばなあかん」（P．91）

## うまくいっている人のやり方を調べる

「うまくいってる人のやり方を知っても、実行に移さへん人がほとんどやねん。その理由はな、『この考えは自分には当てはまらない』とか『そんなやり方でうまくいくはずがない』言うて、自分で勝手に判断すんねんな。それがあかんねん。何かをマスターするために大事なことは、自分のやり方を一度『捨てる』ことやねん」（P．92）

## 一度自分のやり方を捨て、うまくいっている人のやり方を徹底的に真似る

**空いた時間をすべて使う**

「自分ら見てると、何を始めるにしてもやり方が『中途半端』やねんな。せやからマスターできへんねん。何かをマスターしたいと思たらな、空いた時間は全部そのために使うくらいの勢いでいかなあかん。極端やと思うかもしれへんけど、むしろその『極端さ』が必要やねん」（P．93）

**合わない人をホメる**

「人間生きてりゃ自分とは合わへんやつの一人や二人出てくるやろ。そいつをホメんねん。そしたらチームメイトとして受け入れられるはずや」（P．102）

**気まずいお願いごとを口に出す**

「自分の夢かなえようとしたら、誰かの欲求と衝突することもあんねん。そういうときに、自分の望みをうまく相手に伝えて協力してもらえるようになるんが大事やねんで」（P．110）

「避けてきたことちゅうのは、嫌いやったり苦手やったりするわけやけど、頭のどっかでは『やった方がいい』て思てるもんやねん。そういうもんに挑戦できるようになったら、自分の教養の幅めっちゃ広がるで」（P．131）

### 今までずっと避けてきたことをやってみる

「仕事を選ぶとき一番大事にせなあかんのは、これまでの人生で自分が何に感動したかちゅうことや。そんで自分が受けた感動を、今度は人に伝えたい、伝える側に回りたい、そう思たとき人は自然な形で仕事ができるんやで。せやから最初は『お客さん』なんや。お客さんとして感動したことを仕事にして、自分と同じようなお客さんいっぱい作んねん」（P．207）

### お客さんの目線で自分の仕事に感動できるところを見つける

「儲けも大事やけど、儲けを先に考えてまうと、本来、一番大事にせなあかん『お客さんを喜ばせる』ことから離れていってまう。せやから、まず儲けを思い切って忘れて、お客さんを喜ばせることだけを考えるんや」（P．218）

**一度儲けを忘れてお客さんが喜ぶことだけを考える**

「確かに、稲荷像にご利益がある雰囲気は必要かもしれへん。せやけど自分のその考えが間違(まちご)うてて、むしろワシらが作った像の方にヒントがあるかもしれへんやろ」(P．234)

**自分の考えを疑ってみる**

「小さな勇気さえあれば、色んな経験ができる。そうすれば何が正しくて何が間違うてるか、理屈やのうて『身をもって』知ることができるんや。それを繰り返していけば、最後は必ず正しい道を選ぶことができるようになんねんで」(P．237)

**自分にとって勇気が必要なことを一つ実行する**

「『困ったら人に相談せえ』」(P．246)

**優れた人から直接教えてもらう**

## 一緒に働いている人に感謝の言葉を伝える

「人に楽しく働いてもらうためにはな、まず、その人の存在に対して感謝することが大事やねん。そんで、その感謝の気持ちをできるだけ言葉にしていくんや。そういう言葉をもらうと、自分が人の役に立ってることが実感できるから仕事が楽しくなるんやで」（P．269）

## 自分で自由にできる仕事を作る

「人間にとって、自分で考えて工夫していくんはめっちゃ楽しい作業なんや。それはゲームしたりテレビやネット見たりする以上に楽しめるんやで。せやけどほとんどの人は、仕事をそういう形まで持っていけてへん」（P．275）

## 余裕のないときにユーモアを言う

「心に余裕がなくてもな、ちょっとしたユーモアを口にすることで気持ちが軽なったりその場の空気が和んだりするもんやで」（P．282）

「苦しみを楽しみに変えるにはな、苦しみを乗り越えたとき手に入れられる『楽しみ』を考え尽くさなあかん。そんで、苦しみを超える量の楽しみを見出したとき、苦しみは楽しみに変わんねんで」（P．358）

**目の前の苦しみを乗り越えたら手に入るものをできるだけ多く紙に書き出す**

「自分らは努力を始めるとき、『我慢』から入るやろ。痩せるためには食べたい気持ちを我慢せなあかんとか、勉強するときには、遊びに行きたいのを我慢せなあかんとか……でもな、自分の行動をコントロールするために必要なんは、楽しいことを我慢するんやのうて『もっと楽しいことを想像すること』やねん」（P．360）

**欲しいものが手に入っていく「ストーリー」を考えて、想像をふくらませる**

「苦しみを乗り越えたとき手に入れられるもんを、できるだけたくさん紙に書き出す。そんで、それを手に入れてる自分を想像するんや。そうすれば、今の苦しみは、将来の楽しみを手に入れるための必要な条件になる。また逆を言えば、もし目の前の苦しみから逃げてもうたら、将来欲しいもんが手に入らんようになってまうから、今の自分はもっと苦しまなあかんようになるわけや」（P．３６２）

**手に入れたいものを「目に見える形」にして、いつでも見られる場所に置く**

「問題を乗り越えるための方法を『自分で思いつく』ちゅうのが大事やねん。人間ちゅうのは、人から教えてもらうより、自分で思いついた方法やアイデアを試したくなるもんやからな。これからはな、優れた人のやり方を実行した上で、さらに自分で工夫するようにしてみいや。そんとき自分は、他の誰にも真似できんような魅力や価値を手に入れることができるんやで」（P．３６９）

**自分流にアレンジする**

# 偉人索引・用語解説

**カーネル・サンダース**　Harland David Sanders（１８９０〜１９８０）〈p．32、43、61〉

ケンタッキーフライドチキン（ＫＦＣ）の創業者。日本ではケンタッキーおじさんとしてよく知られている。ＫＦＣの前身である「サンダースカフェ」でフライドチキンのオリジナルレシピを考案。65歳になって店の経営が立ち行かなくなると、レシピを教える代わりに、売れたチキン1羽につき5セントを受け取るというフランチャイズビジネスを思いつき、大成功を収める。また生涯現役主義を貫き、90歳で亡くなるまで第一線で活躍したという。

**トーマス・エジソン**　Thomas Alva Edison（１８４７〜１９３１）〈p．32、43、３７２、３９０〉

アメリカの発明家。19世紀後半、電話機、蓄音機、白熱電球、発電機などを相次いで発明。23歳の若さでニュージャージー州に工場を建てたエジソンは短期間で１００以上の特許を取得。ちなみに「あそこの時計には針がない」と言われたニュージャージー州の工場が出火したとき、家族を呼び寄せ「滅多に見られない光景だから」と火事場見学を勧めたという。

**エドヴァルド・ムンク**　Edvard Munch（１８６３〜１９４４）〈p．32〉

ノルウェー出身の画家。代表作『叫び』で有名。『叫び』は4点の連作であり、1点だけでも１００億円の価値があるとされている。そのうちの一つが２００４年、武装強盗によって盗難にあうが、のち無事返還された。

**エベレスト**〈p．39〉
世界一高い山。標高8848メートル。

**パワーストーン**〈p．53〉
宝石のなかでも、特殊な力（お金持ちになれる、健康になれる、出会いに恵まれる……）を宿していると信じられているもの。

**ココ・シャネル** Coco Chanel（1883～1971）〈p．55〉
フランスのファッションデザイナー。女性用の「シャネルスーツ」を考案。それまで窮屈一辺倒だった女性の服装をスポーティでシンプルなデザインに一新し、絶大な支持を受ける。彼女のインタビューには「単純であることが一番美しい」というような「シンプルさ」を重視するものが多く残されている。また、香水もプロデュースし、処女作の「No.5」は女優マリリン・モンローが就寝時に唯一身にまとう「衣服」と紹介したことで、爆発的な売り上げを記録した。

**クリスチャン・ディオール** Christian Dior（1905～1957）〈p．61〉
フランスのファッションデザイナー。当初はアートギャラリーを経営していたが倒産し、ホームレス生活などを経験する。その後、ファッションデザインのスケッチで生計を立て、41歳のときにようやくデザイナーとして独立。独立してすぐに発表した、なで肩で美しいラインの丈をもつ女性用ドレスは「ニュールック」と呼ばれ、ファッション界に革命をもたらした。

**スキャットマン・ジョン**　Scatman John（１９４２～１９９９）〈p. 61、71〉
「ビーバッポ、パロッポ♪」というフレーズと、中折れ帽にスーツにひげというルックスで、日本でも人気を博したアメリカのミュージシャン。52歳のときに発表したメジャーデビューアルバム『スキャットマンズワールド』は全世界でいきなり６００万枚以上というビッグセールスを記録した。

**ドストエフスキー**　Fyodor Mikhailovich Dostoevskii（１８２１～１８８１）〈p. 61〉
ロシアの小説家・思想家。代表作に『罪と罰』『カラマーゾフの兄弟』など。人間の根源的な心理を描く重厚な作風で知られる。最高傑作と言われる『カラマーゾフの兄弟』が発表されたのは彼が58歳のとき、肺気腫など複数の持病の悪化による死の一年前に発表された。

**アンナ・モーゼス**　Anna Mary Robertson Moses（１８８０～１９６１）〈p. 61〉
「モーゼスおばあちゃん」とも呼ばれる、アメリカの国民的画家。持病のリューマチのリハビリのために始めた絵が、あるとき美術収集家の目に留まる。ニューヨークの画廊に展示されると瞬く(またたく)間に名声は広まり、80歳で初めての個展を開いた。田舎の四季を描いた温かい作風で、死後、日本でもたびたび展覧会が催されている。

**エミー・ジョンソン**　Amy Johnson（１９０３～１９４１）〈p. 82〉
イギリスの女性パイロット。26歳でパイロットの免許を取得すると、中古機を購入。翌年、27歳で女性として初めてイギリスからオーストラリアまで18日間の単独長距離飛行に挑戦、見事に成功させる。１９３

0年には最も優秀な女性飛行士に与えられる賞「ハーモン・トロフィー」を、1932年には、陸海空で最も冒険心があった英国人に与えられる「シーグレイブ・トロフィー」を受賞。

**ハバネロ**〈p．88〉

メキシコ産の激辛唐辛子。タバスコの約10倍の辛さ。

**レオナルド・ダ・ヴィンチ** Leonardo da Vinci（1452〜1519）〈p．89〉

イタリアの芸術家。芸術・数学・工学・生物学などあらゆる分野で業績を残し、人類史上で最も多才だった人物と言われる。当時タブーであった人体解剖を行うなど、興味があることには強い執着を持った。また、風景画を描くために、アルプスの高峰に登り、雨の降り方や、大気の色の変化をメモに残すなど、ありとあらゆる知識を事前に身につけるなど学習意欲も旺盛であった。

**サム・ウォルトン** Sam Walton（1918〜1992）〈p．91〉

アメリカの実業家。大規模小売店「ウォルマート」の創業者。日本にも400店舗ほどを構え、グループの年間総売り上げは45兆円以上と言われている。創業時から他店の研究に熱心で、成功後も、休暇旅行中にもかかわらず気になるスーパーを目にすると必ず立ち寄るなど、その情熱は冷めることはなかった。

**マイケル・ジャクソン** Michael Joseph Jackson（1958〜2009）〈p．92〉

「キング・オブ・ポップ」と称される、アメリカのエンターテイナー。「史上最も売れたアルバム」とギネスに掲載された『スリラー』を代表とした、レコード・CDの総売り上げ枚数は全世界で10億枚を超える。マイケルがジェームス・ブラウンの前座としてステージ「アポロシアター」に出演していたのは兄弟で組んでいたグループ「ジャクソン5」時代のこと。

**モーツァルト**　Wolfgang Amadeus Mozart（1756～1791）〈p．93〉
世界的に有名なクラシック作曲家の一人。モーツアルトはピアノを使って作曲しなかったが、その理由は、新しい曲のイメージがいつも頭の中に浮かんでいたからだと言われる。移動中の馬車やベッドの中でもいつも五線譜を手放さず、作曲し続けていた。

**エイブラハム・リンカーン**　Abraham Lincoln（1809～1865）〈p．102〉
第16代アメリカ合衆国大統領。南北戦争に勝利し、奴隷解放の父と謳（うた）われた。本文にあるように、リンカーンと激しくやり合っていたウィリアム・スワードだったが、リンカーンが政権をとると、外交問題に精通し経験が豊富であるという理由で、国務長官という職を与えられた。リンカーンは外交に明るくなかったために、「一番優秀である」という理由で政敵を要職に任命したのである。

**シートン**　Ernest Thompson Seton（1860～1946）〈p．109〉
イギリスの博物学者、作家。カナダで兄の経営する農場を手伝ううち、農場に現れる野生動物に興味を抱き、つぶさに観察するようになる。のちにその経験をベースに書いた『動物記』がベストセラーになり、広く世に名を知られる。42歳で、自然と共に暮らすアメリカ先住民の知恵をとり入れた少年団体「ウッドクラフト・インディアンズ」を創設。これがボーイスカウト運動のさきがけとなった。

**B系ファッション**〈p．110〉
日本で流行する、黒人のスポーツ・カジュアルファッションをベースにした服装のこと。

**助六寿司**〈p．119〉
稲荷寿司と海苔巻を折り詰めにしたもの。語源は歌舞伎の『助六所縁江戸桜（すけろくゆかりのえどざくら）』の主人公助六より。助六の愛人の名が「揚巻（あげまき）」で、「揚」＝「稲荷の油揚げ」、「巻」＝「海苔巻」にかけたものである。

**オードリー・ヘップバーン**　Audrey Hepburn（1929～1993）〈p．128〉
アメリカの女優。代表作に『ローマの休日』『麗しのサブリナ』『ティファニーで朝食を』『マイ・フェア・レディ』など。晩年は慈善活動に多くを費やし、アフリカやアジアの恵まれない人々のために尽力。母国語である英語のほかに、オランダ語、フランス語、スペイン語など6か国語に堪能で、行く先々で愛される理由の一つにその円滑なコミュニケーション能力があったと言われている。

**クレオパトラ**　Cleopatra VII（BC69～BC30）〈p．128〉
プトレマイオス朝エジプト最後の国王。世界三大美女の一人とされる。その美貌もさることながら、頭脳も明晰で、古代エジプト語やラテン語など7か国語を操り、時の権力者を虜にしたと言われている。

**楊貴妃**　You-Kihi（719〜756）〈p. 128〉
クレオパトラ、小野小町とともに世界三大美女の一人と言われる、中国唐の時代の皇妃。

**オレオ**〈p. 128〉
クリームをチョコ生地のビスケットで挟んだクッキー。アイスもある。

**日本アンデパンダン展**（P. 128）
アンデパンダンとは「自由・独立」を意味する言葉。芸術作品を無審査で出展できるのが特徴。

**プルタルコス**　Plutarchus（BC46〜120）〈P. 129〉
ギリシャの著述家、哲学者。生涯を通して227の書物を書き上げ、代表作『対比列伝』の中で、クレオパトラの美貌について分析した。

**ジョン・レノン**　John Winston Lennon（1940〜1980）〈p. 138〉
イギリスのロックバンド「ビートルズ」のメンバーの一人。ヴォーカル・ギターを担当し、楽曲の多くを制作した。1969年、日本人のオノ・ヨーコと結婚。80年、狂信的なファンの銃弾に倒れる。メンバーのポールとは仲たがいをしている時期もあったが、あるインタビューで「ポールの悪口を言っていいのは俺だけだ」と話すように、死ぬまで強い絆で結ばれていたという。

**ポール・マッカートニー**　Sir James Paul McCartney（１９４２〜）〈p．１３８〉
イギリスのロックバンド「ビートルズ」のメンバーの一人。ヴォーカル・ベースを担当。解散の危機に瀕していたビートルズを復活させようと、デビュー当時のバンド編成でレコーディングする「ゲット・バック・セッション」を提案した。

**マザー・テレサ**　Mother Teresa（１９１０〜１９９７）〈p．１６７〉
カトリック教会の修道女で修道会「神の愛の宣教者会」創始者。貧しく病んだ人を生涯愛し続け、１９７９年ノーベル平和賞を受賞した。「マザー」は指導的立場の修道女への敬称。

**托鉢**〈p．１９４〉
仏教の修行の一つ。市中を回り、生活する上で必要最低限の施しを受けること。

**ハネ満**〈p．２０２〉
麻雀の得点。跳ね満貫。かなりの高得点である。

**ハワード・シュルツ**　Howard Schultz（１９５３〜）〈p．２０８〉
『スターバックスコーポレーション』の元最高経営責任者。たまたま飲んだコーヒーの味に感動し、マーケティング担当者として入社。退社後に自らコーヒー店を立ち上げ、当時ただの豆販売業者だったスターバックスを買収し、世界的コーヒーショップチェーンに育て上げた。

**ポール・オーファラ**　Paul Orfalea（1947〜）〈p．208〉
コピー、印刷、製本などのサービスを広く手掛ける会社「キンコーズ」の創業者。ポールは大学を卒業すると、需要の多さから学生街でコピーショップを経営、大成功を収める。ちなみに社名「キンコーズ」は友達がポールにつけた、赤く巻いたくせっ毛を意味するあだ名である。

**松下の幸ちゃん**〈p．220〉
松下電器産業株式会社（現・パナソニック）創業者、松下幸之助のこと。

**ゴッホ**　Vincent Willem van Gogh（1853〜1890）〈p．228〉
オランダの画家。25歳で画家になることを志し、独学で絵を勉強する。はじめは暗い色調の絵ばかりを描いていたが、印象派の影響を受け明るい作風に転向すると、死を遂げるまでの2年間で「ひまわり」や「種まく人」などの名作を立て続けに描いた。その絵は死後大きく評価され、現在世界で最も高い値のつく画家の一人である。

**価格.com**〈p．233〉
株式会社カカクコムが運営する、家電から食品まで幅広いジャンルの価格比較を行っているウェブサイト。

**マリリン・モンロー**　Marilyn Monroe（1926〜1962）〈p．237〉
アメリカの女優。代表作に『七年目の浮気』『紳士は金髪がお好き』など。もともと彼女はブルネット

(褐色) の髪だったが、「映画女優になりたいのなら髪をブロンド (金) にしなさい」という事務所の社長の言葉で、金髪に染めることを決意。また、毎日鏡の前で笑顔の練習をしたり、ウエイトトレーニングとジョギングを欠かさないなど、女優として惜しみない努力を続けた。

**TOEIC** 〈p.240〉
国際コミュニケーション英語能力テスト。990点満点。900点取れれば相当な英語力の持ち主である。

**コリーン・バレット** Colleen Barrett (1944〜)〈p.269〉
サウスウエスト航空の元社長。創業者であるハーブ・ケレハーが弁護士をしているときの秘書だった。航空業界が振るわない中、社長に就任し、自由な社風を守りぬく経営に尽力した。米国の経済誌に「最も影響力のある女性」としてたびたび取り上げられている。

**アンドリュー・カーネギー** Andrew Carnegie (1835〜1919)〈p.268〉
アメリカの実業家。カーネギー製鋼会社で大成功を収め、鉄鋼王と呼ばれる。晩年は慈善団体などに多くの寄付をし、社会に貢献した。ちなみに本文にある電信局に彼が勤めた理由は、タダで劇場に入れて、劇が見放題だったから。シェイクスピア劇で本物の文化を知り、電信技士の技術も身につけた、まさに一石三鳥の仕事だった。

**上野動物園**〈p．272〉
正しくは東京都恩賜上野動物園。年間入場者数350万人を誇る、日本で最も歴史の長い動物園。ちなみにノンフィクション童話「かわいそうなぞう」の舞台でもある。

**富士サファリパーク**〈p．272〉
串田アキラのテーマソングで有名な、静岡県裾野市にある自然動物公園。

**ロナルド・レーガン**　Ronald Wilson Reagan（1911～2004）〈p．274〉
アメリカ合衆国第40代大統領。69歳で共和党から大統領選挙に出馬し、民主党のライバル、カーターに勝利。本文中にある狙撃事件時、緊急手術前に執刀医たちに言った言葉は「ところで、あなたたちみんな共和党員だよね？」。それに医師たちはこう返答した。「今日一日われわれは共和党員になります！」

**豊臣秀吉**　Hideyoshi Toyotomi（1537～1598）〈p．310〉
戦国時代の武将。織田信長の草履（ぞうり）取りから出世を重ね、織田政権の有力武将に台頭。信長が謀反によって命を落とすと政権を取り、戦国の世を統一した。ちなみに、軍師として名高い竹中半兵衛は、秀吉の7度にわたる説得により織田軍に加わった。信長のやり方を嫌っていた半兵衛だが、信長の直属ではなく、秀吉の軍師であればと承諾した。

**安藤百福**　Momofuku Ando（1910〜2007）〈p．354〉
日清食品株式会社の創業者であり、インスタントラーメンの発案者。『インスタントラーメン発明記念館』（大阪府）、『カップヌードルミュージアム』（神奈川県）には、安藤が寝る間も惜しんでインスタントラーメンを研究した仕事場である、自宅裏の小屋が再現されている。

**デトックス**〈p．357〉
体内にたまった毒物を外に出すこと。もとは医療用語だが、最近は美容や健康医学方面でよく使われる。

**エリザベス・テイラー**　Dame Elizabeth Rosemond Taylor（1932〜2011）〈p．369〉
イギリス出身のハリウッド女優。絶世の美女と謳われた。代表作に『陽のあたる場所』『バターフィールド8』『クレオパトラ』など。「体重計じゃなくて、鏡の自分を見て判断することね」とは、ダイエットに成功したときの彼女の言葉。

**ジョン・フレッチャー**　John Fletcher（1579〜1625）〈p．376〉
英国の劇作家。シェイクスピアの後を受け、国王一座の座付き作家に。文中の「恋と戦争ではあらゆる戦術が許される」は彼の描いた悲喜劇より。なおこのセリフはJ・K・ローリング『ハリー・ポッターと死の秘法』でも一部をもじって引用された。

**J・P・モルガン**　John Pierpont Morgan（1837～1913）〈p．378〉
アメリカ5大財閥の一つ、モルガン財閥の創始者。占星術を事業に大いに活用したとされる。

**ガンジス川**〈p．381〉
インド北部を流れる広大な川。ヒンドゥー教では「聖なる川」とされ、沐浴に来る信者が多い。ちなみにガンジス川は茶色く濁っているのでシュノーケルはできない。

**タージ・マハル**〈p．382〉
インド北部にある、総大理石の墓廟（死者を祀る宗教施設）。年間700万人の観光客が訪れる。

**スティーブ・ジョブズ**　Steven Paul Jobs（1955～2011）〈p．386〉
世界的コンピューターメーカー「アップル」の創業者。「iPhone」「iPad」の生みの親であり、コンピュータ業界に革命をもたらしたことで知られる。本文の「スティ・ハングリー」は2005年、スタンフォード大学で行った「ハングリーであり続けろ、バカであり続けろ」という名スピーチから。

**ウーパールーパー**〈p．388〉
サンショウウオの一種で、正式名称はメキシコサラマンダー。日本では1985年、CMに起用され一躍人気者に。「Wuper Dancing」というテーマソングまで発売された。

**稲荷神**　Inarishin
稲荷神とは宇迦之御魂神のことで、狐は神の使いである。ただ、稲荷神社の狐は使い以上の役目を持ち、稲荷神に変わって人々にご利益を授けることがある。また、伏見稲荷大社の狐は命婦神と呼ばれ、れっきとした神様として扱われている。

**貧乏神**　Binbougami
とりついた人間や家を貧困にする神。多くは薄汚れた老人の姿であるとされ、忌み嫌われる存在だが、長野県には〝災禍転福〟を謳った「貧乏神神社」があり、脱貧乏、開運を願う参拝者で賑わっているという。

**釈迦**　zaakya（ＢＣ４６３～ＢＣ３８３　※諸説あり）
仏教の開祖。本名をゴータマ・シッダルタ。生まれた直後に7歩歩いて、右手で天を、左手で地を指差し「天上天下唯我独尊（この広い宇宙で、人間だけがなすことのできる、たった一つの尊い使命がある）」と言ったと伝えられる。

**ガネーシャ**　gaNeza
人間の身体とゾウの頭、四本の腕を持ったインドの大衆神。元来はあらゆる障害を司る神であり、それが転じて障害を取り除く神として親しまれるようになった。何か物事を始めるときは、ガネーシャに祈りを捧げると良いとされている。

## 参考文献

『40歳から成功した男たち』佐藤光浩著（アルファポリス）
『私のウォルマート商法』サム・ウォルトン著 渥美俊一／桜井多恵子監訳（講談社）
『天才の読み方』齋藤孝著（大和書房）
『遅咲き偉人伝』久恒啓一著（PHP研究所）
『世界一のメンターが教える 夢を実現する戦略ノート』ジョン・C・マクスウェル著 齋藤孝訳（三笠書房）
『影響力の武器』ロバート・B・チャルディーニ著（誠信書房）
『世界でいちばん従業員を愛している会社』ケン・ブランチャード／コリーン・バレット著 佐藤利恵訳（辰巳出版）
『ひらめきの法則』高橋誠著（日本経済新聞社）
『戦国武将に学ぶ処世術』津本陽著（角川書店）
『絶対に成功を呼ぶ25の法則』ジャック・キャンフィールド著 植山周一郎訳（小学館）
『本田宗一郎 おもしろいからやる』本田宗一郎／田川五郎著（読売新聞社）
『運命の女たち』海野弘著（河出書房新社）
『ムーンウォーク マイケルジャクソン自伝』マイケル・ジャクソン著 田中康夫訳（河出書房新社）
『人生を創る言葉』渡部昇一著（致知出版社）
『模倣の経営学』井上達彦著（日経BP社）
『サブウェイ 世界一への野望』フレッド・デルーカ／ジョン・P・ヘイズ著　田中孝顕訳（きこ書房）
『リンカーン 上』ドリス・カーンズ・グッドウィン著 平岡緑訳（中央公論社）
『マリリン・モンローの真実 上』アンソニー・サマーズ著 中田耕治訳（扶桑社文庫）